教育部人文社科规划基金项目
美国黑人女性作家的时空叙事研究（15YJA752018）结项成果

美国黑人女性文学的时空叙述模式研究

于杰　著

图书在版编目(CIP)数据

美国黑人女性文学的时空叙述模式研究 / 于杰著
. -- 天津 : 天津大学出版社, 2023.11
ISBN 978-7-5618-7459-2

Ⅰ. ①美… Ⅱ. ①于… Ⅲ. ①美国黑人－妇女文学－
文学研究 Ⅳ. ①I712.06

中国国家版本馆CIP数据核字(2023)第074358号

MEIGUO HEIREN NÜXING WENXUEDE SHIKONG
XUSHU MOSHI YANJIU

出版发行 天津大学出版社
地　　址 天津市卫津路92号天津大学内(邮编:300072)
电　　话 发行部:022-27403647
网　　址 www.tjupress.com.cn
印　　刷 北京虎彩文化传播有限公司
经　　销 全国各地新华书店
开　　本 710mm×1010mm　1/16
印　　张 9.5
字　　数 200千
版　　次 2023年11月第1版
印　　次 2023年11月第1次
定　　价 48.00元

序

于杰的这部由博士论文修改而成的《美国黑人女性文学的时空叙述模式研究》一书终于要出版了，可喜可贺！

国内从女性主义的角度研究文学作品的著述有很多，借用女性主义叙述学的论述也不少，不过，从时空叙述的角度专事研究美国黑人女性文学的著述却十分鲜见。于杰的博士论文将女性主义叙述学的一些基本理念较为娴熟地运用到美国黑人文学的批评之中，并提出了美国黑人女性文学的多种时空叙述模式，有新意、有创见，值得赞许。

西方学者提出的女性主义叙述学，主要是用来探索叙事形式和性别之间的关系，将性别和语境两个因素结合起来并赋以政治或社会意义。最先提出这一理论的是苏珊•兰瑟（Susan Sniader Lanser）。她在《走向一种女性主义叙述学》（Toward a Feminist Narratology）一文中，详述了构建女性主义叙述学的必要性和可行性。如同其他叙述理论一样，这一理论也讨论人物、叙述者、受叙者、隐含读者、真实读者等话题。所不同的是，女性主义叙述理论更多地从女性出发，强调与叙述和阅读相关的性别意识问题。

这一理论提出后，引来叙述学界的关注。国外学者对这一理论本身有些赞成的，也有不赞成的。几乎所有人都将其归类于“后经典叙述学”。其实无所谓“经典叙述学”与“后经典叙述学”的。女性主义叙述学所论的主要话题、所运用的主要术语，甚或所依赖的与叙述相关的主要理论基础，都源自于所谓的“经典叙述学”。它更多地是借用了所谓“经典叙述学”的基本理论和话语体系来探讨与女性相关的问题，为女性叙述和阅读争取平等权利而已。二者更多地属于“体”与“用”或“道”与“术”之间的关系。难怪有学者在劳特利奇叙事理论百科全书（Routledge Encyclopaedia of Narrative Theory）中指出“女性主义叙事学并没有提出全面的叙事模式来反驳或取代在更大的叙事学领域发展起来的模式。”打个比方说，叙述学理论好比行进中的列车，不管乘坐在哪一节车厢里的乘客，他们都享用着列车这一运载工具带来的便利。

于杰在该书注释中提到了叙述学“经典”与“后经典”的划分问题，认为二者是发展与共存的关系，试图调和理论上的一些纠缠。在我看来，她的用意是好的，但好像说服力并不大。在这里之所以提到这个话题，一是因为我们过去对西方理论不置对否均唯唯诺诺于西方学者的判断，而自己很少去“理论”一番，探个究竟；二是因为叙述学“经典”与“后经典”的划分并非只是命名的问题，而是牵涉到对新近几年来涌现出来的一些有关叙述的新理论和新方法的认识问题。对这一问题的认识会影响到理论的运用。

好在于杰没有过多地纠缠于这些与她具体分析美国黑人女性文学关联性不是很大的问题，而是将注意力集中在讨论美国黑人女性文学的时空叙述模式上。她希望通过研究美国黑人女性文学的时空叙述模式来拓展女性主义叙述学的研究视野，并能够藉此丰富美国黑人女性文学的批评实践和在方法论上有一定的突破。我以为从她研究的几个范畴来看，她的希望基本上实现了。具体地说，她在书中主要讨论了三个话题，即“从奴隶到自由人：承载苦难的历史”“从现实到虚构：充满歧视的社会”和“从无声到有声：时空二元结构下黑人女性话语权威的建构”，并在具体讨论中，每一个话题下都会提出四种不同的叙述类型。说实话，这种颇有些“对称”的类型有些“机械”，但对我们认识美国黑人女性文学来说，却有很大的学术参考价值：不只是开辟了一条从女性主义叙述学时空研究的角度来探究美国黑人女性文学的新路径，而且还把美国黑人女性文学的发展史给勾勒了出来，让我们清晰地看到了美国黑人女性文学肇始与发展的基本脉络。

在祝贺之余，还希望于杰能够在叙述学研究和美国黑人女性文学研究方面“深耕细作”，做出更大成绩。

乔国强
2022 年 12 月 30 日 上海

目　录

第一章 绪论

时间在叙述学研究中一直占据着重要的地位。很多学者对时间因素在叙述中所占的地位以及二者之间的关系进行了深入的研究。英国女作家伊丽莎白·鲍温（Elizabeth Bowen 1899—1973）说："我认为时间与故事和人物具有同等重要的价值。凡是我能想到的真正懂得，或者本能地懂得小说技巧的作家，很少有人不对时间因素加以戏剧性地利用。"（吕同六 602）从这句话中，我们可以看出时间是小说的一个重要叙述手段。保尔·利科（Paul Ricoeur 1913—2005）在《叙述时间》（*Narrative Time*，1981）一书中谈道："我把时间性当成存在的结构，它是通向语言的叙述性；我把叙述性当成语言的结构，这一结构把时间性作为它的终极指设。"（利科 165）利科的这段话表明了叙述性和时间性是紧密相关的。彼得·布鲁克斯（Peter Brooks 1938—）在讨论情节和时间的关系时这样说过："我们可以把情节看成逻辑……其命题仅仅是通过时间的序列和进程来展开……我们要整理从人类的时间性意识中抽取的那些意义，原则性的整理成序的力量便是情节。"（Brooks xi）从布鲁克斯的讨论中我们可以看出时间在叙述中被赋予了优先地位。法国叙述学家热拉尔·热奈特（Gerard Genette 1930—2018）在《叙述话语》（*Narrative Discourse*，1980）一书中对 3 种主要的叙述话语成分进行了分析：时态（叙述与故事之间的时间关系）；语式（叙述"再现"的各种形态 [形式与程度]）；语态（叙述情景……：叙述者和他的真实的或隐含的听众）。（Genette 30—31）热奈特的这部著作共 5 章，其中有 3 章是用来讨论叙述的时间层面的。从这些学者的论述中，我们可以看出时间在叙述中的重要性：叙述需要时间来讲述，叙述讲述的是时间中的事件序列；对时间要素的处理能够体现作品的特定叙述性。

长期以来，叙述学家十分重视叙述中的时间问题。20 世纪末，叙述学界把注意力转向了叙述中的空间问题。在《空间故事》一书中，米歇尔·德·塞尔托（Michel de Certeau 1925—1986）提出了叙述是"日常生活中的常事"的观点，并认为建筑模块便是它们的空间，这些空间使得发生在时间中的各种文化实践和运动成为可能。"每个故事都是一个旅行的故事——一种空间经验。"

根据塞尔托的观点，我们可以看出空间已经成为叙述中必不可少的因素。（Certeau 115）佛朗哥·莫雷蒂（Franco Moretti 1950—）在《欧洲小说集》（*Atlas of the European Novel*：1800—1900，1999）中谈道：空间对叙述性来说不是偶然的，而是能够起到一定的作用。“地理并非惰性的容器，不是一个文化历史‘发生’于其中的盒子；它是一股积极的力量，弥漫于文学领域之中，并深刻地影响着它。”（Moretti 3）莫雷蒂绘制小说的位置图，位置图有助于发现文学研究中一直被掩盖的东西，并且能够揭示空间怎样使故事发生并引出情节。莫雷蒂的这段话揭示了空间因素在叙述中的能动作用，空间能够影响叙述的进行。国内学者龙迪勇考察了20世纪以来的现代小说，他认为空间形式构成了现代小说叙事中最具独创性的一面，并且介绍了多种空间形式的类型：详述了以加拿大女作家玛格丽特·阿特伍德的长篇小说《盲刺客》为代表的中国套盒式结构；以哥伦比亚作家加西亚·马尔克斯的长篇小说《百年孤独》为代表的圆圈式结构；以意大利小说家卡尔维诺的《寒冬夜行人》为代表的链条式结构。还概述了橘瓣式、拼图式、词典体等现代叙事的空间形式。（乔国强 2006：75—83）

我们应该如何正确地把握时间和空间的关系？让-伊夫·塔迪埃（Jean-Yves Tadie 1936—）说过：“小说既是空间结构也是时间结构。”空间与时间是一种合作的关系，二者一起构成了叙事的力量，读者在阅读时应该关注时空的对话关系，二者都是人类思维和经验的中介组成成分。从这个意义上讲，空间并不是被动的、静止的或空洞的；它不是事件在时间中展现时的背景或地点，而是积极的、能动的、“充实的”，这与目前将空间视为产生于历史之中、随时而变的社会建构场所的地理观非常合拍。（塔迪埃 224）在某种程度上，这种“叙事作为空间轨迹”的观念与劳伦斯·格罗斯堡（Lawrence Grossberg 1947—）提出的“空间唯物主义”的观点不谋而合：“空间作为变化的场所”能让我们将现实理解为“一个方向问题、进出问题。是一个有关变化的地理问题……而不是历史问题；它不仅拒绝给时间以特殊地位，还拒绝将时间和空间分隔开来。这是一个将空间时间化和将时间空间化的问题”。（Chambers & Curti 179—180）苏珊·斯坦福·弗里德曼（Susan Stanford Friedman，1943—）对格罗斯堡的“空间唯物主义”予以认可，她认为对时间和空间关系的辩证把握能够培养人们对叙述的空时体中地点与行为的对话性相互作用的认识。（费伦 2007：205—210）通过塔迪埃指出的时间空间的合作关系和格罗斯堡以及弗里德曼提出的时间与空间的辩证唯物主义关系，我们可以看出：时间和空间是不可分割的统一体。在文学作品中，二者是相互依存、不可分割的。

无论是侧重时间的叙述理论，还是突出空间的叙述结构，都是叙述诗学的一个组成部分，一种手段，一种途径，其最终目的是建构起叙述作品中的时空综合体。从这一认识论出发，本书的作者提出一种叙述模式的假设：以美国黑人女性文学为例探讨和剖析其文学作品中的时空叙述策略，从而构建美国黑人女性文学的时空叙述模式，这一特定文本范围的选择是建立在对女性主义叙述学和美国黑人女性文学的批评综述基础之上的。

第一节 美国黑人女性文学的时空叙述模式：一种假设

女性主义叙述学是后经典叙述学中极具影响力的流派之一。其重要贡献在于将性别和语境这两个因素结合起来对作品中具有结构技巧的社会政治意义进行诠释[①]。这一理论的开创人是苏珊·S. 兰瑟（Susan S. Lanser），在其代表作《虚构的权威——女性作家与叙述声音》（*Fictions of Authority*: *Women Writers and Narrative Voice*，1992）一书中考察了 18 世纪末至 19 世纪中叶欧洲女性作家的作品以及 19 世纪到当代的美国黑人女性和华裔女性作家的作品，通过区

① 1997 年，戴维·赫尔曼教授发表《行动计划、顺序以及故事：后经典叙述学的因素》这一文章，首次提到“后经典叙述学”这一概念。国内外叙述学研究领域里的一些主要学者对“经典叙述学”和“后经典叙述学”的界定和使用基本上采用了赫尔曼等人的观点：结构主义叙述学存在“科学性、拟人观、漠视语境以及无视性别”等缺陷；女性主义叙述学、认知叙述学、修辞性叙述学等类别属于“后经典叙述学”；“后经典叙述学”与“经典叙述学”之间不是“承继”的关系，而是对立或决裂的关系。乔国强教授认为“经典叙述学”和“后经典叙述学”这一划分是缺乏学理依据的，并从结构主义的基本理念论证了这种区分的不合理性以及辨析赫尔曼提出的“经典叙述学”的四宗“罪”。见乔国强，《叙述学有“经典”与“后经典”之分吗？》，《江西社会科学》，2014 年第 9 期：第 208-215 页。本书作者曾撰写论文《发展与共存：经典叙事学和后经典叙事学》，在 2013 年 4 月 19—20 日召开的上海外国语大学第四届英美文学国际研讨会中进行了宣读和交流。论文指出 20 世纪 70 年代西方兴起的解构主义理论对经典叙述学产生了一定的冲击，聚焦于意义的非确定性、反对中心的解构主义理论促使一些以寻求和建构固定叙事模式为己任的叙述学家对自身理论进行反思。20 世纪 80 年代中后期在西方产生的女性主义叙述学、认知叙述学等跨学科流派的特点是将叙事作品与社会、历史、文化等语境相关联，这一特点使之与以文本为中心、将叙事作品视为独立体系的经典叙述学相区分。该论文的最后部分探讨了经典叙述学与后经典叙述学之间的关系：两者之间并不是后者替代前者的进化关系，而是互为促进、互为补充的共存关系。本书作者沿用这一区分并不是主张后经典叙述学脱离了结构主义的框架，而是从跨学科、联系语境这一特点出发对叙述学这一完整理论体系的内部进行的“次序结构”划分。

分“作者型”“个人型”和“集体型”3种叙述声音模式总结了女性叙述声音实现话语权威的策略。本书拟从时间和空间以及时空结合这3个维度研究女性主义叙述策略，从实际可操作性的角度出发，本书作者将分析的文本限于美国黑人女性文学范围之内。这种选择出于两方面的考虑，一是女性作家从古至今、从欧洲到美洲以及其他各个国家，范围之广，无法一一罗列，可以按地域、种族、时代来分类阐释和总结，无疑这是一个浩瀚的工程。就个人首部专著的研究和撰写层面而言，选择某一地域及某一族裔的女性文学进行文本的叙述策略研究无疑是一个明智而可行的选择，在后续研究中，可以逐渐拓展其文本选择的范围，直至涵盖所有的女性文本类型。其二，美国黑人女性是一个特殊的群体，她们在历史上深受种族和性别的双重压迫。在文学作品中，黑人女性长期以来处于“他者”的地位和“失语”的处境。为改变这种边缘书写的地位，美国黑人女性作家努力在创作中构建自己的话语体系、自我身份以及社会地位，因而形成了独特的美国黑人女性书写风格。

本书选择研究美国黑人女性文学的时空叙述策略，并提出建立美国黑人女性文学时空叙述模式的假设，以期在以下3个方面有所构建或对已有的研究框架有所突破。第一，本书作者希望本研究能够拓宽女性主义叙述学的研究视角。兰瑟从叙述声音的视角出发，探讨并总结了女性文学作品中实现女性话语权威的3种叙述声音模式。而时间与空间是构建叙述世界基本思想框架的两个不可或缺的基本要素，对于美国黑人女性作家而言，时间和空间对于构建她们特殊群体的历史具有非常独特的叙述功能。本书作者将通过分析美国黑人女性文学作品的时间、空间叙述策略，总结出构建黑人女性话语权威的时空叙述模式，从而拓宽女性主义叙述学的研究视角。第二，本书作者希望本研究在文学批评方法论上能有一定的突破。时间和空间这两个基本叙述要素之间是相互依存的，二者形成了一个你中有我、我中有你的统一体。在研究过程中，为方便起见，将时间和空间这两种叙述策略分开讨论，然后再进行时空统一体的解读。在文本解读时首先要弄清楚小说的时间线索，把握小说的整体结构，在此基础上，空间自然而然地就凸显出来。第三，本书作者希望本研究能够丰富美国黑人女性文学的批评实践。国内外学者分别从文学理论、性别和种族政治、文化隐喻以及创作技巧等不同层面对美国黑人女性文学作品进行了探讨和剖析，但是把时间和空间两种因素结合起来，将美国黑人女性作家作为一个整体对其进行时空叙述策略的探讨，国内外学术领域尚未涉及。本书作者希望能在这一方面进行尝试性探讨。

以上内容阐释了本章绪论结尾提出的构建美国黑人女性文学时空叙述模式这一假设的预期结果，为论证这一假设的可行性所采取的论述方法将在本章第三小节——“本书的研究方法、主体结构和创新点”中进行概述。

第二节 女性主义叙述学发展脉络梳理及美国黑人女性文学批评综述

本书以美国黑人女性文学作品为分析对象来探讨女性主义叙述学的时空模式。因此本小节将从两方面进行文献回顾：首先将对国内外近 30 年女性主义叙述学的发展进行梳理，然后对国内外近 50 年美国黑人女性文学的批评实践进行综述。

女性主义叙述学是女性主义或女性主义文学理论和批评与经典结构主义叙述学融合的交叉学科。前者迄今经历了三次浪潮，第一次浪潮发生在 18 世纪末至 20 世纪 50 年代，以英美等西方国家中产阶级白人妇女精英等自由派为主体，以追求选举权等与男性平等的政治权利为目标；第二次浪潮发轫于 20 世纪 60 年代的美国，持续到 80 年代，以西方新左派等激进女性主义者为主体，深入剖析女性受压迫的阶级、经济、文化等方面的根源，以反抗父权制压迫、谋求女性的全面解放和人格独立为目标；第三次浪潮始于 20 世纪 90 年代，在后现代背景下推崇女性自身的主体价值、个体体验和多元文化现实性，探寻建构女性自身的话语体系。后者诞生于法国，迅速扩展到了其他国家，成为一股独领风骚的国际性叙述研究潮流。20 世纪 80 年代以来，两者逐渐相互融合，形成一个发展势头强劲的交叉学科流派。本小节首先梳理国内外近 30 年女性主义叙述学研究的发展脉络，并以数据说明国内外在这一研究领域的差异；然后分类阐述这一学派的理论贡献和文学批评实践，并指出国内外在理论发展和批评实践方面各自的侧重点；最后指出女性主义叙述学理论在发展过程中存在的问题与不足并分析其内在原因，同时探讨在全球化、多元文化的新格局下女性主义叙述学未来发展的出路。

女性主义叙述学的开创人是美国布兰迪斯大学英语和比较文学教授苏珊·S·兰瑟。她的第一部专著《叙事行为：小说中的视角》（*The Narrative*

Act：*Point of View in Prose Fiction*）于 1981 年在普林斯顿大学出版社出版，书中虽然没有使用“女性主义叙述学”这一名称，但可以称其为女性主义叙述学的开山之作，兰瑟提出了女性主义叙述学的基本理论框架，并对具体文学作品进行了批评实践。1986 年，兰瑟在美国的《文体》（*Style*）杂志上发表了一篇具有宣言性质的论文——“建构女性主义叙述学”（Towards a Feminist Narratology）。她首次采用“女性主义叙述学”这一术语，并系统地对这一新兴学派的研究目的和方法加以阐述。20 世纪 80 年代末和 90 年代初，美国又出版了两部重量级著作：美国弗蒙特大学英文系教授罗宾 • 沃霍尔（Robyn R. Warhol 1955—）的《性别化的干预 —— 维多利亚时期小说的叙述话语》（*Gendered Interventions*：*Narrative Discourse in the Victorian Novel*，1989）和兰瑟的《虚构的权威——女性作家与叙述声音》。这两部著作进一步阐述了女性主义叙述学的主要目标、基本立场和研究方法，并进行了更系统的批评实践。20 世纪 90 年代以来，有关女性主义叙述学的论著和论文不断涌现，女性主义叙述学成为美国叙述研究领域的一门显学。国内最早对西方女性主义叙述学理论进行介绍的是北京大学外国语学院英语系的申丹教授，申丹教授在 2004 年发表了两篇论文：一篇是在《国外文学》上发表的“‘话语’结构与性别政治 —— 女性主义叙事学‘话语’研究评介”；另一篇是《北京大学学报》上的“叙事形式与性别政治 —— 女性主义叙事学评介”。这两篇文章梳理了西方女性主义叙述学的发展脉络，并系统介绍了女性主义叙述学的研究方法。2002 年值北京大学出版社建立一百周年之际，“未名译库”编委会成立，其中由申丹教授任主编的“新叙事理论译丛”译介研究团队的成立标志着后经典叙述学向国内传播发展的开端。黄必康教授翻译了女性主义叙事理论的代表作——《虚构的权威——女性作家与叙述声音》。此后探讨女性主义叙述学理论和使用这一理论进行文本分析的文章在各类期刊上不断涌现，并且还有相当大一部分硕博士论文也对这一新兴学派理论进行了探讨。

本书作者使用 Jstor 和中国知网这两个数据库，分别输入关键词“feminist narratology”和“女性主义叙述学”，对国内外有关女性主义叙述学的期刊文章进行检索。另外通过谷歌图书搜索有关“feminist narratology”和“女性主义叙述学”方面的著作。检索结果如下：国外研究以 2000 年为界大致可分为两个阶段。1984—2000 年，女性主义叙述学方面的专著为 19 部，发表在 *Poetics Today*，*Style*，*Journal of Narrative Theory*，*Tulsa Studies in Women's Literature*，

PMLA 以及 *Diacritics* 等期刊上关于理论探讨的论文为 24 篇，关于使用女性主义叙述学理论进行文本分析的论文为 11 篇；2001—2013 年专著为 4 部，理论探讨方面的论文为 42 篇，使用这一理论进行文本分析方面的论文为 18 篇。国内研究在 2000 年之前是空白的，从 2001 年开始女性主义叙述学方面的研究才初露端倪，迄今共出版了两部探讨中国本土文学的女性主义叙述学著作。此外，申丹教授的两部著作——《英美小说叙事理论研究》和《西方叙事学：经典与后经典》——中有专门的章节介绍女性主义叙述学；2000 年以来，国内学界对女性主义叙述学进行理论探讨的论文总共有 12 篇，结合女性主义叙述学理论进行文本分析的论文有 39 篇。将这些数据使用表格呈现出来见表 1-1。

表 1-1 女性主义叙述学国内外研究文献数量对比

	国外研究			国内研究		
	专著	理论文章	文本文章	专著	理论文章	文本文章
1984—2000	19	24	11	0	0	0
2001—2013	4	42	18	2	12	39

将这些数据使用柱状图表现出来，能更直观地观察到国内外研究的差异，如图 1 所示（其中“理论”和“文本”各自代表“有关女性主义叙述学理论探讨的期刊文章”和“结合理论进行文本分析的文章”）。

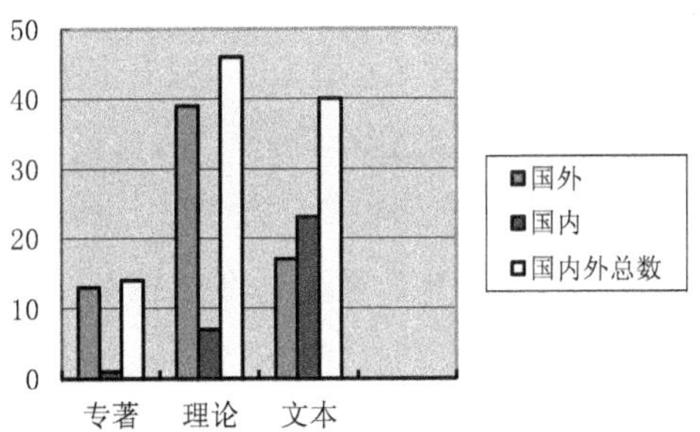

图 1 女性主义叙述学国内外研究文献数量对比

通过检索收集到的资料显示，西方女性主义叙述学的研究主要以理论构建、理论延伸、多角度探讨为研究模式，国内以译介西方女性主义叙述学的研究成果为起点，将理论延伸到文学批评实践中为主要的研究模式。国内外有关女性主义叙述学研究的学术贡献主要表现在以下 4 个方面。

第一，理论构建。兰瑟在《叙事行为：小说中的视角》一书中围绕叙述视点对女性主义性别政治意识形态性以及关系论进行了修正，使叙述视点成为女性主义文学批评的工具之一；使具体文学批评从关注形式结构转为关注形式结构与意识形态的关联，从作品本身转向了读者的阐释过程；关注社会历史语境如何影响乃至决定叙事结构尤其是叙述视点；将看似分离的两个学科融合在一起，开创了女性主义和诗学分析的综合研究。

1986 年，兰瑟发表了“建构女性主义叙述学”一文，以 1832 年 4 月出版的《埃特金森的匣子》中题名为《女性小聪明》的一封秘密书信为范例，根据受述者（叙述接受者、读者）的结构位置区分了两种叙述模式：“公开型叙述”和“私下型叙述”。公开型叙述是针对丈夫宣扬个人婚姻幸福，私下型叙述针对文本内的受述者——女性知心朋友来谴责丈夫并控诉社会婚姻制度；然后又增加了“半私下叙述”这一模式来涵盖公众读者这一受述者；并指出社会历史语境是导致这一双重文本（表面文本和隐含文本）叙述的根源，在一个压制女性声音的文化里女性作者不得已要采用复杂的叙述策略，为不同读者和不同目的而采用不同的叙述结构，这些具体叙述形式是对权力关系造就的场景规则的回应。

沃霍尔也是重要的女性主义叙述学创始人之一，她在《性别化的干预》中区分了 19 世纪现实主义小说中的两种叙述干预（即叙述者的评论）：一种是“吸引型”，旨在让读者更加投入故事，并认真对待叙述者的评论；另一种是“疏远型”，旨在让读者和故事保持一定距离；根据这两种干预在男女作家文本中出现的频率，将前者界定为“女性”，后者界定为“男性”；19 世纪的英国说教性现实主义小说中，女作家更多地采用“吸引型的”叙述方法，因为当时女作家很少有公开表达自己观点的机会，想改造社会，就得借助小说这一平台，供读者进行“吸引型的”评论，这种“女性技巧”完全是社会因素的产物。（申丹 2005：282—283）

“叙述声音”这一术语在叙述学中指的是叙述者，有别于作者和非叙述性的人物，在女性主义中指身份和权力。兰瑟认为叙述声音和被叙述的外部世界具有互构关系，因此要结合社会身份和叙述形式、文本与历史来探讨女性叙述声音。在《虚构的权威》一书中兰瑟区分了“作者型”“个人型”和“集体型”3 种叙述声音模式，“作者型”叙述声音即传统的全知全能、第三人称叙述，属于异故事叙述；“个人型”叙述声音即同故事的第一人称叙述，讲故事的“我”和故事的主角“我”为同一人；“集体性”叙述声音是经典叙述学中没有涉及的类型，兰瑟区分了3种不同的集体型叙述：某叙述者代表某群体发言的“单言”（singular）形式，复数主语“我们”叙述的“共言”（simultaneous）形式和群体中个人轮流发言的“轮言”（sequential）形式。兰瑟通过对叙述声音模式的探讨总结了女性叙述声音实现话语权威的策略。

加拿大女性主义文评杂志*Tessera*的创办者之一凯西·梅齐（Kathy Mezei1947—）主编的《含混的话语：女性主义叙述学与英国女作家》（*Ambiguous Discourse*：*Feminist Narratology and British Women Writers*）论文集，于1996年在美国出版，该书主要收录了沃霍尔的“眼光、身体和女主人公：《劝导》的女性主义叙述学解读”、克里斯汀·罗斯顿（Christine Roulston）的“话语、性别和闲聊：反思巴赫金和《爱玛》”以及凯西·梅齐的“谁在这里说话？《爱玛》、《霍华德别业》”和“《戴洛维夫人》中的自由间接话语、社会性别与权威”等论文。她宣称：“1989年，女性主义叙述学进入了另一个重要的阶段：从理论探讨转向了批评实践。”（Mezei 8）选定分析的文本“从18世纪英国现实主义小说到后现代的元小说中女性作家使用的话语无不体现着形式各异的含混或模糊（ambiguity）这一特性，论文集中的论文通过文本细读展示了女性主义叙述学如何从叙述和作者、叙述者、人物以及读者性别的角度对含混、意义不确定以及违反常规的内容进行定位并解构”，（2）“这些论文都探讨了性别在话语层面上的作用”（1）。梅齐断言在她所探讨的小说里，“自由间接引语”具有结构上的不确定性，在叙述者的声音和人物的声音之间摇摆不定，这一叙述技巧构成作者、叙述者和聚焦人物以及固定的和变动的性别角色之间的文本斗争场所。她将（传统）叙述权威视为父权制社会压迫女性的手段，关注对叙述权威的削弱和抵制，聚焦于女性人物与叙述者的“文本斗争”。此外她还关注作者的自然性别与第三人称叙述者体现出来的社会性别之间的区分，处于故事外的第三人称叙述者往往无自然性别之分，其性别立场只能根据话语特征加以建构。梅齐的论文集聚焦于“自由间接引语”的性别政治意义，构成了女性主义叙述学观察问题的新角度或阐释文本的新维度。（申丹2004<2>：3-11）

第二，理论延伸，视角拓宽。露丝·佩奇（Ruth E. Page）的著作《女性主义叙述学的文学和语言学研究方法》（*Literary and Linguistic Approaches to Feminist Narratology*，2006）发展了女性主义叙述学，她以动态的眼光审视女性主义叙述学，认为构成这一学派的两个分支——女性主义和叙述学都已经进入了后现代发展阶段，这一发展最明显的标志就是多元化（multiplicity）。例如，到20世纪90年代女性主义出现了黑人女性主义、同性恋女性主义、激进女性主义、自由女性主义、生态女性主义和全球女性主义等多个分支，因此被称为后现代女性主义；叙述学理论也进入了后现代发展阶段，建立普遍性原则的目标受到新变化的挑战。佩奇回应了时代发展的新要求：将多样化和统一化相结合，用更加完整的方法研究女性主义叙述学，旨在建立后现代女性主义叙述学（postmodern feminist narratology）。她质疑以兰瑟为代表的传统女性主义叙述学的理论基础——叙述存在性别差异，并从3个方面发展了女性主义叙述学。第一，研究方法更具科学性。她采用对比的方法（comparative）、用社会语言学和批评式话语分析（CDA）模式并通过建立语料库的途径进行实证研究，用数据说话，因此得出的结果更加客观真实，这一研究方法是对传统女性主义叙述学文本细读法的有益补充。第二，文本素材种类增多。与传统女性主义叙述学拘泥于文学文本分析不同的是，佩奇增加了"非文学"叙事素材的类型，如对话故事、媒体报道、儿童写作等，这些不同类型的文本提供了大量与真实语境相关联的范例。第三，变量由单一衍变为多样性。佩奇对传统女性主义叙述学的基本原理——叙事文本存在性别差异——提出质疑后，对不同类型的叙事素材进行了对比和实证研究，结果发现性别不是影响叙述性程度差异的唯一因素，种族、受教育环境、年龄等也是必要考虑的变量。在对男性、女性讲述故事的实证研究中，结果竟然显示男性、女性故事讲述者的差异远远小于他们的相似处——两者都喜欢使用轶事结构（anecdotal structure）。佩奇的研究促使女性主义叙述学对性别和语境这两个因素进行重新审视。

面对多元发展的新气象，兰瑟也用发展的眼光对女性主义叙述学的未来发展作出了独特阐释。首先她洞察了全球化、多元文化格局下语境的新要素；其次她将从前假定存在性别差异的研究模式改为观察特定的身份组合产生的性别化内容；最后借助"影子情节"（negative plotting）这一新概念更好地考察了关于社会形成、历史个案和女性主义理论本身的策略和境遇。在"我们到了没——'交叉路口'的女性主义叙事学的未来"（Are We There Yet? – The Intersectional Future of Feminist Narratology）一文中，她借用女性主义法学学者金伯勒·克伦肖（Kimberle Crenshaw）的"交叉路口性"（intersectionality）这一隐喻，赋予了女性主义叙述学全新的意义。她指出影响身份的因素除了性别外，还包括种族、国籍、阶级、年龄、身体素质、宗教、语言等特征，在分布着统治、排外、机遇、限制、优势、劣势和特权的世界中产生了特定的社会定位。不同的身份因素产生关联，相互汇集，在社会定位中，“交通”不同程度地影响着个体和群体朝向特定目标的运动。女性的生活、著作以及对女性的再现同样属于这一性质。对叙述研究而言，在研究历史叙述或者虚构叙述、女性作家或者男性作家、女性声音或者男性声音，或者人物及其对世界的叙述时，不能假定天然存在着性别化模式，也不能假定我们能预见这些模式，而是观察在特定位置的特定身份组合产生的结构性和情境性效果。“交叉路口”的女性主义可以与跨越时空的叙述模式互为映照，从而创造出一种叙述学，它既是历史的和跨文化的，也是形式的和理论的，因此使我们得以将（叙述的）形式读成（性别化的）内容。“影子情节”这一概念，用来指事件的重要意义来自它们在文本引发的对立面这样的情形。女性主义的历史，无论是文学的还是社会的，都充满了内在的和外在的影子情节，各种形式的影子情节不仅有助于我们考察不同文化时空中的作家、叙述者、人物和读者的策略和境遇，还有助于我们考察关于社会形成、历史个案和女性主义理论本身的策略和境遇。

第三，国内译介与著作。以美国、加拿大学者为首的西方女性主义叙述学家侧重女性主义叙事理论的构建和发展，国内学者对西方女性主义叙述学的理论进行了介绍和传播。申丹教授在《英美小说叙事理论研究》的第十一章专门介绍了女性主义叙述学：从女性主义叙述学的发展过程、与女性主义文评之差异、对结构主义叙述学之批评的正误、叙述结构与遣词造句以及“话语”研究模式 5 个部分概述了西方女性主义叙述学研究的内容和方法。禹建湘的《徘徊在边缘的女性主义叙事》论述了当代中国女作家的性别书写和主体性，但内容上侧重女性主义批评，较少运用叙述学理论，并不是真正意义上的女性主义叙述学探讨。陈顺馨的《中国当代文学的叙事与性别》运用叙述学理论和女性主义方法，涉及《浮出历史地表》没有论及的“17 年”文学，认为当代中国“无性别”潜含着男性对女性的压抑。在分析凌叔华小说《酒后》与丁西林改编的话剧《酒后》这一节中，选文能体现男女叙述和立场的差异。作者还将王安忆《叔叔的故事》定义为反控制的叙述，契合了兰瑟的叙述权威理论，遗憾的是陈顺馨没有理论建构的意识。（凌逾 135-136）

第四，期刊论文。国内外有关女性主义叙述学的期刊论文呈现几何式增长，但侧重点各异，国外期刊中有关女性主义叙述学理论探讨方面的论文远远大于文本分析方面的论文，而国内情况恰恰相反。国外比较有影响力的期刊文章有：兰瑟于1986年发表的“Toward a Feminist Narratology”、1988年发表的、以色列学者妮莉·迪恩格特（Nilli Diengott）与兰瑟同年发表在同一期刊上的“Narratology and Feminism”、沃霍尔在1992年发表的“The Look, the Body, and the Heroine: A Feminist-Narratological Reading of *Persuasion*”以及玛格丽特·霍曼斯（Margaret Homans）于1994年发表的“Feminist Fictions and Feminist Theories of Narrative”等。国内有关理论探讨的文章除了申丹教授的两篇重量级论文之外，还有黄必康教授的“建构叙述声音的女性主义理论”、凌逾的“女性主义叙事学及其中国本土化推进”、唐伟胜的“性别、身份与叙事话语：西方女性主义叙事学的主流研究方法”、潘丽的“叙事的性别化——论苏珊·S. 兰瑟的女性主义叙事学”以及隋晓冰的“西方女性主义的叙事聚焦研究”等。国内将女性主义叙述学理论应用到文本分析中的论文虽然起步晚，但是在数量上已经超过了同期的国外相关研究，既有分析外国文学作品的，也有分析中国文学作品的，代表性论文主要有：王丽英的“乔治·艾略特小说女性主义叙事模式的研究”、陈洁的“女性声音与男性眼光——关于《纯真年代》的女性主义叙事学解读”、陈妍“《实现叙述声音的权威——从女性主义叙事学角度解读谭恩美的作品”、舒凌鸿的““冷漠”叙述者的“镜像突围”——《长恨歌》的女性主义叙事学解读”、曹丽莎的“男性语境中的新女性形象——用女性主义叙事学解读《法国中尉的女人》”以及沈俊的“中泽惠的女性主义叙事策略——以《感受大海的时候》为例”学等。

通过梳理国内外近30年女性主义叙述学的发展脉络，我们可以看到作为后经典叙述学重要组成部分的女性主义叙述学从萌芽到建立、再到发展壮大这一历程中取得的成绩，同时也应该发现其中存在着诸多问题。第一，女性主义叙述学的理论建构没有形成一个系统的框架。兰瑟主要从叙述视角、叙述模式和叙述声音3个角度探讨了实现女性权威的女性主义策略；沃霍尔从叙述者和受述者的距离定位对叙述模式进行了性别化的探讨；梅齐则从叙述话语的模糊性探讨女性作家为削弱男性权威采取的曲线叙述策略。从以上主要女性主义叙述学创始人的研究成果看，她们各有侧重，相对于经典叙述学的理论框架来说，女性主义叙述学没有形成一个完整的框架，例如人物塑造、叙述时间、空间等经典叙述学发展成熟的理论板块迄今为止没有女性主义视角的探讨。第二，理论建构的方法比较单一，选取文本范围比较狭窄。兰瑟、梅齐等主要女性主义叙述学创始人在进行理论研究时，主要采用文本细读的方法，以个人主观经验归纳出女性作家批判男性权威、建构女性权威的独特叙述策略；她们选取的文本主要是18世纪中叶至20世纪的英法女作家作品以及美国黑人女性作家的主要作品，对于第三世界或者其他族裔的女性作家作品几乎没有关注，更没有涉猎非文学叙述文本。第三，国内的女性主义叙述学研究理论建构意识略显薄弱，批评实践、研究模式有些单一，创新性上有所欠缺。原因在于国内研究起步比较晚，从21世纪刚刚兴起，没有形成独特的中国女性主义叙述理论，主要采用译介的方法对西方女性主义叙述学加以介绍、传播并运用到文本分析的实践中。申丹教授的研究成果聚焦于对西方女性主义叙述理论的反思，其出发点是西方的女性主义叙述理论而非中国的女性叙述理论。禹建湘和陈顺馨的专著也缺乏建构中国女性主义叙述理论的意识。其次有关女性主义叙述学文本分析的研究论文在数量上远远高于理论探讨的文章，且大多数文章从叙述声音或叙述视角出发进行批评实践，重复性研究较多，缺乏创新性。

针对上述问题，本书作者认为在女性主义叙述学的理论建构方面，要勇敢地探索无人涉足之处，例如可以在人物塑造、叙述时间和空间等领域进行女性主义的视角探讨，以此来丰富女性主义叙述学的理论框架。同时可以拓宽叙述文本的选择面，将女性主义叙述学的研究深入到非欧美主流国家的其他国家、族裔的文学作品中，也可以尝试对非文学叙述文本进行相关研究，以求从更广的素材研究中探索影响女性主义叙述的语境因素以及在这些特定语境下女性作家的独特叙述技巧，从而从视角和选材上拓宽了女性主义叙述学的研究领域。

本书拟从时间和空间以及时空结合这3个方面探讨美国黑人女性文学的叙述策略，目的是构建黑人女性文学的时空叙述模式。这一研究开展的基础一方面建立在对女性主义叙述学的研究梳理之上，另一方面建立在对美国黑人女性文学的批评综述之上。

美国黑人女性文学是在西方女性主义运动的影响下产生和发展起来的，是“以黑人女性作家、黑人女性意识、黑人女性主题与黑人女性语体的构建和发展为标识的。在文学书写历史中，关于女性形象的描写首先是男人笔下的女人，女人（白人）笔下的自己，之后黑人女性文学渐渐从种族和性别的双重挤压下如同抽丝般分离出来，形成自己独特的书写范式”。（朱立元356）

黑人女性作家的创作题材丰富、风格各异、主题鲜明，有强烈的时代感与使命感，给读者展现了黑人女性争取自由、平等、构建自我身份的全景图。黑人女性作家的作品中涉及了美国社会中存在的种族歧视问题、妇女问题、宗教问题、同性恋问题及非洲的殖民主义问题等；描写了黑人妇女的“他者”地位，“失语”处境，种族、性别和阶级重压下的生存状态以及她们在夹缝中奋力前行、不屈不挠、坚持找寻自我身份的历程。她们在表达上述主题的过程中，形成了群体特有的叙述技巧和策略，构成了独特的黑人女性书写。

本书作者使用 Jstor 和中国知网这两个数据库，通过输入关键词“American black women literature”和“美国黑人女性文学”检索了 1963—2013 年 50 年间国内外相关的期刊文章，国外有关美国黑人女性文学的期刊文章数量为 708 205 篇，国内相关的期刊文章为 5 211 篇。本书作者又在这两个数据库中分别输入关键词“American black women narrative”和“美国黑人女性叙述”，检索结果如下：国外相关期刊文章为 422 002 篇，国内相关期刊文章为 3 305 篇。另外通过谷歌图书搜索有关“美国黑人女性文学”（American black women literature）的著作，检索到相关英文著作 259 000 部，中文著作 831 部。

对检索到的有关黑人女性主义文学批评的期刊文章或者著作进行分类，大致可分为以下 4 个方面：第一，对黑人女性主义批评理论的建构。芭芭拉·史密斯（Barbara Smith 1946—）的《迈向黑人女性主义的批评》（*Toward a Black Feminist Criticism*，1982）开创了黑人女性主义批评之先河。该著作的核心问题是建立以黑人女性文学为研究对象的黑人女性主义批评。她指出了黑人女性被主流话语、白人女性话语、黑人男性话语排斥在外的边缘地位，同时还将种族、性别、阶级的概念引入了女性主义文学批评以及整个文学批评领域，为当代第三世界女性主义批评奠定了基础。她认为“黑人女性作家的作品中，种族、阶级政治和性别政治是重要的连锁因素”。（Hull et. al. 159）芭芭拉·克里斯廷（Barbara Christian 1943—2000）所著的《新黑人女性主义批评，1985—2000》（*New Black Feminist Criticism*，1985—2000，2007）收录了对莫里森、沃克、马歇尔等有影响力的黑人女性作家的评论文章，并提出了自己的文学激进主义观点。贝尔·胡克斯（Bell Hooks 1952—）的《女性主义理论：从边缘到中心》（*Feminist Theory: from Margin to Center*，1984）以种族、性别、阶级共时性话语为特点，挑战了传统女性主义的观点。黑人女性主义思想家帕特里夏·希尔·柯林斯（Patricia Hill Collins 1948—）的《黑人女性主义思潮：知识、意识与权力政治》（*Black Feminist Thought — Knowledge, Consciousness and the Politics of Empowerment*，2009）系统阐述了黑人女性思想的定义、核心议题及知识论，成为全面阐释黑人女性主义批评思想的著作。第二，对黑人女性文学批评理论的建构。如：芭芭拉·克里斯廷的著作《黑人女作家：传统的形成，1892—1976》（*Black Women Novelists: The Development of a Tradition*，1892—1976）探讨了文学中所表现的性别主义和种族主义关系以及对这一时期黑人女性作家或明或暗的禁锢。亨利·路易斯·盖茨（Henry Louis Gates Jr. 1950—）所著的《黑人文学和文学理论》（*Black Literature and Literary Theory*，1984），一部分探讨了黑人文学创作中的结构主义和后结构主义理论；另一部分借助上述理论对两位黑人男性作家和五位黑人女性作家的作品进行了文学批判实践。艾丽斯·沃克（Alice Walker 1944—）在其论文集《寻找我们母亲的花园——妇女主义诗歌》（*In Search of Our Mother's Garden — Womanist Prose*，1984）中提出了“妇女主义”这一当代美国黑人女性主义批评中极其重要的概念，可以说是“黑人女性主义批评区别于黑人文学和白人女性主义的分水岭”。（嵇敏 2000：62）国内学者嵇敏的专著《美国黑人女性主义视域下的女性书写》抓住了黑人女性书写的重要历史时期及其文本特征、文化特征、美学特征、时代特征和思想特征，揭示出美国黑人女性主义的本质。第三，以文学史为形式的某一时期黑人女性作家作品创作主题的分析。玛丽·海伦·华盛顿（Mary Helen Washington 1941—）所著的《创造的生活：黑人女性叙述，1860—1960》（*Invented Lives: Narratives of Black Women* 1860—1960，1987）按照时间顺序，分 6 个部分对这一段历史中 11 位重要的黑人女性作家的代表性作品进行了叙述主题分析。北京外国语大学的金莉教授所著的《20世纪美国女性小说研究》中，辟专节探讨了三位重要的黑人女性作家的创作实践：歌唱“和谐”的加勒比裔女作家葆拉·马歇尔，超越双重樊篱的非裔女性托尼·莫里森以及寻找母亲花园的“妇女”艾丽斯·沃克。第四，对个别作家的文学创作实践的多角度批评。国内学者关于黑人女性作家作品研究的代表性专著有王守仁、吴新云合著的《性别、种族、文化 —— 托尼·莫里森的小说创作》，该著作通过详细解读莫里森的 8 部长篇小说，对她的文学创作思想和艺术特色进行了全面的考察。王玉括博士的《莫里森研究》在新历史主义批评方法的基础上，考察了莫里森的文化立场，即莫里森对白人文学传统的重读、重写和抗拒。章汝雯教授的《托尼·莫里森研究》以莫里森的创作理念及创作手法为切入点，以文本分析为主要手段，系统地阐述了莫里森的民族性、女性主义观点、政治观点、审美意识、对黑人民族文化所持的态度及其现代派的创作手法，为国内读者全面、深刻、系统地了解这位诺贝尔文学奖得主提供了一个新视角。程锡麟教授的《赫斯顿研究》从作家自传、代表作品分析和该作家在欧美国家的研究历史与现状以及在中国的译介情况，全面介绍了有关佐拉·尼尔·赫斯顿（Zora Neale Hurston ）这位哈莱姆文艺复兴时期美国黑人女性作家的研究成果。武玉莲博士撰写的博士论文《格洛丽亚·内勒乌托邦思想之研究》探讨了这位非裔美国文学史上极富洞察力的作家作品中所蕴含的乌托邦思想的嬗变历程以及变化背后的原因及其乌托邦思想的独特性。山东大学的博士巴纳尼·比斯瓦斯（Banani Biswas）撰写的博士论文《黑凤凰的“她史”：沃克小说中的性别构想研究》探究了艾丽斯·沃克这位获得普利策奖和国家图书奖的美国黑人女性作家的性哲学。

综上所述，美国黑人女性文学批评经历了从黑人女性主义批评理论的建构、到黑人女性文学批评理论的建构、再到以文学史为形式的某一时期黑人女性作家作品创作主题的分析以及对个别作家的文学创作实践的多角度批评批判这一过程，其核心问题都是“建构黑人女性文学传统和批评传统”。从早期奴隶叙事中黑人女性对自由和平等的渴求，到哈莱姆文艺复兴时期黑人女性在种族主义和性别主义双重压迫的社会中寻求自我价值的实现和自我身份的认证所进行的努力，再到当代黑人女性对种族文化身份的追求，这一艰难的历史进程都贯穿于黑人女性作家的文学创作中。总体来说，与美国黑人女性文学的创作及批评理论经历相对应，美国黑人女性主义文学批评经历了“从描述到抗议、从激进到内省、从对黑人民族特性的倡导到对人类共同问题的关注这一逐步成熟的阶段”。（胡笑瑛 133）虽然美国黑人女性文学批评实践取得了丰富的研究成果，但是把时间和空间两种因素结合起来，将美国黑人女性文学作为一个整体对其进行时空叙述策略的探讨，在国内外学术领域还是一项空白。就此而言，本书选择研究黑人女性文学的时空叙述策略，以期在构建黑人女性时空叙述模式方面有所突破。从这层意义上讲，本研究不仅能够丰富黑人女性文学的批评实践，在对其他文学作品的研究方法上也具有一定的借鉴意义。

第三节 本书的研究方法、主体结构和创新点

通过回顾女性主义叙述学的发展脉络和美国黑人女性文学批评实践的现状，可以看出，将两者结合起来，对美国黑人女性文学作品进行新的叙述模式

的探讨，寻找出一些有规律的因素或曰模式，对于丰富目前仅涉及叙述声音模式的女性主义叙述学的研究是一项非常有益的补充。除此之外，本研究还能对其他类文学作品的时空结合叙述研究提供有价值的参考对象。本书主要采用了两种研究方法。

时空叙述批评：对热奈特的叙述时间理论、列斐伏尔的空间生产理论以及巴赫金的时空体概念的认识是本研究得以开展的基本前提。热奈特在《叙述话语》一书中从时序、时距和频率 3 个方面讨论了时间在叙述文中的表现形式，从时序方面入手，叙述时间分顺时、闪回、闪前等类型；从时距方面入手，叙述时间还可以划分为概述、场景、省略和停顿等类型；从叙述频率方面考察，还有单一叙述、重复叙述和概括叙述的划分。列斐伏尔的空间理论批判了传统认识论上的二元论方法，他在《空间的生产》中提出了一个相当引人注目的"三元组合概念"："空间实践"（spatial practice）、"空间的再现"（representation of space）及"再现的空间"（representational space）。他将空间划分为感知的空间（perceived space）、构想的空间（conceived space）、生活的空间（lived space）。索亚指出：列斐伏尔的这第三个空间强调了统治、服从和反抗的关系。通过以上对空间概念的分析与类型划分，列斐伏尔指出社会性是空间的本质属性，空间并非社会关系演变的静止的容器或平台，而是社会关系的产物，它产生于有目的的社会实践。（赵罗英 37）同时，他认为空间作为社会的特殊产物，带有"性别代码"，"既能反映同时又影响性别的社会建构和理解。"传统的时空观把时间和空间割裂开来讨论，巴赫金则把二者联系起来，提出了时空体理论，这一术语源自相对论，巴赫金把它借用到文学理论中来，几乎是作为一种比喻，表示时间和空间的不可分割性。时空体是形式兼内容的一个文学范畴。在文学中的艺术时空体里，空间和时间标志融合在一个被认识了的具体的整体中。时间在这里浓缩、凝聚，变成艺术上可见的东西；空间则趋向紧张，被卷入时间、情节、历史的运动之中。时间的标志要展现在空间里，而空间则要通过时间来理解和衡量。（巴赫金 274-275）本书将以热奈特、列斐伏尔以及巴赫金提出的时间、空间和时空体理论为基础，以时空叙述批评方法论作为本研究具体过程中的总的指导原则，以美国黑人女性文学作品为主要论述对象，探讨时空二元一体的诸元素如何建构起黑人女性话语权威。

文本分析法：本书作者从美国黑人女性文学发展的两个阶段中选择了 7 部有代表性的作品：被誉为第一位美国黑人女性作家、开奴隶叙事之先河的哈里雅特·威尔逊（Harriet E. Wilson 1825—1900）所著的《我们黑人——一个自由黑人的生活写照》[①]（*Our Nig; or, Sketches from the Life of a Free Black*，1859）、黑人女性作家文艺复兴[②]时期优秀作家葆拉·马歇尔（Paule Marshall 1929—2019）的《褐姑娘，褐砖房》（*Brown Girl, Brownstones*，1959）、领军人物之一艾丽斯·沃克（Alice Walker 1944—）所著的《紫颜色》（*The Color Purple*，1984）以及第一位获得诺贝尔文学奖的黑人女作家托尼·莫里森（Toni Morrison 1931—2019）所著的《最蓝的眼睛》（*The Bluest Eye*，1970）、《秀拉》（*Sula*）、《娇女》（*Beloved*，1987）和《恩惠》（*A Mercy*，2008）。本书作者在仔细阅读这些代表作品的基础上，将分析小说文本中的时间和空间叙述策略，探讨不同的时间叙述策略如何浮现出黑人女性的苦难历史，解读不同的叙述空间如何勾勒出黑人女性遭受双重歧视与压迫的社会，在此基础上总结出在时间和空间二元一体结构下黑人女性作品中构建的时空体类型，并且剖析这些时空体如何彰显出独特的黑人女性话语权威。

本书的主体结构包括 3 个章节，这 3 个章节即本书作者的研究思路。

第二章探讨美国黑人女性文学创作中的时间叙述策略。威尔逊所著的《我们黑人》中采取了顺时叙述策略，把一个契约奴遭到母亲遗弃、又惨遭白人女主人虐待、最后又被黑人丈夫抛弃的悲惨一生真实地呈现出来。莫里森的《娇女》在叙述时间的安排上采用闪回（倒叙）的策略，女主人公瑟思（Sethe）始终无法摆脱对过去的回忆，这种对现在时间进行侵蚀的不同类型的回忆，真实地呈现了蓄奴制度的罪恶。《恩惠》讲述了美国尚未成为国家之前的故事，以奴隶女孩佛罗伦斯（Florens）的忏悔开始，时而回忆八年前被母亲抛弃的情景，时而又回到当前的生活，这种现在和过去时间穿梭交织的跳跃式时间叙述策略用模糊物理时间的方式聚焦了黑人女奴的心理成长过程。《秀拉》是一部关于黑人女性成长的小说，创作中使用了省略的叙述策略，当读者对离经叛道的新型黑人女性形象感到迷惑不解时，作者没有对疑问进行填补，这种迷宫似的空白叙述大大调动了读者在时间建构解读上的参与意识。不管是蓄奴制下的黑人女奴，还是获得解放后的自由人，黑人女性作家在叙述中创建的多种时间

① 下文简称《我们黑人》。

② Deirdre J. Raynor 和 Johnnella E. Butler 在 *Morrison and the Critical Community* 一文中提出了“黑人女性作家文艺复兴”这一术语。引自 *The Cambridge Companion to Toni Morrison*. Ed. Tally, Justine. New York: Cambridge UP, 2007:175.

叙述模式，使时间成为美国黑人女性群体承载苦难的历史表征。

第三章以20世纪70年代新马克思主义哲学家亨利·列斐伏尔（Henri Lefebvre 1901—1991）的空间生产理论为基础，按照他划分的空间实践、空间的再现以及再现的空间这3种类型区分了美国黑人女性文学作品中的3种社会空间。列斐伏尔认为空间作为社会的特殊产物，带有“性别代码”，“既能反映同时又影响性别的社会建构和理解”。《我们黑人》中弗雷多（Frado）居住的黑屋子和《秀拉》中祖孙三代黑人女性所处的底层黑人社区构成了感知的空间；《最蓝的眼睛》中佩科拉（Pecola）对蓝眼睛的渴望和《褐姑娘，褐砖房》中西拉（Silla）对褐砖房的向往形成了构想的空间；《紫颜色》中使西丽处处受伤害的家园以及《褐姑娘，褐砖房》中禁锢西拉自由的厨房搭建了生活的空间。除去上述3种由列斐伏尔区分的社会空间之外，在性别歧视和种族歧视的双重压迫下，黑人女性也有反抗的举动，表现在奴隶时期的逃跑、自由时期的出走等情节方面，这些行为本身具有独特的文学寓意，对黑人女性主体意识的理解具有关键的作用，因而构成了隐喻的空间。综上4种空间从不同层面勾勒出黑人女性生存的社会空间。

第四章探讨了美国黑人女性文学作品中构建的时空体类型以及这些独特的时空体如何彰显出黑人女性的权威。中外文学发展史和批评史表明，任何叙述作品都必须同时在时间和空间的维度中展开，时间维度显示事件发生发展的延续性和时序性，空间维度则显示其延展性，而特定的时空在很大程度上影响着叙述是否可靠。米哈伊尔·米哈伊洛维奇·巴赫金（Mikhail Mikhailovich Bakhtin 1895—1975）认为文学作品中的时间和空间存在不可分割的关系，因而称之为时空体。时间的标志要展现在空间里，而空间则要通过时间来理解和衡量。两者互为存在前提的交叉轴线，以相互关照的形式存在着。美国黑人女性作家在作品中为改变“他者”的身份和“失语”的处境，创建了不同的时空体，以求发出自己的声音并彰显出黑人女性的权威。具体表现在：个体受种族迫害和性别压抑而突破极限时构成的呐喊时空体，以《我们黑人》中弗雷多的呐喊和《紫颜色》中西丽（Celie）出走前对某某先生的宣言为例。从女孩长成女人后黑人女性个体意识建立而形成的成长时空体，以《褐砖房，褐姑娘》里塞琳娜（Selina）对父母认识的变化和自我意识的形成以及秀拉寻求个性发展、不苟同他人生活方式的特立独行为例。黑人女性在极端残酷的社会空间中采取的诸如弑婴、焚子等违反道德的行为来间接保护子女的方式构成的暴力时空体，这种类型的时空体一方面彰显了黑人母爱的伟大，同时揭露了社会制度是造成家庭悲剧的罪恶根源并对此进行了谴责。黑人女性在种族和性别双重歧视压迫下非常重视姐妹情谊，这种由个体组成集体而进行反抗的姐妹情谊在文学作品中以黑人姐妹共同缝制百纳被为象征手段，例如《紫颜色》中西丽和莎格（Shug）共同缝制百纳被而建构的缝制时空体，通过把碎片拼贴成整体这一视觉隐喻，解构了淹没黑人女性声音的美国历史，把美国黑人妇女的声音缝进了美国历史。诸上 4 种时空体彰显了鲜明的黑人女性话语权威，使黑人女性从“失声”的文学书写边缘状态走到了“有声”的中心位置。

本书以美国黑人女性文学作品为研究对象，以探讨新的女性主义叙述学视角为目的，以时间和空间这两个重要的叙述要素为切入点，旨在构建彰显美国黑人女性这个特殊群体话语权威的时空叙述模式。本研究具有三方面的意义。第一，具有一定的理论前瞻性。女性主义叙述学是一个发展中的流派，虽然已经形成了以叙述声音模式为主导的理论框架，但是还有待于在视角上有新的突破。美国黑人女性文学在建构黑人女性权威时，除了在叙述声音模式的选择上存在规律性的策略，在小说创作中对时间和空间这两个重要元素的安排上同样会存在一定的模式，因此构建黑人女性文学的时空叙述模式能够拓宽女性主义叙述学的研究视角。第二，该研究能够丰富文学批评方法论。时间和空间这两个基本叙述要素之间是相互依存的，二者形成了一种你中有我、我中有你的统一体。在研究过程中，为方便起见，将时间和空间这两种叙述要素分开讨论。解读时空统一体首先要弄清楚小说的时间线索，把握小说的整体结构，在此基础上，空间自然而然地就凸显出来。第三，本书将美国黑人女性文学作为一个整体对其进行时空叙述策略的探讨，旨在构建美国黑人女性文学的时空叙述模式，这一研究能够丰富黑人女性文学的批评实践。

第二章 从奴隶到自由人：承载苦难的历史

小说是最复杂的叙述艺术，时间对于现代小说来说，不只是顺序问题。小说家在作品创作中通过艺术地把握叙述时间策略，使得小说具有独特的魅力。不少学者对于时间在叙述文中的地位以及表现形式进行了不同程度和不同角度的探讨。保尔·利科曾说过："时间经验之所以能成为小说的赌注，并非因为小说借用了真实作者的经验，而在于文学虚构有能力创造一位进行自我探寻的主人公兼叙述者，其探寻的赌注恰恰是时间那一维。"（利科 241）这段话指出了时间策略在小说创作中的重要性。热奈特区分了故事时间和话语时间："故事时间是指故事中事件连续发生过程显现的时间顺序，而话语时间是指故事中事件在叙事中的伪时序（pseudo-temporal order）。"（Genette 35）热奈特的这一区分指出时间是文学作品中能够体现作家创作技巧的重要元素。里蒙-科南·什洛米思（Rimmon-Kenan Shlomith 1942—）指出虚构作品中经常出现话语时间与故事时间不一致的情况："语言叙事的独特之处在于时间的建构性，即可以通过表现方式（语言）和所表现的物体（故事事件）这两者之间的关系进行构建。因此虚构叙事可以被定义为故事和文本之间的时间顺序关系。文本时间是线性的，但是并不影响'真实'故事时间的多线性。实践中，文本时间虽然以线性方式展开，但不必与故事时间相一致，更多的情况是偏离故事时间的顺序，从而制造了各种形式的错序。"（Rimmon-Kenan 45-46）申丹教授也指出，叙述与时间的关系是叙述学研究的一个重要方面。在小说世界里，事件序列通常呈现为顺时序（chronology），但是小说家出于建构情节、揭示题旨等动机，常常在话语层次上"任意"拨动、调整时间。莫妮卡·弗鲁德尼克（Monica Fludernik 1957—）认为，作品的故事，即情节结构表层的事件序列，具有先来后到的时序，而话语层（构成文本的书面词语）的时间则有可能会显现为逆时序的安排（如倒叙、预叙等）。（Fludernik 608-609）里蒙-科南、申丹、莫妮卡等学者强调了话语时间与故事时间的不一致，因此时间成为叙述学中的重要研究因素。马大康教授说过："现实生活中，人确实无法征服时间。可是在文学中时间竟成了人游戏的对象。不再是时间掌控人、奴役人，人能够按自己的意愿为时间设立规则，再造时间，为时间塑形。于是，时间也就向人展现了从未有过的丰富多彩的身姿。而借用这多姿多彩的时间修辞，文学的种种价值和意义也终于得以实现。”（马大康 2008：250）这段话旨在突出作家在文学创作中的主观能动性，艺术家能够随心所欲地把玩时间。

既然时间是小说创作中作家把握的重要元素，那么黑人女性作家在创作时必然也会巧妙地利用这一重要的叙述策略彰显自己作品的主题。本章节将探讨美国黑人女性文学中的时间叙述策略。从早期奴隶叙事中黑人女性对自由和平的渴求，到这一群体在种族主义和性别主义双重压迫的社会中寻求自我价值的实现和自我身份的认证所进行的努力，再到当代黑人女性对种族文化身份的追求，这一艰难的历史进程都贯穿于黑人女性作家的文学创作中。本书作者将通过对代表性文学作品的阐述来归纳美国黑人女性文学创作中的时间叙述策略，揭示时间如何成为美国黑人女性群体承载苦难的历史表征。

第一节　流淌的时间：契约奴的自传叙述

美国首位黑人女性作家、开奴隶叙事之先河的哈里雅特·威尔逊所著的《我们黑人》是一部半自传、半虚构的作品，小说叙述了女主人公弗雷多（Frado）自 1825 到 1859 年间被白人母亲遗弃、沦为白人家庭中的契约奴、身获自由后又惨遭黑人丈夫抛弃的悲惨经历。有关这部作品的出版一波三折：1859 年，《我们黑人》由波士顿的 Geo. C. Rand & Avery 出版商首次出版，之后便销声匿迹。1982 年 5 月，美国哈佛大学著名的非裔文学研究专家亨利·路易斯·小盖茨追溯到了该小说的故事原型，并且指出《我们黑人》是首部在美国出版的有关黑人女性人物的小说，威尔逊是首位美国黑人女性作家，1983 年，由盖茨本人编辑，这部作品在纽约的兰登书屋再版发行。2005 年，在加布里埃尔·弗曼（P. Gabrielle Foreman）和雷金纳德·皮茨（Reginald H. Pitts）合作编辑下，该书第三次出版，书中增加了更多有关作者威尔逊的信息。20 世纪 80 年代初期，美国著名的黑人女作家沃克在谈到该作品的重要性时说：“我几乎用了整晚的时间在思索威尔逊所著的《我们黑人》这部作品的重要意义。”（Ellis 162）目前国内学者对于这部作品的探讨还处于空白状态，国外学者从身份经济（Ernest）、作者身份追溯（Ellis）、黑人女性特质（Doriani）和言说与缄默（Foreman）等方面对该作品进行过探讨[①]，但是没有涉及叙述策略的探讨。鉴于该作品在美国黑人文学界的重要地位以及研究现状，本小节将从叙述学的角度分析《我们黑人》的时间叙述策略以及这一策略所折射出的独特的黑人女性权威。

整部作品按照时间的自然顺序编排情节，全书共分 12 章，前两章讲述了弗雷多的白人生母和黑人生父的故事；中间部分（从第三章到第十章）叙述了弗雷多沦为白人家庭贝尔蒙（Bellmonts）一家的契约奴、被迫长期从事繁重劳动却挨打受虐的凄惨经历；最后两章讲述了弗雷多契约期满后，离开贝尔蒙家庭，拖着身心摧残后的病躯做针线活糊口，后来与逃奴塞缪尔（Samuel）结婚，又惨遭抛弃，生育了一个儿子，无力抚养，只能寄养到别人家中。由于身体原因无法继续体力劳动，转而从事写作，以此养活自己和儿子，1859 年此书首次在美国出版，不幸的是，出版后的第六个月，弗雷多的儿子因病身亡。

要探讨这部作品中的时间叙述策略，我们首先需要弄清楚叙述与时间的关系。叙述学家关于叙述与时间的研究主要从“故事”与“话语”关系入手，分析时间在两个层面的结构，揭示“故事时间”与“话语时间”的差异。“故事时间”是指所述事件发生所需的实际时间。“话语时间”是指用于叙述事件的时间，后者通常以文本所用篇幅或阅读所需时间来衡量。这一区分点明了叙述文本具有的双重时间性质。在叙事作品中，所叙之事被假设为具有自身的时间（自然时间），故事中的事件依照时间先后（chronology）发生、发展和变化。（申丹 2010：112）西摩·查特曼（Seymour Chatman 1928—2015）认为，故事中的时间显现为“事件之间的自然时序”（natural order of the events）。（Chatman 63）而话语层的时间则可以表现为顺叙、倒叙或预叙等多种形式。

从“故事时间”的角度看，《我们黑人》这部小说的前两章讲述了弗雷多的母亲玛格·史密斯（Mag Smith，白人）近 30 年的经历：从幼年到成年、被第一个男人（白人）抛弃、和弗雷多的父亲吉姆（Jim，黑人）结婚、两个孩

---

① 见 John Ernest 发表在 *Publications of the Modern Language Association of America* 上的文章 *Economies of Identity: Harriet E. Wilson's Our Nig*，1993 年第 109 卷，第 3 期，第 424-438 页。Richard J. Ellis 发表在 *Transition* 上的文章 *What Happened to Harriet E. Wilson, nee Adams*? 2008 年第 99 卷第 1 期，第 162-168 页。Beth M. Doriani 发表在 *American Quarterly* 上的文章 *Black Womanhood in Nineteenth-Century America: Subversion and Self-Construction in Two Women's Autobiographies*，1991 年 6 月，第 43 卷，第 1 期，第 199-222 页。Gabrielle Foreman 发表在 *Callaloo* 上的文章 *The Spoken And The Silenced In Incidents In The Life Of A Slave Girl And Our Nig*，1990 年春季，第 13 卷，第 2 期，第 313-324 页。

子出生、吉姆死于肺结核、遇到第三个男人（Seth）、两人穷途末路时阴谋设计将6岁的弗雷多（混血儿）遗弃到贝尔蒙家里。小说的第二部分（从第三章到第十章）讲述了弗雷多从6岁到18岁作为契约奴在贝尔蒙家里劳动、受虐以及受教育、接受基督教信仰整整12年的经历；小说的最后两章讲述了弗雷多获得人身自由后谋生、结婚、被抛弃、生子以及后来转入写作谋生近15年的历程。

从“话语时间”的角度看，小说各个部分所占用的话语时间与真实的故事时间并非比例一致。第一部分与最后部分的故事时间明显地大于第二部分的故事时间，但第二部分的话语时间占整部小说的绝大部分。转换成具体的数字来看，见表2-1。

表2-1 小说各个部分故事时间与话语时间的比例

	故事时间	话语时间
第一部分	53%	13%
第二部分	21%	75%
第三部分	26%	12%

从上述显示的数字来看，第二部分是作者个人经历的故事时间最短、然而在小说创作中使用话语时间最长的部分，因此这一部分是整部小说的重中之重。作者在叙述弗雷多从沦为契约奴到获得人身自由这段长达12年的经历时，采用了顺时的叙述策略。沿着事情的开端、发展、变化以及结束这一情节线索叙述故事，但是作者并没有事无巨细地平均用力，而是将这段历史切割为8个板块，选取对她影响深刻的故事情节为片段，串联起来构成了契约奴的悲惨生活经历。这8个板块涵盖第三章到第十章，分别为：我的新家（A New Home For Me）；黑人女孩的朋友（A Friend For Nig）；纷纷离去（Departures）；变化（Varieties）；黑人女孩的精神状况（Spiritual Conditions of Nig）；造访，离去（Visitor and Departure）；死亡（Death）；混乱——接踵而至的死亡（Perplexities — Another Death）。叙述的事件由开端向结局持续发展，人物在故事规定的框架中不断地活动着，叙述的有序性和连贯性体现了时间的有序性与连贯性，时间暗含于事件的发展与人物的活动之中，不是时间推动事件的发展和人物的活动，而是透过事件和人物来窥见时间。在第二部分中，作者明确给出时间指示

的地方只有 4 处。第一处是在第三章的中间部分:“一年过去了,没有玛格的任何消息。弗雷多注定要永远待在这个家里。她干的活儿越来越多,虽然才七岁,这个家庭却离不开她。同样,因为她住在这个家里,才知道有识字、上学这样的事情。”(Wilson 18)[①] 第二处带有时间指示的文字是在第四章的开头部分:“对于一个忧心忡忡的孩子来说,三年竟是如此漫长的一段时间,这奇怪吗?上学期间,她能够逃避贝尔蒙夫人的暴行。现在她已经九岁了,女主人说:这样的好日子到头了。”(23)第三处是在第六章的开头部分:“虽然才十四岁,但家务活全部落在了她的身上:洗衣服、熨烫、烘焙以及其他的杂活儿。”(35)第四处是在第十一章的前半部分:“弗雷多已经成年了,尽管在这个家里她几乎没享受过,但她努力用所学的知识来丰富自己的思想。学校的教科书与她相伴左右,只要有机会休息,她就会看书。”(64)

从第一处有时间指示的文字来看,弗雷多来到贝尔蒙家时,刚刚六岁,在她七岁时,家庭成员们商讨是否送她去上学,贝尔蒙先生和杰克(贝尔蒙家的小儿子)持赞同态度,贝尔蒙夫人和大女儿玛丽反对,但是决定权在贝尔蒙先生手中,因此弗雷多获得了受教育的机会。第二处有时间指示的文字表明弗雷多读了三年学,九岁的时候,女主人便中断了她的学业,从此以后,弗雷多只能待在家里,被迫从事各种各样的劳动。第三处有时间指示的文字暗示从 9 岁到 14 岁这五年期间,弗雷多承担的劳动量越来越大,从事的家务活种类越来越多。这样的幼小年龄本该是享受家庭关爱、接受教育的时期,然而对于契约奴来说,竟成了遭受剥削暴打、忍受非人待遇的悲惨历史。最后一处文字虽然没有年龄的指示,但是“womanhood”一词蕴涵了弗雷多的生理和心理年龄:第一,她已经长大成人,年满 18 岁了;第二,她的心理已经成熟,成为一个有思想的女人,希望用知识来丰富自己。通过分析上述带有时间指示文字的内容,我们可以使隐含在文本话语中的故事时间浮出水面(图 2-1)。

① 引用部分系本书作者译,除非特别说明,以下引文都是本书作者译,不再一一说明。

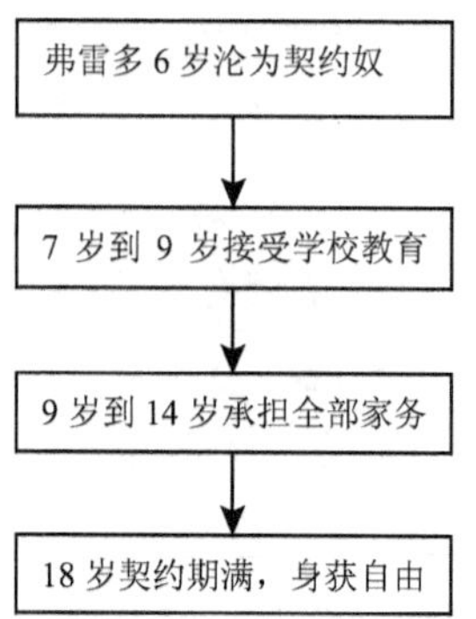

图 2-1　隐含在文本话语中的故事时间

根据里蒙 - 凯南对叙述文中时序的划分，威尔逊在《我们黑人》中采用了“自然时序”（“natural” chronology）的叙述方式。（Rimmon-Kenan 45）时间成为一种静静流淌的隐形存在，人物在时间表层发生这样或那样的故事，成为一种显性存在。本书作者认为，威尔逊采用这种顺时叙述策略，其话语时间有所侧重、也有所忽略，目的是使读者从两个层面把握文本的话语时间，一种是表层话语时间，另一种是深层话语时间。所谓的表层话语时间，就是读者从这 8 个板块中直接获得的时间信息：契约奴遭受歧视和毒打的悲惨命运。这一信息可以从事件的叙述频率中得到。依照里蒙 - 凯南的解释，叙述频率涉及“一个事件出现在故事中的次数与该事件出现在文本中的叙事（或提及）次数之间的关系”。（同上 57）也就是说，事件及对事件的叙述都有可能包含重复。一方面，事件本身存在重复的可能；另一方面，关于事件的叙述可能一次或者多次出现在文本中。

在《我们黑人》这部作品的第二部分中，叙述次数最多的事件就是弗雷多挨打的情形，总共出现过六次，而且具体到贝尔蒙夫人施暴的细节。第一次叙述弗雷多遭毒打是在第三章的最后，玛丽阴谋让“黑鬼”在放学路上横跨很窄的木板桥，想让她落水，结果自己失足落入水中。为了实施报复，玛丽回家后就诬告弗雷多，告诉贝尔蒙夫人是“黑鬼”把自己推入水中。弗雷多讲了实情，却被女主人指责为撒谎，因此遭到了贝尔蒙夫人和玛丽的毒打：“她俩没有人性地殴打弗雷多，用木头把她的嘴撑开，又把她关进黑屋子，不给她吃晚饭。”（21）天黑时，杰克挨个房间搜索，等他找到弗雷多时，发现“她的嘴里塞着木头，被撑得大大的，脸也肿胀着，痛苦万分”。（Wilson 20）第二次叙述被打是在第四章中间，詹姆斯（贝尔蒙家的长子）要回家，贝尔蒙夫人吩咐弗雷多拿一些小木头放进壁炉里，弗雷多知道来客是一位很重要的人物，于是非常认真地执行这任务。她第一次挑选的是最小的木头，自然后来捡的木头就越来越大，于是贝尔蒙夫人怒气冲天，“先是用生皮鞭抽她，后来又用力踢她，把她踢倒在地板上，还没等到弗雷多爬起来，又是一轮脚踢，一脚又一脚，越来越用力，一直把她踢到门口。贝尔蒙先生和艾比姑妈（Aunt Abby）闻声赶到，看到了这一幕。“黑鬼”爬起来，冲出屋子，一会儿就看不见她了”。(25)第三次挨打出现在第六章的最后，贝尔蒙夫人认为弗雷多在餐桌上冒犯自己而责令丈夫对其惩罚，结果被拒绝，因此怀恨在心，于是等到单独和弗雷多相处时，“痛打了她一顿，以泄心头之恨；并且威胁，如果她敢把这件事告诉詹姆斯的话，她会把“黑鬼”的舌头割下来”。(40）第四次挨打是在第七章的最后，弗雷多看到詹姆斯的身体状况越来越差，甚是焦虑和悲伤。贝尔蒙夫人发现弗雷多经常因为詹姆斯而流泪，“把她关起来，用生皮鞭狠狠地抽打，并下令不准再看到她一把鼻涕一把泪地抽噎，因为她要干活。从此以后，她格外谨慎，在贝尔蒙夫人面前再也不敢为詹姆斯流眼泪”。(43）第五次叙述挨打是在第八章的中间，詹姆斯的身体状况更差了，弗雷多白天要干活，晚上就照顾詹姆斯，结果把自己也累病了，以致不能长时间地站立。她只能坐着洗碗，但是听到女主人的熟悉的脚步声，她会立即站起来干活，直到贝尔蒙夫人回到自己房间，才坐下休息一下。但是现在干活不如从前，经常完不成任务，贝尔蒙太太对此极为不满。有一次，女主人发现弗雷多坐着，就喝令她去干活，弗雷多解释自己生病了，不能长时间站立，慢慢地走过去干活。贝尔蒙夫人怒火中烧，女奴竟敢对主人的命令还嘴，“上去就是一拳，女孩儿踉踉跄跄地跌倒在地，贝尔蒙夫人面露凶相，肆无忌惮，越发狠毒。抓过一条毛巾，塞进她嘴里，拳脚相向。弗雷多希望自己被打死，成为一名殉道者，好结束自己的痛苦。虽然她的嘴被堵着，仍能发出很闷的声音，詹姆斯敏锐的耳朵觉察出了不妙，便召唤要见弗雷多，他的妻子苏珊走到厨房，看到了兽性的一幕”。(46）第六次被打是在第九章的开头，贝尔蒙夫人不希望艾比姑妈去探望詹姆斯，于是千方百计阻挠，还告诉她詹姆斯不想见她。艾比姑妈非常不解，于是问苏珊，结果不是这样。过了一两天，晚餐时詹姆斯询问姑妈问什么不来看自己，弗雷多把事情的缘由统统告诉了詹姆斯。晚上詹姆斯让苏珊把姑妈叫到自己的房间，贝尔蒙夫人也去了，但是她没有力气挪动詹姆斯的身体，因此艾比、苏珊和弗雷多轮流把詹姆斯扶起来，好缓解一下他的病痛。“完了之后，弗雷多回去干活，贝尔蒙夫人紧随其后。抓住弗雷多，说要治一治她搬弄是非（tale-bearing）的毛病，把一块楔形的木头塞到弗雷多牙龈之间，拿起生皮鞭又是一顿毒打。艾比姑妈闻声赶到，贝尔蒙夫人才住手，但是不准艾比把弗雷多嘴里的木头拿出来，除非答应她的条件。最后还是贝尔蒙先生解救了弗雷多”。（52）

威尔逊先后六次叙述了弗雷多挨打的情形，这种对“叙述频率”的使用也是体现小说时间叙述策略的一种形式。“叙述频率”是热奈特“叙述时间”理论的一个重要组成部分。热奈特曾明确指出，叙述频率是“叙述时间性的主要方面之一”，在《叙述话语》的“频率”这一部分，热奈特划分了4种叙述频率，并分别用数学公式进行了简化表示。概括起来，无论何种叙述都可以讲述一次发生过一次的事（可简化为数学公式：1 N/1S[①]；*n* 次发生过 *n* 次的事（*n*N/*n*S）；*n* 次发生过一次的事（*n*N/1S）；一次发生过 *n* 次的事（1 N/*n*S）。热奈特认为，第二种类型（*n*N/*n*S）其实可以归入第一种（1 N/1S），或者说第二种类型可以包括第一种，当 *n*=1 的时候。因此，叙述频率的4种类型可以简化为3种：单一（singulative：1 N/1S、*n*N/*n*S）、重复（repeating：*n*N/1S）和反复（iterative：1 N/nS）。（Genette 114-116）李卫华认为热奈特的叙述频率理论的主要缺陷是对“重复”的忽视和误解。热奈特仅承认话语重复（*n*N/1S），而把事件重复，即“叙述 *n* 次发生过 *n* 次的事（*n*N/*n*S）”也称作“单一”，从而混淆了第一种（1 N/1S）和第二种（nN/nS）叙述频率的界限。荷兰学者米克·巴尔（Mieke Bal 1946—）详细地将叙述频率划分为5种。1 F/1S[②]，单一的：一个事件，一次描述。*n*F/*n*S，多种的：多个事件，多次描述。*n*F/mS，种种的：多个事件，多次描述，数量不等。1 F/ *n*S，重复的：一个事件，多次描述。NF/1S，概括的：多个事件，一次描述。虽然巴尔区分了第一种（单一的）和第二种（多种的）叙述频率，但她也认为，第二种叙述频率其实是真正的“单一”陈述，因为“事件”和“描述”这两个层次是完全重复的。（Bal 1985：79）谭君强教授曾指出：“事件重复的叙述与通常的单一叙述所起到的作用和所具有的意义是不同的。在不同的叙事文中，它或者具有强调的意味，或者有意造成某种特殊的氛围，或者起到类似于戏剧中‘幕’的构造作用，或者造成某种节奏效果等。”（谭君强 150）李卫华认为“事件重复”和“单一叙述”这两种叙述

① 其中 N 代表故事层面的时间（narrated events），S 代表文本层面的叙述 (narrative statements)。

② 其中 F 表示素材（fabula），S 表示故事（story）。

频率的审美效果是完全不同的。他主张将“事件重复”归入“重复”，与“话语重复”并列为“重复”的两大类型：单一（1R/1H）。这种叙述频率并非对于现实的无技巧的重复，是作者可以选择的一种写作技巧，其审美效果在于最大限度地贴近生活。重复（*n*R/*n*H、*n*R/1H）又可分为求同和求异两种。求同的审美效果在于强调；求异的审美效果则在于突出同一类型的事件各自不同的特性。（李卫华 189-196）

威尔逊在《我们黑人》中一方面使用顺时的叙述策略，营造了一种流淌的时间背景，同时又使用“重复”类型的叙述频率技巧，先后六次对贝尔蒙夫人毒打弗雷多的暴行进行了细致的描写，这种对“事件重复”的叙述频率符合李卫华区分的求同式的重复类型（*n*R/*n*H），具有特殊的审美效果，旨在强调黑奴所处的非人环境、所受的非人待遇，以及所经历的非人历史。

本书作者认为，威尔逊的表层话语时间叙述了黑人女孩契约奴过度劳动却遭受歧视和被施以暴行的悲惨历史，隐含在表层话语时间背后还有一种深层时间表征：黑人女孩契约奴反抗暴力、争取平等和自由的斗争历史。这种深层时间表征也能透过叙述频率中的“事件重复”得以显现。

弗雷多六次遭受毒打的前后都伴随着她的反抗。第一次被贝尔蒙夫人和玛丽殴打的原因是因为弗雷多敢于揭发玛丽的谎言，把事情真相说出来，显然不是玛丽在撒谎，就是黑人女孩在撒谎。但是贝尔蒙夫人不分青红皂白，一口咬定弗雷多是撒谎者，和玛丽一起毒打她。也许如果弗雷多不讲实情，也会遭到白人母女的施暴，但是受虐的程度可能会轻一些。弗雷多与其被蒙冤暴打，不如选择为自己进行辩解，尽管后果对她来说更加痛苦。从这层意义上讲，弗雷多是敢于通过讲真话的方式来维护自身权利的。杰克回到家后告诉贝尔蒙夫人：“学校的其他学生都看到事情发生的经过，他们所说的和黑人女孩的说法是一致的，因此多数人的说法是真实的。”贝尔蒙夫人眼露怒火，反驳道，“你竟然相信其他人诋毁你姐姐的鬼话，真该让你爸爸好好收拾一下你。”（Wilson 20-21）此处，作者添加了杰克替黑人女奴鸣不平的情节，一方面维护了“黑鬼”的形象，同时是对白人母女极大的讽刺与批评。弗雷多虽然蒙冤被打，但是他赢得了杰克的同情和怜悯，杰克和父亲诉说弗雷多被打的惨状时，贝尔蒙先生眼含泪水。杰克下决心今后要尽自己的全力来保护弗雷多不受母亲和玛丽的迫害。通过上述分析，可以得出这样的结论：挨打的表层时间背后是黑人女孩的正义得到伸张，并且获得白人男性的同情和保护，从这个角度来说，弗雷多在反抗暴力的道路上取得了一定的成功。

第二次挨打的原因是弗雷多捡的木头越来越大，贝尔蒙夫人将她一直踢到门口，幸亏艾比姑妈及时赶到，黑人女孩趁机跑出了房间。这之后引发了不同人对这件事情的看法，艾比姑妈把残忍的一幕告诉了她的哥哥贝尔蒙先生（约翰），约翰喃喃地说："我希望这个孩子不要再回家了……一个孩子干了大人的活儿，却被踢得满地滚爬……而我却无能为力，整个世界都是女人在统治。"一直对妻子忍让的贝尔蒙先生在饭桌前，"抬起胳膊，盯着妻子，用坚定的语气对妻子说，'如果她（弗雷多）回来的话，你不能再口口声声地要打她，烫她或者剥她的皮。记住！'他拍了桌子，'我找了一个小时，搜遍了所有的房间，都没有找到她，你知道她去哪儿了吗？她是你的囚犯吗？'"（25—27）妻子的暴行让一向沉默的丈夫爆发了，他站出来斥责妻子的残酷行为，替弗雷多抱打不平。艾比姑妈当着贝尔蒙夫人的面不敢对弗雷多表现出同情之心，她担心黑人女孩会遭到更大的报复，等贝尔蒙夫人离开的时候，艾比姑妈在外屋找到了弗雷多，让她进屋。黑人女孩呜咽着说："我再也不进门了……我宁愿待在外面，死了算了。我没有母亲，没有家，我希望自己离开这个世界。"（26）艾比爱莫能助，只好偷偷给她拿了些食物，留下黑人女孩独自悲伤。晚饭后，杰克和詹姆斯兄弟俩一起去寻找弗雷多，在苦寻无果的情况下，杰克急中生智，让弗雷多的好朋友菲多（Fido，一只狗）引领大家去寻找，最后在离家很远的一处沼泽地里找到了弗雷多，兄弟俩哄劝黑人女孩跟他们回家。詹姆斯尤其可怜这个被母亲的暴行逼出家门的黑人女孩，很友善地与她聊天：

"跟我回家，你高兴吗？"

"是的，如果你能让我明天不再遭鞭笞。"

"你不会挨鞭子了。你得听话。"

"我听话了，可还是挨打。我说什么，他们都不相信。我多希望母亲能回来啊，那样我就不会如此这般地挨脚踢、挨鞭抽了。到底是谁让我的命运如此？"

"上帝。"

"你的命运由谁主宰？"

"上帝。"

"艾比姑妈呢？"

“上帝。”

“那么你的母亲呢？”

“上帝。”

“是同一个上帝吗？”

“是的。”

“那我不喜欢这位上帝。”

“为什么不喜欢？”

“因为他让她成为白人，而让我成为黑人。为什么不让我们都成为白人呢？”（28-29）

遭到第二次毒打后，弗雷多并没有甘受践踏，一方面通过出逃、等死和质疑上帝不公平的行为来反抗自己所受的不公平；另一方面，她的受害赢得了更多人的同情和帮助，艾比姑妈和詹姆斯一起加入了贝尔蒙先生和杰克的队伍，来斥责贝尔蒙夫人的恶行，尤其是作为一家之主的贝尔蒙先生不再懦弱沉默，而是情绪激动地严厉呵斥妻子，致使妻子连哭带喊，说自己的丈夫竟这样对待她。从以上两方面的分析，可以得出结论：弗雷多的第二次反抗取得了更大的成功。

第三次挨打是因为贝尔蒙夫人感到自己受辱而寻机报复。这一导火索是因为弗雷多在家中地位的提高所致，在詹姆斯的提议下，弗雷多坐在餐桌前用餐，不再像从前那样独自站在厨房里吃饭。大家吃完饭后，杰克继续逗留在餐桌前，女主人离开后，弗雷多坐在她的座位上，准备取一个干净的盘子，正巧贝尔蒙夫人走进餐厅，呵斥黑人女孩不准用干净的盘子，让她用自己用过的。“黑鬼”很犹豫，如果是詹姆斯，或者他的妻子，或者杰克用过的盘子，她会很乐意接着使用；但是对于自己内心讨厌的女主人，她用过的盘子令弗雷多心生厌恶。于是她拿起盘子，让菲多把盘子舔干净，然后又用桌布擦拭女主人用过的刀叉，继续用餐。贝尔蒙夫人感到受辱，雷霆大怒，喝令丈夫用鞭子教训黑人女孩；如果丈夫不干的话，詹姆斯也应该替自己出气。杰克开玩笑似的把事情讲给詹姆斯，还给了“黑鬼”半个银圆，作为奖赏。詹姆斯告诉母亲，“虽然‘黑鬼’做得不对，但也不应该受到鞭笞之类的任何惩罚，你没有赢得她对你的爱戴，她对你的态度是由你对待她的方式所决定的”。（39-40）前两次的受辱，使得男主人和兄弟两人都站在弗雷多的立场上，弗雷多也从逆来顺受转变为主动对抗女主人的淫威，让菲多舔舐盘子，用桌布擦拭刀叉这些无声的行为是告诉女主人，虽然身为契约奴，但也嫌弃女主人是肮脏的。卑贱的身份也有鉴别脏净的能力，宁愿使用小狗舔过的盘子，也不会直接使用女主人用过的盘子。这一举止是告诉女主人，干净与否不是由物种、肤色、地位、身份等外在因素决定的；而是取决于物或人的内心善良与否，菲多虽然是动物，但它忠实于弗雷多，是弗雷多最好的朋友，从精神层面讲，善良的动物比恶毒的人更加纯洁与干净。虽然事后又遭到了女主人报复毒打，弗雷多的这一行为挑衅了女主人的权威，并且赢得了杰克的赞赏和詹姆斯的辩护。因此，弗雷多的反抗斗争又向前迈了一大步。

弗雷多以自己坚强的内心和隐忍赢得了詹姆斯的支持和保护，使得贝尔蒙夫人陷入失道者寡助的劣势境地，看到黑人女孩总是因为詹姆斯的病况而伤心流泪，再次毒打了她，并警告她不许再哭，她的任务只有干活。如果读者深入贝尔蒙夫人的内心，就能感受到她对自己儿子詹姆斯的嫉妒心理，詹姆斯赢得了黑人女孩的爱，而自己身为女主人却只能使“黑鬼”心生厌恶之情，全家人除了大女儿玛丽之外，没有一个人站在自己的立场上。出于这样的嫉妒心理，只能通过暴力来发泄自己的不满，其实越是通过暴力的手段来凸显自己的权威，越会袒露出其内心的虚弱。黑人女孩也学会了自我保护，挨打之后当着贝尔蒙夫人的面，她不再为詹姆斯流泪。言外之意是女主人不在场的时候，弗雷多仍然敢大胆地暴露自己的真实感情。因此第四次的挨打，黑人女孩在内心上战胜了外强中干的女主人。

由于白天干活，晚上还要听候詹姆斯的传唤，弗雷多身体垮了，不能长时间地站立劳动，为了躲避女主人的责骂，在听到贝尔蒙夫人的脚步声时，她就站起来干活，等女主人走了，她再坐下。但不幸的是，有一次还是被贝尔蒙夫人看到了，喝令她马上去干活。弗雷多一边起身，一边解释：“我生病了，无法长时间站立，特别难受。”（46）贝尔蒙夫人恼羞成怒，“黑鬼”竟敢对自己的命令还嘴解释，所以再次毒打了她。但这一次的殴打，一方面使贝尔蒙夫人走到了惨无人道的极端境地，就连读者都会忍不住要指责白人女主人的暴行，长期繁重的劳动压垮了黑人女孩的身体，对待病重的女奴怎能如此残忍？另一方面，弗雷多长期以来受詹姆斯宗教知识传播的熏陶，已经不再惧怕殴打和死神了。甚至希望自己能成为“殉道者”（martyr），早点结束这一切痛苦。

威尔逊最后一次叙述黑人女奴被打，是因为她在詹姆斯面前帮艾比姑妈澄清事实，敢于揭发贝尔蒙夫人颠倒黑白的假象，女主人恨弗雷多搬弄是非，因此对其施暴。其实在这之前，詹姆斯的妻子苏珊也知道实情，但是畏惧贝尔蒙夫人的淫威，不敢告诉丈夫。相比较而言，黑人女奴的勇气更大，对女主人的淫威无所畏惧。综上所述，面对女主人一次又一次的暴打，黑人女奴并非一味地被动忍受，而是通过“讲实情”“辩解”“揭露”等有声的反抗，或者通过“出逃”“让狗舔舐盘子”“殉道”等无声的行为，来斥责女主人的兽性和邪恶。在淫威和弱小的较量中，其他家庭成员的态度也在暗示着成功的方向：贝尔蒙夫人越来越被孤立，站在弗雷多立场上的人员越来越多，黑人女孩的反抗和争取平等自由的斗争离成功越来越近。直到有一天局势发生了扭转，一天，贝尔蒙夫人让弗雷多去捡木头，但是发现黑人女孩没有在自己规定的时间内回来，于是找到她，抓起一根木棍，举过头顶，又要想施暴。弗雷多大声喊道:“住手！你要是再打我，我就再也不给你干活了。”随手把捡到的木头扔到地上，站在原地，内心中充满了自由、独立的思想。女主人被突如其来的一幕惊呆了，竟然扔掉武器，放弃了惩罚的念头。弗雷多走回家，女主人跟在身后，自己背着木头，黑人女奴取得的成功抵偿了她从前遭受的大半折磨。抗议成功后，类似这样的事件再也没有发生过。又过了一年，虽然责骂声犹如往常，但挨鞭笞之类的暴行几乎没有再发生过。

威尔逊采用顺时叙述策略，呈现了黑人女奴遭受暴力的苦难史，用“重复”类型的叙述频率强调了黑人女奴遭受的种族歧视和非人折磨，这只是小说表层的话语时间；同时在文本内部又隐藏了一条黑人女奴反抗暴力的时间线索，同样使用“重复”类型的叙述频率彰显了黑人女奴采用不同形式的反抗行为，以及取得不同程度胜利的斗争史。这一深层话语时间和表层话语时间相辅相成，构成了整部小说的时间叙述模式。这种双重时间叙述策略在某种程度上折射出了黑人女性权威的建构过程。理解黑人女性权威的建构需要对黑人女性特质、善恶是非判断以及小说的结局方式进行全新的审视。

多里亚尼（Doriani）对黑人女性的人格（personhood）进行了界定：黑人女性是自我身份和命运的缔造者，她们创造出了与白人和黑人不同的独特人格。（Doriani 202-203）维尔特（Welter）指出黑人女性人格具有不同于白人女性和黑人男性的特质。传统的女性小说体裁包括诱奸小说（seduction novels）和家庭小说（domestic novels），这些作品中大都宣扬了美国中产阶级女性美德（true womanhood）的标准：虔诚（piety）、纯洁（purity）、顺从（submission）和持家（domesticity），例如诱奸小说中的女性在遭遇男性侵袭时的无辜和无助而沦为其猎物，家庭小说中的女性以寻求婚姻为完美结局，在婚姻中顺从丈夫并勤劳持家，经济上依附丈夫，从不过问政治。以弗雷德里克·道格拉斯（Frederick Douglass）为代表的男奴叙述者宣扬了男性黑奴的勇敢（courage）、逃离（mobility）、自立（self-reliance）和体力强大（physical strength），而这些特质则构成了黑人男性的个人英雄主义。（Welter 21-41）与此相比，威尔逊笔下的弗雷多一方面摒弃了传统女性体裁作品中虔诚顺从的白人女性形象，同时颠覆了传统奴隶叙事中黑人女性的固定形象——悲惨的穆拉托（tragic mulatto）：纯洁、漂亮和服从，取而代之，一种全新的黑人女性特质跃然纸上：长期隐忍（long suffering）、甘于牺牲、独立思考、坦诚、坚强、识字。有关坦诚和具有独立思考这种特质表现在拒绝皈依基督教这件事上，尽管弗雷多曾经对阅读《圣经》有着浓厚的兴趣，尽管她对詹姆斯和艾比姑妈心存感激，但是她仍然拒绝听从他们的劝说成为基督教徒。黑人女奴非常坦诚地交代了自己的原因：如果贝尔蒙夫人死后也去同一个天堂的话，那自己是不会接受的。也正是这种坦诚的态度说明了黑人女奴拥有自己的判断能力，具有独立的思想。弗雷多尽管只接受了三年的学校教育，但她并没有因此终止自己识字学习的经历。道格拉斯曾经指出识字（acquisition of literacy）对奴隶的重要意义：识字可以使奴隶变成人，而挨打能使人变为奴隶。（Doriani 203）

威尔逊不仅宣扬了黑人女性的独特品质，而且还展现了黑人女性的善恶是非观。白人为善、黑人为恶的传统观念被彻底颠覆。威尔逊拒绝将善恶的判断与肤色、社会经济地位以及性别等因素等同起来。（同上 214）处于同一社会经济地位的白人家庭中不同成员有善恶之分，同样，这种划分在黑人男性身上也得到了体现。例如，同为白种人，贝尔蒙先生和贝尔蒙夫人截然不同，前者善良、富有同情心，而后者则是凶残的施暴者；同为兄弟姐妹，詹姆斯、杰克和简（Jane）对待黑人女奴的态度非常友善，而玛丽则与自己的母亲共同虐待弗雷多；同为黑人男性，弗雷多的父亲吉姆（Jim）心地善良，自称为“外黑内白”，而她的丈夫塞缪尔（Samuel）是一名逃奴，诱奸了弗雷多，在她怀孕时抛弃了她。这种将人物的道德品质与社会、性别及种族标签模糊的处理方式引导读者建立新的善恶评判标准。不仅如此，在对待宗教信仰的问题上，威尔逊也使用了这种混淆的处理方式，像艾比姑妈和詹姆斯这样善良的人信仰基督教毋庸置疑，但是像贝尔蒙夫人和玛丽这样邪恶的人死后也会去往天堂，弗雷多对基督教的质疑揭露了宗教信仰的虚伪性。

传统女性小说往往以寻求婚姻为目的，当女主人公找到可以托付终身的丈夫时，小说情节就等于画上了圆满的句号。威尔逊的半自传、半虚构的女奴叙事则以女主人公获得自由为结局，这种自由体现在两方面：人身自由和经济独立。首先，不同于男奴叙事中选择逃跑来获得自由的黑人男性，弗雷多以坚强的意志长期忍耐女主人的暴力直到契约期满获得自由，这种自由是真正意义上的自由，与逃奴靠逃亡和躲避得到的暂时自由有着本质上的区别。其次，弗雷多自食其力，靠做缝纫（sewing）和写作来养活自己和儿子，而这种经济上的自立比起那些依靠婚姻和丈夫获得幸福的白人女性要坚实得多，这一点对于现代女性来说尤为重要。人身自由和经济独立是黑人女性获得尊严和身份的必要因素，对于建构黑人女性权威也具有关键性的意义。

综上所述，威尔逊在《我们黑人》中采用了顺时的叙述策略，一方面通过显性时间的表征揭露了白人女主人无情压榨和暴力虐待黑人女奴的恶劣行径，昭示了蓄奴制带给黑人女奴的伤害和痛苦；另一方面通过隐性时间的表征彰显了黑人女奴反抗暴力的顽强精神。在双重叙述时间表征的基础之上，威尔逊构建了新型的黑人女性形象——隐忍、坚强、坦诚、独立。她们不拘泥于传统的观念，具有独立的思想，能够辨别善恶是非，并且最终获得了自由和经济上的自立，从而彰显了独特的黑人女性权威。

第二节 回溯的时间：黑人母女的梦幻叙述

本小节将以《娇女》为例，探讨美国黑人女性文学中的第二种时间叙述策略——闪回。《娇女》是美国黑人女作家托妮·莫里森的第5部长篇小说。1988年，莫里森因该书获得普利策奖；1993年，她凭借该书和《所罗门之歌》《爵士乐》等作品荣膺诺贝尔文学奖。小说取材于一段真实的历史：黑人女奴瑟思（Sethe）在携女逃亡途中遭到追捕，因不愿看到孩子再度沦为奴隶，毅然扼杀了自己的幼女。十八年后，被她杀死的女婴还魂归来，日夜纠缠着瑟思，以此惩罚母亲当年的行为。《娇女》的主题思想非常丰富，中外学者们从不同的角度分析了这部作品涉及的主题，其中探讨最多的主题与美国黑人历史有关：例如阿什拉夫·拉什迪（Ashraf H. A. Rushdy）剖析了作品中所反映的现在和历史之间的关系；海伦·莫格伦（Helene Moglen）通过现实与虚构的辩证关系论述了《娇女》如何对美国黑人历史作出补偿；荆兴梅通过对小说中后现代手法的解读批评了白人至上的历史书写，并揭露了种族歧视的罪恶根源①。本小节将从叙述学的角度延续这一主题的探讨，以《娇女》的时间叙述策略为研究对象，继而探讨这种特定的时间策略所折射出的叙述主题。

热奈特对叙述时间进行过深入的探讨，其中对时序的讨论具有重要的借鉴意义。时序是研究事件在故事中的编年时间顺序和这些事件在叙述文中排列的时间顺序之间的关系。热奈特将时序关系分为两种状态：时序误置（anachrony）和无时性（achrony）。前者是由于故事时间的顺序和叙述话语中的顺序不一致而造成的，时序误置主要包括两种时间运动轨迹：倒叙 / 闪回（analepsis / flashback）和预叙 / 闪前（prolepsis / flashforward）。无时性是指倒叙中夹杂着预叙或预叙中夹杂着倒叙，这种时间结构上的复杂性导致读者对时间线索的把握不确定。（胡亚敏 67）从上述分类中，我们可以得出如下结论：读者可以从时序误置中的叙述文本中找出时间线索，重构故事时间；而无时性叙述文本中的时间线索则模糊不定。莫里森在《娇女》中主要使用了时序误置中闪回的时间策略，即让主人公总是沉浸在对往事的回忆之中。在回忆往事的过程中，主人公采用了不同的回忆方式，本书作者总结了 6 种闪回叙事的形式：被需求的回忆（required memory）、引发的回忆（triggered memory）、无意识的回忆（unconscious memory）、幽灵回忆（ghost memory）、嵌入式回忆（embedded memory）以及重构型回忆（reconstructed memory）。

被需求的回忆是指在对方询问、要求的前提下，对往事进行的叙述。例如，在第一章的第五小节中，娇女总是牢牢盯着瑟思，一天夜晚，突然发问："'你的钻石呢？' 这个问题令瑟思很困惑，许久才记起以前女主人曾送给她一幅水晶耳环。[……] 当瑟思准备给丹佛（Denver）梳头发的时候，娇女问：'你那女人从来不帮你整理头发？' 瑟思和丹佛同时抬头，不知道这个问题是针对谁提问的。娇女又重复了这个问题：'你那女人从来不整理你的头发？' [……] '她烙了没有？' 丹佛问。…… '后来她怎样？' …… '他们为什么要把你妈妈送上绞刑架？' 在丹佛的一再追问下，瑟思又回忆起一个叫南的女人给她讲

① 见 Ashraf H. A. Rushdy 发表在 *American Literature* 上的文章 *Daughters Signifyin(g): The Example of Toni Morrison's Beloved*，1992 年第 3 期，第 567-597 页。Helene Moglen 发表在 *Cultural Critique* 上的文章 *Redeeming History: Toni Morrison's Beloved*，1993 年第 24 期，第 17-40 页。荆兴梅发表在《国外文学》上的文章《〈娇女〉的后现代黑奴叙事和历史书写》，2001 年第 2 期，第 137-144 页。

过自己母亲和父亲的故事。”（莫里森 1990：74-80）引文中的问题部分就是娇女和丹佛对瑟思的提问，在她们的要求下，女主人公对自己的结婚礼物耳环和对自己的母亲进行了追忆，这种时间上的闪回策略令读者很容易把握情节的发展先后，使过去发生的事情以一种自然的方式呈现在读者眼前，易读性较强。

引发的回忆是指由某一个物体，或者某一种感觉，或者某一种声音充当诱发因素，引发对往事的追忆，而且有时会呈现跳跃式回忆，从一件事情跳跃至另一件相关的事情，从而使回忆不断涌现。例如：在小说开头部分讲 124 号闹鬼时有这样一段文字：“这时，那家伙又闹了：是一种爽心的凉意，是那块未动钢凿的粗糙墓碑的感觉。是她选中的那一块墓碑。当年，她踮着脚，背靠着它，双膝分开，足有一个墓穴口那样宽。”（同上 3）瑟思回忆当年为了给被自己亲手杀死的女儿刻碑时，被迫答应墓场工人的非分条件来免费刻碑。诱发对这一事件回忆的因素是一种感觉，“是一种爽心的凉意，是那块未动钢凿的粗糙墓碑的感觉”，124 号闹鬼时，瑟思心头发凉，这种凉意恰恰与十八年前在墓场与那个刻碑工人谈完条件后，她靠在冰凉的墓碑上的感觉不谋而通，因此引发了瑟思对那件不堪回首的往事的回忆。

小说第一章第三小节对丹佛“香喷喷的秘密”的追述，就是由“香水”这一实物引发的：“丹佛也有自己的秘密，香喷喷的秘密，[……] 那香水，头一瓶是人家给她的礼品，第二瓶是从妈妈那儿偷偷拿来的。[……] 那一年，内战没有打完，白人鲍德温小姐给她家送来了圣诞礼物，她和妈妈各得了一瓶香水，[……] 鲍德温小姐眉飞色舞。[……] 可是身上散发着浓馥的香气，那香气扑鼻而来，好像是满室插满了鲜花。而鲜花，正是丹佛在黄杨丛中可以独自陶醉的玩物。在 124 的屋背后，[……] 筑成这天然闺室的天然墙壁。”（同上 135）丹佛在讲述自己“香喷喷的秘密”时，提起了香水的事情，很自然地回忆起香水的来历，鲍德温小姐送给家庭每个成员什么样的礼物，并且当时谈论什么样的话题，她身上散发的味道，等等。这一连串的记忆都是由“香水”这一实物引发出来的。

甚至在有的情况下，一种意象也能引发人物的记忆。例如，保罗 • 迪（Paul D.）在盘问娇女来历的时候脑中总有“亮光”的意象：“他还没有见过哪个女人突然娇羞羞地脸蛋儿发亮，”……“那道亮光总是在焦点确定之后才闪烁出来，”……“顿时闪闪烁烁地像天上的明星，”……“那种闪亮顿时就出来了。”（同上 83）保罗 • 迪看到容光焕发的娇女脸上的亮光，断定这种亮光只有在见到了想见的人时，才会显露。由此想起了当年蹲在壕沟里的“三十英里妹子”见到西克索时脸上溢出的亮光，又想到了与瑟思重逢时，看到瑟思那双湿漉漉的光板脚，自己脸上泛出的亮光。这些跳跃式的回忆都与“亮光”这一意象相关联，因此意象在这里充当了回忆的诱发因素。

还有的情况下，某一种身体反应也会引发相关的回忆。瑟思领着娇女和丹佛去林中空坪的路上身上出汗了，这一身汗让她想起了当年从幸福家园逃跑后在俄亥俄河上分娩时的情景：“她出汗了，发烧了。她感激上帝，因为这一场发烧一定可以为她的娃娃提供热气……”（同上 115）过去的记忆潜伏在人物内心深处，随时迸发，干扰现在的生活。

无意识的回忆是在不相关的语境下突然不由自主地回忆起往事来，没有对方的询问，不存在可触发回忆的关联因素。在小说的开端部分，瑟思坐在水泵旁洗去腿上的甘菊露汁时，过去的记忆不自觉地涌现出来。“她这时也许正急匆匆地、差不多是跑着步穿过庄稼地，到水泵旁快速地将腿上的甘菊露汁洗净，脑子里绝没有其他念头。[……] 突然间，幸福家园滚着、滚着，翻滚而出，赫然出现在眼前。虽然那儿的一草一木，没有一样不会逼得她想哭叫起来，那座庄园依然不知廉耻地从记忆深处滚滚而出，屹立在她眼前，展露它的娇丽风光。[……] 甘菊苦汁被彻底洗尽后，她绕道走到屋前，途中拾起了她的鞋子和袜子。在不到四十英尺远的地方，门廊上赫然坐着一个男人：保罗·迪，幸福家园最后一个男人！”（同上 5-6）这段文字以现在时间开端：瑟思在水泵旁洗去腿上的甘菊露汁；突然过渡到对过去的回忆之中：自己被鞭笞的脊背，曾如何制作墨水；转而又回到现实，用抹布和清水清洗腿上的甘菊露汁；突然思绪翻滚，又回到了十八年前的幸福家园，这个看似风光旖旎的地方实则是一个地狱，黑奴们被吊在无花果树上。最后又回到现实中来，甘菊苦汁被洗尽了，走到屋前，遇到了保罗·迪。从叙述时间的分布上看，现在和过去交织在一起，现在的事情总是被回忆不自主地打断，回忆的内容和现实中的景象没有任何的关联，是主人公的一种无意识行为。

幽灵回忆是指作者虚构的亡灵对自己往事的回忆，带有一定的魔幻色彩，而且在语言上呈现模糊、晦涩的特点，在小说的前后也没有相关事件的铺垫，给读者在解读这些内容时带来了相当大的困难。小说的第二章中，由于保罗·迪的离开，瑟思整日和娇女、丹佛在一起，不再外出工作，精神也不太正常，而娇女是被瑟思亲手杀死的女儿的魂灵，作为返回阳间的一个幽灵，她似乎具有某种超自然的能力，将瑟思束缚在身边，整日足不出户，出现了种种不正常的迹象。在后半部分中，瑟思、丹佛以及娇女分别有一段内心独白，其叙述对象都是娇女，分别回忆了自己过去的经历。娇女虽然是个幽灵，但作者让她拥有常人的意识，对自己在阴间的过去进行了回忆：

“我是娇女，她是我的。我看见她从叶丛中将花儿采走　装进一只溜圆的箩筐　那簇簇绿叶她不要　满满实实塞了一筐花儿　拨开草丛　要不是乌云滚滚卷来我会过去帮助她　我如何能把本是图像的事物用语言讲清楚喽　反正我没有与她割开　我上天入地处处有路　她的脸是我的脸而且我要钻进那张脸而且我要好好瞧瞧　那是个热烘烘的物体

*　　　　*　　　　*

一切一切都是现在　永远是现在　无时无刻我在蹲伏　在望着与我一道蹲伏的同伴　永远在蹲伏　[……]　他的脸不是我的　他嘴巴散发香气但眼睛紧锁　[……]　我不吃东西　那些没长皮肤的男人把早晨的小便送给我们喝　因为我们一滴也没有　[……]　日照从裂缝透进时我能看见那双紧锁的眼睛　我身材极小　老鼠在我们还没入睡时就等得不耐烦了　[……]　但地盘太窄它动不了　我要是能多喝一点就能造出眼泪　我造不出汗水造不出小便于是没长皮肤的男人慷慨相送　有一次他们给我们吸吮甜滋滋的岩块　[……]　你要永恒地死去还很不容易　打个盹儿你又晃悠悠回来了　我们在开始时还能呕吐　而今不呕　呕不出　他的牙齿是些白生生的漂亮尖齿　有一具尸体在战栗　连我都感觉到了　[……]　我惦记着他那些白生生的漂亮尖齿……”（同上 271-272）

娇女是一个幽灵，因此说话的方式有悖于常人，这段文字既没有标点，而且存在很多语病，内容上也非常晦涩难懂。莫里森虚构出这样一个形象，有两方面的用意。首先娇女是瑟思的女儿，她非常爱自己的妈妈，引文的第一段就是娇女活着时对妈妈的记忆：妈妈在采花，娇女看在眼里是一幅美丽的图画，但是她太小，不会用语言描述，这幅画面表达了女儿对妈妈的依赖。第二，莫里森在小说的扉页上写着“六千万　甚至更多”，是指这部小说的创作是献给至少六千万在从非洲运往美洲的海运途中丧命以及到达美国后因为残酷的蓄奴制而死于非命的黑奴们。娇女内心独白的第二段文字是她被母亲杀死后，在阴间与其他在贩奴过程中死亡的黑奴亡魂挤塞在一起时的回忆，尸体压着尸体，

老鼠肆虐，黑人喝不到水，连小便都没有。白人在娇女幼小的眼中就是没长皮肤的人，由于空间狭窄，这些魂灵连翻身都做不到，男尸被拽走，说明被扔到海里去了。莫里森让娇女充当这些死去的黑奴的代言人，将一百多年前美洲人从非洲非法贩运黑人奴隶的那段罪恶历史显现在世人面前。

嵌入式回忆是指故事中的主人公在进行回忆的过程中，由被回忆的人物对自己的往事进行追忆，这种回忆的叙述模式就像是一个套盒，一个层面上的回忆又包含着更深层次的回忆。在小说第一章的开头部分，丹佛回忆母亲生自己的场景时，穿插着瑟思回忆自己母亲的情节："[……] 那一场稀薄但凛冽的瑞雪，多像妈妈追述丹佛于一只小舟上、在一个白人姑娘（丹佛这名字就是从那白人姑娘那儿得来的）的护理下，临盆入世的处境时所描绘的图景啊！……若要进入故事最精彩的片段，她就得远远地向后回溯：[……] 瑟思对丹佛讲过，[……] 她是这样对丹佛追述的：[……]　至此，故事进入丹佛最为之入迷的高潮：[……]"（同上 36-40）天空突然飘起雪花，这种突变的天气成为丹佛追忆自己出生时情景的诱发因素，因此从这一层面上分析，这一回忆属于引发式回忆；但在丹佛回忆自己母亲临近分娩的过程中，还穿插了瑟思回忆自己母亲的内容，联系这两个层面回忆的链条是对"小羚羊"这一意念的揣摩。丹佛的这些记忆都是由瑟思讲述给她的，因此在丹佛的回忆中，都有母亲转述的标记："瑟思对丹佛讲过"；"她是这样对丹佛追述的"；"至此，故事进入丹佛最为之入迷的高潮"。莫里森使用这种嵌入式闪回的叙述策略，给读者一种"回忆中的回忆"的感觉，这种时间策略的运用表达了记忆的传递性。

重构型回忆是指在叙述某段过去的基础之上，叙述者发挥自己的创造力，加入自己的认识和见解，从另一个角度重构了这段历史。丹佛只对有关自己出生的那段历史感兴趣，在第一章的开头处，由于突然飘雪的缘故，引发了自己对妈妈曾向她讲述那段历史的回忆，当时的回忆只是简单地转述妈妈讲的故事，因此回忆中有多处妈妈讲述的标记句，如："瑟思对丹佛讲过"；"她是这样对丹佛追述的"；"至此，故事进入丹佛最为之入迷的高潮"。在第一章的中间部分，丹佛和娇女在屋里跳舞，她非常高兴有这样一个姐妹陪伴，并尽最大努力想留住娇女并讨她的欢心。娇女喜欢听丹佛讲她出生时的故事，于是丹佛娓娓道来，但这次讲述不再是简单地转述妈妈的原话，在讲述的过程中，她有了自己的感受，自己的理解，并且把瑟思零零碎碎讲过的内容进行了加工和整合，构建了一段完整的、具有个人主观创造性的新历史。"'你讲讲，'娇女说：

'你讲讲瑟思在那只船上是怎样把你生下的。' [……] 丹佛爬起来，坐在床上，[……] 她嗫嗫嚅嚅作了两次努力后，决定把自己有生以来所有听来的丝丝缕缕收拢而来，理出端倪，编织出一张恢恢大网，准备把娇女牢牢罩住。[……] 此刻，丹佛就不只是喜欢听人讲述这一节故事了，也开始悟出这故事该怎样由自己讲述了：故事的主人是一个十九岁的黑人姑娘——一个仅比她大一岁的女孩，这女孩在灰暗的树林深处步履艰难地奔亡，寻找远在他乡的儿女。[……] 借助于娇女，丹佛开始看出并且感触到了：看出这在当时给了她母亲一种什么样的感受，感触到这在当时给了她母亲一种什么样的感觉。她的描述越细微，她的细节越详尽，就越能逗得娇女高兴。于是，她往母亲和祖母那些不连贯的片段追述中，输送血液，使它们像心脏一样跳动起来，免得听者向她提出那么多疑问。她们俩共着枕头睡在床上，丹佛像一个恨不得让情人把美味佳肴吃尽胀饱的情郎一样，细心地满足娇女的兴趣。[……] 丹佛叙述，娇女聆听，姐妹俩合作，把真实的事件、真正的背景重建起来，把只有瑟思自己知道的内情重建起来。那些事，只有瑟思才有心思去捉摸，只有瑟思才有时间去整理，[……]。"（同上 97-100）丹佛的这段回忆实现了两方面的转变。第一，从被动的记忆接受者变为主动的记忆创造者。娇女的到来，对于丹佛来说，如获至宝，甚至长时间忘记了去自己的秘密翠室。为了满足娇女的好奇心，丹佛尝试着将妈妈和祖母追述的零碎片段整合起来，并且主动用心体会当事人当时的感受，发挥自己的想象力，将母亲的记忆转换成自己的记忆。第二，从第三人称主观叙述模式转变为第三人称客观叙述模式。叙述者指叙述文中的"陈述行为主体"，或称声音或讲话者，它与视角一起，构成了叙述。长期以来，人们主要用第一人称、第三人称划分叙述者类型。捷克的结构主义者多莱泽尔对这种划分加以扩充，又增加了叙述者是不是行动的人物和叙述者的主观态度以及对人对事的评价、评论是表达出来还是含而不露这两条标准，划分出了 6 种叙述模式，其中涉及第三人称的有 3 种：第三人称客观叙述模式、第三人称评述叙述模式，第三人称主观叙述模式；另外三种对应的是第一人称叙述者。（胡亚敏 38-39）客观叙述模式的基本特征是叙述者只充当故事的传达者，起陈述故事的作用，不表明自己的主观态度和价值判断。而主观叙述者则具有较强的主体意识，可以或多或少自由地表达主观的感受和评价，在陈述故事的同时具有解释和评论的功能。一般说来，叙述作品中的叙述者形象一经确定，便不再改变，但为了寻求更为丰富的叙述方式，获得更为自由的叙述逻辑，也不妨突破这种固定格局，在作品中变化叙述者的身份，于是就产生了叙述者的违规现象。（同上 47-51）小说中丹佛从第三人称主观叙述模式转变为客观叙述模式，掩盖了自己的主观态度，这段重构型回忆使属于个人的个体经历变为一段有着相似遭遇的群体历史。

叙事形式在某种程度上是为叙事主题服务的，莫里森在叙述时间的选择上体现出了独特的叙事性：打断线性时间，让过去不断插入现在的叙述模式。这种形式各异的闪回叙事策略与叙事主题之间是否具有一定的关联呢？马图斯指出“这种时间上的断裂揭示了过去创伤的性质”。（Matus 111）本书作者认为上文总结出的 6 种回忆从不同的程度上揭露了美国蓄奴制给黑人造成的创伤之深，并且敦促黑人对这段历史进行重新思考，摆正历史和现在的关系。

被需求的回忆以提醒的方式警示黑人不要忘记自己遭受的苦难；引发式回忆揭露了蓄奴制给黑人造成了不可愈合的精神伤害；无意识回忆表明过去的凄惨经历给黑奴们的伤害太深，令他们想忘也忘不了，这些埋在心底最深处的痛苦记忆时不时地会涌现出来影响他们现在的生活；幽灵回忆则犀利地批判了美国历史上从非洲贩奴的罪恶行径；嵌入式回忆揭示了创伤的延续性，曾经的苦难经历对于黑奴们来说是世代难忘的，这些创伤从上一代人绵延不绝地传给下一代人；而重构性回忆则实现了叙述者身份的转换，从第三人称主观叙述者变为第三人称客观叙述者，从“妈妈”这个主观意识极强、个体身份极浓的身份转变为“一个十九岁的黑人姑娘——一个仅比她大一岁的女孩”这一客观性、普遍性的指称。将属于自己妈妈的个体历史延伸为千千万万个像瑟思似的受奴隶制压迫而被迫逃亡的黑人姐妹的群体苦难史。

从微观层面上，莫里森让女主人公进行了不同形式的回忆，重新构建了现在和历史的关系；从宏观层面上，闪回这一策略也有着不同类型的表现。热奈特对闪回进行过细致的探讨和分类：根据闪回与第一叙述的时间跨度为界，可以分为外部闪回（external analepsis）、内部闪回（internal analepsis）和混合闪回（mixed analepsis）。外部闪回叙述的是第一叙述时间跨度之前的故事；内部闪回叙述第一叙述时间跨度之后的故事；混合闪回叙述的故事从第一叙述时间跨度之前开始，一直延续到第一叙述时间跨度之后[①]。根据闪回与故事情节的关系，可以分为整体闪回（complete analepsis）和部分闪回（partial analepsis）。

---

① 热奈特使用的第一叙述时间指的是叙述文本的开端时间。跨度（reach）是指所涵盖的故事时间距现在时刻的时间距离。普林斯（Gerald Prince），2011：10。

前者与第一叙述之间没有时间上的断层，能够构成完整的情节；而后者不能与第一叙述构成完整的时间链，出现了时间上的省略现象。这两种闪回在叙述情节上的功能不同：前者构成了叙事的主体；而后者仅向读者提供某些孤立的信息，只对理解某一特定部分的内容有帮助。整体闪回一般跨度（reach）较小，而幅度（extent）较大①；部分闪回的跨度较大，而幅度较小。根据闪回在叙述文中的功能，又可分为填充闪回（filling-in analepsis）和重复闪回（repeating analepsis）。前者指在事件之后追述事件发生的过程，填补故事的空白。填充闪回是对叙述中省略、遗漏的事件的补充，具有交代、解释、修正等功能。后者指对过去事件的重叙，是对往事的一种强调或重新评价。重复闪回一般用来再现那些难忘的重要的场面。更重要的作用是普鲁斯特式的闪回，即对过去的破坏和重新认识，或当时认为无意义而现在发现了意义，或否定当初的解释而给予新的解释（不一定是更好的解释），从而构成一种永恒不断的“由是到非”的认知过程。（胡亚敏 67-68）《娇女》以保罗・迪到达蓝石路 124 号为开端，主人公陆陆续续地回忆了十八年前发生的事情。从闪回与第一叙述时间的关系上来看，小说主要采用了外部闪回的方法，讲述在保罗・迪到达 124 号之前黑奴们所受的奴役以及进行的殊死反抗；从闪回和故事情节的关系来看，莫里森在小说中使用了整体闪回的方法，小说的一半篇幅都是主人公们的回忆和追溯往事，构成了情节的主干，小说的开端和结局只是一个框架，读者可以从叙述文本中构建一条完整的时间链。从闪回在叙事文中的功能来看，莫里森使用了重复闪回的类型，多次再现那些难忘的、重要的场面，并通过回忆来重新认识过去，对历史有了新的认知。

综上对微观层面回忆种类的分析和宏观层面闪回类型的探讨，读者可以看出闪回这一叙述技巧在作品中得到了全面的运用。闪回策略的运用凸显了再现历史、重构历史的叙述主题。莫里森让女主人公不断地进行回忆，而且回忆的形式呈现出了多样性。这种梦幻似的闪回时间叙述策略一方面再现了黑人女奴经历的凄惨历史，另一方面让黑人女奴完成了重构自我历史、重新找回自我的涅槃历程。

莫里森在创作《娇女》这部小说时的心情很复杂。“我以为这是我写的小说中人们最不爱读的一本，因为小说的内容是小说中的人物所不愿回忆、我本人不愿回忆、黑人不愿回忆、白人也不愿回忆的东西。”（Angelo 68）莫里森的

① 幅度（extent）是指时间误置中所涵盖的故事时间。普林斯，2011：10。

这种既想忘记过去但又不愿忘却，而且不能忘却的矛盾心理就体现在《娇女》的故事情节发展之中。她深感过去与现在密不可分，奴隶制虽然早在一百多年前就已废除，但其阴魂依然在美国社会游荡，构成美国黑人现在面临的种种问题的根源。小说《娇女》所要表现的不是奴隶制度，而是奴隶们的生活状态，“通过想象的方式来解构并重构现实”，探求人物的心理，展现“黑奴的内心生活”。在莫里森看来，过去对每个民族来说很重要，“如果我们不跟祖先保持联系……我们就会迷失方向。与祖先保持联系其实就是重构记忆。回忆（有意识的回想行为）是自愿创作的一种形式。它并不是要追究事件本身，那是研究；其目的是思考这件事是怎样发生的，以及为什么会那样发生。”（Morrison 1981：339）（Taylor-Guthrie 248）综上所述，在叙述美国黑人女性在蓄奴制时期遭受到的苦难时，莫里森并没有从主观上干预叙述，而是选择一种平静的叙述语气，通过使用不同类型的闪回策略，让《娇女》中的主要人物瑟思、保罗·迪、娇女、丹佛等不断地进行回忆，让读者看到这段残酷的历史如何影响了黑人现在的生活，同时让读者看到黑人女性如何实现从接受过去到面对现实、迎接未来的涅槃历程。

第三节 穿梭的时间：弃女的跳跃叙述

本小节以莫里森的第九部小说《恩惠》为例探讨黑人女性文学中的第三种时间叙述策略——穿梭于现在和过去之间的跳跃式叙述模式。《恩惠》这部小说一经出版便获得了业界的一致好评，并荣登《纽约时报书评》“2008 年度十大最佳图书”的榜单。小说以奴隶制尚未形成规模、蓄奴制刚刚开始的美国集体群像为背景，描写了 17 世纪 80 年代白人移民、黑人奴隶、土著女人在北美大陆上的艰辛生活。国内外学者从不同角度阐释过这部作品：王守仁、吴新云解析了作品中的“奴役”情节；尚必武教授探讨了小说中的母爱伦理及创伤叙事；瓦莱丽·巴伯（Valerie Babb）认为《恩惠》参与了美国的渊源叙事；玛辛·蒙哥马利（Maxine L. Montgomery）剖析了作品中的种族迁移所赋予的家园隐喻等[①]。但是鲜有批评者论及《恩惠》的时间叙述策略以及这种特殊策略所凸显的叙述主题，本书作者试图在这一方面进行挖掘，以期望扩大这部作品的批评视阈。

《恩惠》这部小说在阅读时难度较大，原因在于莫里森在叙述时序上打乱了事情发生的自然顺序，采用了现在和过去时间交替呈现的方式。这一时间策略与热奈特区分的以回首性前瞻（proleptic analepses）或前瞻性回首（analeptic prolepses）为特点的无时性并不吻合。本书作者认为，这种交替式的时间叙述策略是莫里森的一种创造，在过去和现在的穿梭跳跃中没有任何语言上的衔接，只是靠章节进行时间上的切分。在进行具体论述之前，我们首先区分一下小说的故事时间和文本时间。热奈特将“故事时间”定义为“故事中事件连续发生过程显现的时间顺序”。（Genette 35）根据《恩惠》这部小说的情节，读者可以整理出这样的故事时序：①荷兰移民雅各布成为美国的农场主。②土著居民莉娜成为雅各布的助手。③邮购新娘丽贝卡来到农场。④海难幸存者“悲哀”被转送给雅各布。⑤佛罗伦斯作为抵债物送给了雅各布。⑥非洲自由人铁匠帮助雅各布建造新庄园，佛罗伦斯爱上了铁匠。⑦雅各布染上天花去世。⑧丽贝卡卧病不起。⑨佛罗伦斯被派寻找铁匠医治女主人的病，完成任务后却被铁匠抛弃。⑩黑人女孩“悲哀”地生了一个女儿。⑪农场契约工观察到雅各布死后农场里的四个女人都发生了变化。⑫佛罗伦斯在新庄园的地板上刻下了自己的心路历程。

“话语时间”是指“故事事件在叙述中的‘伪时序’（pseudo-temporal order）”。（同上）作者在小说中会对故事事件进行重新安排，常见的伪时序有“闪回”和“闪前”。莫里森在《恩惠》这部小说的时间安排上打乱了自然时序，其话语时间呈现出一种现在和过去交替的形式。整个故事的叙述用了12个章节，可以分为两部分：奇数章节和偶数章节。其中第1、3、5、7、9、11章节是佛罗伦斯在地板上刻下的故事，讲述自己寻找铁匠前前后后发生了五天

① 见王守仁、吴新云发表在《当代外国文学》上的文章《超越种族：莫里森新作〈慈悲〉中的“奴役”解析》，2009年第2期，第35-44页。尚必武发表在《外国文学研究》上的文章《被误读的母爱：莫里森新作〈慈悲〉中的叙事判断》，2010年第4期，第60-69页。尚必武发表在《国外文学》上的文章《创伤·记忆·叙述疗法——评莫里森新作〈慈悲〉》，2011年第3期，第84-93页。Valerie Babb发表在MELUS期刊上的论文*E Pluribus Unum? The American Origins Narrative in Toni Morrison's A Mercy*，2011年第2期，第147-163页。Maxine L. Montgomery发表在*Journal of Black Studies*期刊上的论文*Got on My Traveling Shoes: Migration, Exile, and Home in Toni Morrison's A Mercy*，2011年第4期，第627-637页。

的事情，这一部分内容使用了第一人称叙述，叙述故事时使用的是现在时态。最后一章（第 12 章）也使用了第一人称和现在时态的叙述策略，但叙述者不是佛罗伦斯，而是她的妈妈悯哈妹。根据叙述者人称和时态这一标志，我们可以把奇数章节以及最后一章视为现在发生的事情。偶数章节第 2、4、6、8、10 章使用的是第三人称叙述声音，且分别叙述了农场不同人物的故事与经历，使用的是过去时态，讲述的内容大都是佛罗伦斯去寻找铁匠之前发生的事情，根据这一标志，我们把除去第 12 章之外的偶数章节视为过去发生的事情。莫里森在安排小说情节时，让现在和过去来回穿梭，创造了一种交替式的叙述模式。

在以佛罗伦斯为第一人称叙述的现在发生的故事中，作者采用了顺时的策略，从出发寻找、途中见闻、找到铁匠、看管男孩、铁匠归来到惨遭抛弃这一系列经过的书写，讲述了一段对爱情充满希望，为寻爱历尽千辛万苦，被抛弃后伤心欲绝，最终醒悟找回自我的黑人女奴的心路历程。在以第三人称叙述农场里其他不同人物经历的过去发生的故事中，作者并没有按照故事自然发生的时间顺序安排情节，而是以人物为中心，每个偶数章节讲述了一个人物的故事，人物出场的顺序是按照他到达农场的先后顺序依次穿插出现在佛罗伦斯的讲述之后。每一个人物的叙述都是一个完整的故事，所有人的故事拼凑到一起就是一部 17 世纪美洲新大陆庄园的兴衰史，他们的故事生动地再现了美国建国前期蓄奴制的发展以及黑人女奴的悲惨命运。

莫里森在《恩惠》这部小说中打破了传统的叙述方式，摒弃了自然时间顺序和单一线性结构，按照人物的重要性依次叙述一个个小故事，在讲述各自故事的过程中没有按照顺时的策略，而是依据人物的心理时间安排情节的先后。这些人物并不是平均用力，而是有主次之分，佛罗伦斯五天的寻爱之旅是主线，这一故事被分成 6 个章节依次叙述；其他人物的故事是副线，穿插在佛罗伦斯的寻爱故事之中。这种情节发展轨迹呈现出一种“复线”模式，“复线”是俄国形式主义者什克洛夫斯基论述的一种基本情节类型，通常由主线和副线组成，前者是围绕主人公发生的并在故事中起支配作用的故事线；后者是贯穿整个作品的次要主人公的一系列事件。（胡亚敏 130）《恩惠》这部小说就是由发生在现在的主线故事和发生在过去的副线故事组成的，整部小说的叙述方式是按照现在和过去交替的复线模式推进。图 2-2 与图 2-3 分别演示了话语时间和故事时间下的章节推进模式。为了与故事时序中的阿拉伯数字区别开来，笔者使用英文数字代表小说的各个章节，方框内文字是各章节的简要内容。

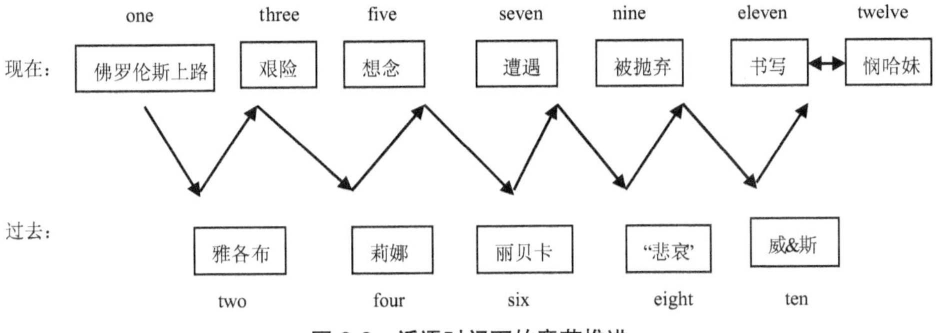

图 2-2 话语时间下的章节推进

如果按照故事发生的先后顺序序号替换上述方框内的文字，序号为阿拉伯数字，由于发生在现在的故事被切分为 6 个部分，故使用英文小写字母代表各个部分，参照上文整理出的自然时序，故事时间下的章节推进如下所示。

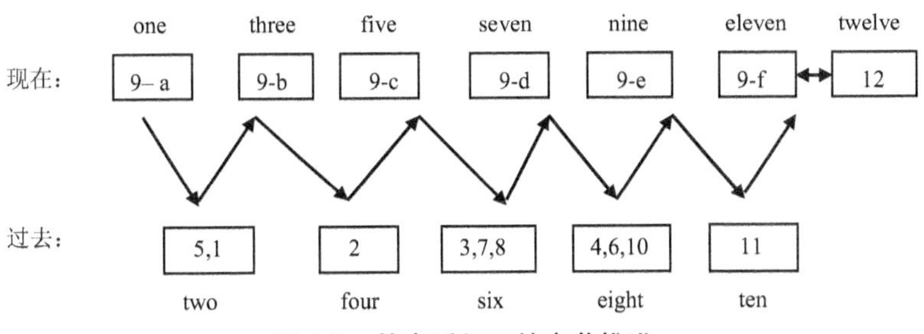

图 2-3 故事时间下的章节推进

从图 2-3 可以直观地看出，莫里森在安排各章节内容时，完全打乱了故事时间的顺序，给读者造成了非常大的阅读困难；从图 2-2 看到，莫里森以人物为单位，安排他们的出场顺序，每个人物的故事都是大故事中的一个独立部分，在叙述各自的故事时也打乱了自然时序，代之以心理时间，不断地回忆往事，又回到现在，而且各个人物之间的故事中穿插了对其他人物的回忆和看法，形成了一种你中有我，我中有你的格局。本书作者认为，莫里森的这种刻意打乱自然时序、以人物为单位、让过去和现在来回穿梭的时间策略是独具匠心的，这种交替式的时间叙述模式旨在使读者模糊物理时间的存在，聚焦于人物的心理成长历程，关注黑人女性的生存环境和命运发展。

《恩惠》中的人物包括四男四女，男性有白人农场主雅各布，来自非洲的自由黑人铁匠以及农场的契约劳工威拉德和斯卡利。女性人物有女奴佛罗伦斯、女仆悲哀、土著居民莉娜和邮购新娘丽贝卡。莫里森在人物角色的分配中，让男人们充当了构建情节、促使女性人物成长以及旁观目击的不同角色，主要笔墨用在了女性人物的刻画上，尤其是黑人女性人物成长的心理叙述。正如詹宁斯在书评中谈道："随着雅各布的死亡，农场变成了孤立的女性社区，父系链接中断"。（Jennings 2009：646）热奈特在叙述时间的讨论中，除了研究"时序"这一概念外，还涉及另一个概念——时距。时距是根据叙述时间与故事时间之间的长度之比来测量两者之间的关系。（申丹等 2010：119）莫里森使用了将近一半的话语时间讲述了佛罗伦斯的五天寻爱之旅以及对母亲的回忆，相当于其他人物的叙述时间总和，而且前者的故事时间远远小于后者，因此佛罗伦斯是小说中最重要的女性人物。莫里森使用慢叙的方式展现了黑人女奴的心理变化过程，目的是凸显黑人女性的成长。芮渝萍在论述成长小说（initiation story）的叙事动力时指出：作家围绕主人公成长的躁动、环境的考验、困境中的迷惘、顿悟和拯救等经历，组织不同的事件，形成一个个叙事单元。这些对主人公成长产生启发的事件，成为成长小说情节发展必不可少的叙事动力。（芮渝萍 2007：30）据此本书作者将佛罗伦斯的心理成长分为自卑－重生－觉醒三个叙事单元。

● 遭母抛弃的受伤期

在向铁匠讲述自己的寻爱之旅时，佛罗伦斯以对母亲的抱怨开始："故事从那双鞋开始。我还是个孩子的时候，始终都无法忍受打赤脚，即使在最热的天，我也总是在乞求一双鞋，谁的鞋都成"。（莫里森 2013：2）但是妈妈对佛罗伦斯的爱美之心非常反感，坚决不满足女儿的愿望。莫里森一方面指出佛罗伦斯对母亲悯哈妹的埋怨，另一方面在小说中反复提到佛罗伦斯被母亲抛弃时的记忆，前前后后总共有七次之多。这里又涉及热奈特叙述时间研究中的另一个重要概念——叙述频率，即事件发生的次数与叙述次数之间的关系，在小说中莫里森对母亲抛弃女儿这一件事以佛罗伦斯回忆或做梦的方式叙述了 7 次，这种频率上的重复叙述构成了一种畸形话语，胡亚敏认为，这种畸形话语与作品的特色或人物的心境密切相关。如本章第一小节所提到的：事件重复分为求同和求异两种。求同的审美效果在于强调；求异的审美效果则在于突出同一类型的事件各自不同的特性。（李卫华 194）结合《恩惠》这部小说的内容分析，这种重复叙述的话语旨在求同，是为了强调美国贩奴历史的罪恶，揭示奴隶制如何导致母亲抛弃女儿，继而给黑人女奴造成了几乎不可治愈的心灵创伤。

● 重拾“母爱”、沐浴“爱情”的疗伤期

巴赫金在《小说理论》中谈到成长小说的主要特征时使用了“常数”和“变数”这两个概念：主人公和他的性格是小说公式里的变数，主人公本身的变化构成了情节意义。而在传统长篇小说中担任变数的因素——小说事件，包括空间环境、社会地位及命运等成了成长小说中的常数。（巴赫金 227-230）在《恩惠》这部小说中，“母爱”和“爱情”是叙事情节中的常数，而主人公佛罗伦斯的性格变化则成为叙事情节中的变数，与此相关，小说情节得到了再认识和再构建。

佛罗伦斯来到农场后，莉娜对她的关爱缓解了母亲给她造成的伤害，如果说佛罗伦斯是不幸的，被亲生母亲抛弃了，那么她又是幸运的，在新环境里莉娜喜欢她，愿意保护她，给予她缺失的母爱。莉娜满足了佛罗伦斯对鞋的渴望，她亲手给佛罗伦斯做了一双兔皮鞋。丽贝卡在回忆佛罗伦斯时，曾记得这一细节：“那时她需要鞋，一双合脚的鞋，来换掉包着她两只脚的脏兮兮的破布，而直到莉娜给她做了一双鞋后，她才开口说了话”。（莫里森 2013：79）

莉娜对佛罗伦斯的真切关心感化了她，她的开口讲话证明了失而复得的母爱具有怎样强大的感化作用。促使佛罗伦斯对生活热爱的另一个原因是铁匠的出现，他燃起了少女的爱情之火，让她对爱情充满了希冀和憧憬。白天当铁匠干活的时候，佛罗伦斯总是盯着他的背影看。夜晚铁匠睡觉时，佛罗伦斯竟然偷了一支蜡烛，瞅他睡觉的样子，还不小心被烛火烧了手掌。当丽贝卡把寻找铁匠的任务交给佛罗伦斯时，她幸福地接受了这份辛苦的任务。路途中多次提到她对铁匠的思念和爱慕之情，虽然只有五天的时间，那种感觉却足以让她回味一生，作者用了小说章节的一半来叙述黑人女奴的这段心路历程。路途上的艰难险阻让她徘徊在死亡的边缘，但是想要见到心爱的人的信念令她无所畏惧，佛罗伦斯认为只有铁匠和自己属于一类人，她希望永远和铁匠不分开。芮渝萍提到成长小说中通常有“上路”的情节：主人公受到某种物质的或精神的诱惑，进入一扇不可知的生活之门，他们在盲目的遭遇或考验中获得了意想不到的收获，完成了对人生、自我和社会的重新审视，向着成熟迈进了一大步。（芮渝萍 2005：3）佛罗伦斯像大多数青少年一样也品尝了爱情的甘泉，这种滋润使她的卑贱变为幸福；然而爱情同时却成为诅咒，当爱情成为她的全部生命时，铁匠却鄙视她的奴隶身份而将她赶走，对佛罗伦斯来说犹如晴天霹雳。

● 被爱情抛弃后的顿悟和觉醒期

成长小说中的叙事动力来自充当小说常数的不同事件，这些事件对于主人公的性格变化尤其是认知能力的发展起到了关键性的作用。摩迪凯·马库斯将成长（initiation）归纳为两种模式：第一种是年轻人从对外部世界的无知到获得某种重要的认识；第二种是获得重要的自我发现，以及对生活和社会的重新调适。（Marcus 32）芮渝萍指出认知发展是青少年成长的基本内涵，认知能力包括社会认知、自我认知、道德认知、情感认知、智慧认知和环境认知等多方面的内容，这些方面的认知发展构成了成长小说叙事的多样性和复杂性。（芮渝萍 2007：30）

本书作者认为莫里森在《恩惠》中着重叙述了女主人公情感认知的发展变化，其目的是构建黑人女性实现自我认知的途径。佛罗伦斯在遭到铁匠无情地抛弃后伤心欲绝，被铁匠痛骂为“没有头脑”“自愿为奴”，让她惊醒，3 个月后她选择了利用书写来释放和改变自己的方式。在雅各布建造的新庄园的地板上刻下了自己的心声。那么这 3 个月她是怎么熬过来的，作者只字未提，留给读者足够的想象空间。因此在叙述时距上前后对比非常明显，作者在 5 天的寻爱之旅中使用了慢叙的策略，用较长的文本篇幅描述较短时间内的故事；而关于佛罗伦斯被铁匠抛弃后的 3 个月一笔带过，“自我从你身边跑开已经过了 3 个月了”。（莫里森 2013：174）这属于典型的省略叙述，就是一定量的故事时间跨度的文本篇幅是零。这种叙述时距上的明显对比突出了佛罗伦斯内心的成长，与其怨恨满腹，不如选择宽容，宽容他人就相当于解脱自我。三个月期间，佛罗伦斯一定经历了从悲痛欲死到怨恨愤怒直到选择原谅的这一心理变化过程，莫里森没有把这种心理的变化细节呈现给读者，是为了更好地证明佛罗伦斯找到自我的胜利结果。

读者首先看到的是佛罗伦斯平静的叙述，没有半点愤怒指责的语气。在书写的开端怕引起铁匠的误会，作者使用一段安慰的话开篇：“别害怕。我的诉说不能伤害你，尽管我做了那些事；而且我保证，我会在黑暗中静静地躺着——也许会哭泣，或偶尔再一次看到流血——但我绝不会再伸展四肢站起来，并露出牙齿。我在解释。你要是乐意，尽可以把我将要告诉你的当作一种忏悔”。（同上 1）在提到铁匠的不辞而别时，作者仍然以一种平静的语气告诉读者：“自从你不辞而别以来，夏天过去了，之后是秋天，而随着冬日将尽，疾病也返回了”。（39）

其次，佛罗伦斯在离开铁匠后逐渐找到了自我，读者看到了一个拥有独立精神的黑人女性，她拥有属于自己的记忆，看待事物入木三分。她这样告诉铁匠："我一整夜都在走。一个人。没有老爷的靴子，很艰难。[……] 不过，失去你之后，我的路清晰了，我一直以为你是我的生命，[……] 可我对你而言什么都不是"。（173）"我的路清晰了"这句话中充满了勇气，她大胆地向铁匠承认自己的寻爱之旅是迷茫的、一厢情愿的，她憧憬的二人世界更是毫无意义的，因为她"不会再做梦了"。今后的路将一个人走，不会依靠任何人。

同时佛罗伦斯对铁匠指责自己的"粗野"进行了回应："瞧见没？你是对的。悯哈妹也是。我变野了，可我还是佛罗伦斯。从头到脚。不被原谅。不肯原谅。不要怜悯，我的爱。决不要。听到我了吗？奴隶。自由。我延续着"。（177）即使被最亲近的人指责为"粗野"而被抛弃，包括自己的母亲和情人，佛罗伦斯宣告自己就是自己，不需要任何人的原谅和怜悯，无论是被铁匠唾弃的"奴隶"，还是他引以为豪的"自由"，在佛罗伦斯眼中都已不重要，她要拥有属于自己的精神自由。王守仁和吴新云（2009：41）也指出"真正的奴役源自内心，佛罗伦斯必须消除'女人属于男人，为了男人'的观念才可以获取自由"。

最后，佛罗伦斯选择了宽容和原谅，打开了心结，释放了自己的所有负面情绪，使自己得到解脱。一方面，在奇数章节中，佛罗伦斯对铁匠的一番叙述，表明她对这段劳而无果的爱情宣告结束，最终原谅了铁匠给她造成的一切伤害。

佛罗伦斯不仅在情感认知方面实现了对爱情的重新认识，同时对亲情尤其是母爱的认知也实现了突破。作者特别安排在小说的末尾一章让悯哈妹以第一人称的叙述身份进行了诉说，将这种因奴隶制而导致的畸形母爱昭告天下。首先，悯哈妹告诉女儿自己是怎样来到美洲大陆的：贩奴者来到非洲后，"烧了我们的房子，把那些他们没能杀死的或后来找到的聚集到一起去做交易。我们被用藤条捆绑在一起，转移了四次，每次都有更多的买卖、挑拣和死亡"。（莫里森 2013：179）然后用船把从非洲抢来的黑人运到美洲，很多奴隶在海上运输途中死于非命，然后会被"漂白了的男人"扔进海里喂鲨鱼。那些能够抵抗住长途疲劳饥饿到达目的地的奴隶们会被赶进牲口圈，等待白人奴隶主来"挑货"。其次，悯哈妹告诉佛罗伦斯她是怎样来到这个世上的。"我不知道谁是你的爸爸。四下太黑，我看不清他们任何人。他们夜里来的，把我们三个，包括贝丝，带到了一个晾烟棚里。一个个黑影坐在桶上，然后站起来。他们说他们被要求强行进入我们。完全没有保护。在这种地方做女人，就是做一个永远长不上的裸露伤口。即便结了痂，底下也永远长着脓。”（同上 180）这段叙述向读者昭示了美洲白人在贩奴过程中的罪恶以及黑人女奴的悲惨命运，她们除了遭受由于肤色带来的种族压迫外，还要忍受由于性别歧视带来的身体伤害。作为黑人女性是没有羞耻可言的，沦为性工具造成的精神伤口是永远无法愈合的。最后，作为妈妈，悯哈妹看到了佛罗伦斯身上隐藏的威胁，在自己能力有限的情况下，她无奈地选择了一条令女儿及众多人费解的拯救策略，她央求雅各布带走自己的女儿。佛罗伦斯一直都不明白妈妈为什么狠心地抛弃自己，因此怨恨不已，现在她终于找到了答案：妈妈是爱自己的，正因为这种爱，她不想让女儿像自己当年那样遭受白人的凌辱和蹂躏，所以希望这位看起来有人性的白人能把女儿带走，远离自己庄园主人的淫威。听到妈妈的这些话，相信佛罗伦斯会停止对妈妈多年以来的误解和怨恨，感激母亲的用心良苦。

美国黑人女性作家在作品中往往会侧重对黑人女性人物的自我认知和情感认知的叙述，揭示这类人物的内心成长。莫里森在《恩惠》中通过模糊的时间叙述模式，让读者聚焦于人物的心理成长，黑人女性自卑 - 重生 - 觉醒的心路历程得以前景化。不仅如此，本书作者认为《恩惠》这部小说还表现了莫里森对美国建国之前奴隶制形成的这段特殊历史时期的溯源以及对黑人女性的特殊理解和关怀。詹宁斯指出小说《恩惠》追溯了 17 世纪美国种族主义奴隶制的形成过程。（Jennings 2009：648）莫里森将美国奴隶制这一宏大叙事浓缩到个体人物身上，以此揭露这一特殊历史时期的特殊情形。在情节设计上安排佛罗伦斯的妈妈用第一人称的口吻向女儿诉说了自己为什么央求雅各布带走女儿的动机，并且还讲述了自己在贩奴海运中的悲惨经历。面对黑人女性在美国历史和文学中的边缘地位，她在作品中赋予了黑人女性话语权，并且还原了美国历史上贩卖黑奴的罪恶历史；此外，黑人女性具备了书写能力，黑人女奴的自我书写具有非同寻常的意义：“这不仅是对抗禁奴识字（a slave population forbidden literacy）的有力还击，更是表明黑人女性具有参与史前叙事的能力。”（Babb 149）黑人女性以其坚韧意志、宽容心怀将永远延续自己的生命，而白人建立的奴隶制这段罪恶的历史迟早会成为过去。

第四节　空白的时间：黑人女性成长中的迷宫叙述

本小节将以莫里森的第二部作品《秀拉》为文本探讨美国黑人女性文学中的第四种时间叙述策略——由省略造成的空白叙述。小说描写了20世纪上半叶发生在美国黑人社区“底层”（Bottom）的故事。祖孙三代三个女人生活在这一黑人聚居地，祖母夏娃（Eva）年轻时被丈夫抛弃，独自带着三个孩子艰辛地生活；母亲汉娜（Hannah）在秀拉三岁时丧偶，此后她与很多男人发生关系，在一次意外中不幸引火上身被烧死；主人公秀拉从小在父爱缺失的环境下长大，和奈尔（Nel）一起长大，两人是最好的朋友。随着年龄的增长，奈尔结婚生子，过上了普通黑人妇女的生活；而秀拉远走他乡，接受高等教育，在外闯荡了十多年后才回到家乡。回乡后的秀拉根本不受传统道德观念的约束，做出了许多黑人社区无法接受的事情，成为整个社区的排斥对象。秀拉在没有得到朋友理解和社区人们接受的情况下病死。小说结束时，奈尔经秀拉的祖母夏娃指点，重新思考朋友秀拉对她意味着什么。

国内外学者从不同的角度对这部作品进行了审视。莫琳·雷迪（Maureen T. Reddy）认为莫里森以秀拉为中心构建了三方面的情节：以夏德拉克（Shadrack）和李子（Plum）为代表的战争受害者群体的悲剧；以秀拉祖孙三代为代表的黑人女性的悲剧以及生活在底层社区的黑人群体的悲剧，小说的主题旨在揭示黑人渴望和平的愿望。菲利普·诺瓦克（Phillip Novak）指出莫里森使用暴力前景化的手段叙述死亡，这种目睹死亡的生活方式一方面是为了哀悼这段痛苦的创伤历史，另一方面也是为了延续这一独特的非裔文化。玛丽·尼格罗（Marie Nigro）、王守仁和吴新云围绕着秀拉和奈尔的不同生活经历阐述了黑人女性友谊和女性成长，在追寻自我的道路上两位女性追求各异，但均遭到挫折以失败告终。戴安·吉莱斯皮（Diane Gillespie）和密西·德恩·库比切克（Missy Dehn Kubitschek）对比了小说中黑人女性和男性的生活经历，讴歌了黑人女性的创造力和母性的伟大，解构了黑人男性的权威。章汝雯以夏娃“食子”和秀拉的邪恶在社区中造成的不同影响为例探讨了黑人独特的善恶是非观。杜志卿从非线性叙述结构、荒诞叙述视角和模糊的人物塑造等方面论述了《秀拉》的后现代叙事特征①。综述国内外学者对《秀拉》的研究来看，学者们对小说主题关注较多，如黑人历史、文化、道德及女性主义；而对小说的创作结构探讨略显不足，虽然杜志卿阐述了该作品的后现代叙事策略，但仅止于现象的讨论，并没有进一步分析隐藏在现象背后的渊源。本书作者认为形式为内容服务，独特的叙述形式必定隐含有特殊的意义。而该小说名称虽然以人物“秀拉”命名，但小说各个章节均以年代命名，这种结构的串联方式凸显了时间的重要性，因此笔者将分析这部小说的时间叙述策略，重点探讨由省略造成的空白叙述这一独特形式以及现象背后隐藏的事实。

《秀拉》由篇幅大致相当的两个部分组成，以年份——1919、1920、1921、1922、1923、1927、1937、1939、1940、1941、1965——作为十一个章节的标题。第一部分从 1919 年到 1927 年，讲述秀拉的少女时代，交代了黑人社区的渊源、秀拉家庭的独特情况以及她与好友奈尔两小无猜的感情。第二部分从 1937 年到 1941 年，讲述在外闯荡十年后归来的秀拉作为一个成年女人在她从小长大的社区搅起的层层波澜，遭受的种种敌视。最后一章“1965”是个开放式的结尾，通过奈尔的顿悟引导读者反思秀拉寻找自我道路上所谓“善”与“恶”的多层意蕴。

小说从章节标题上来看，在时序上是按照顺时的节奏来叙述的。从秀拉的童年到成年，从祖母夏娃的被抛弃到自强不息、从烧死儿子到失去女儿到被孙女送进养老院这一系列事件都是按照故事发生的自然顺序进行叙述的。值得注意的是，不同章节的事件并不一定发生在各章节标题所示的年份。事实上，书中内容是相互交叠的，有时行文中甚至出现意义的转换或抵触。例如“1921”那一章中，有一半内容是关于夏娃的身世，只有她纵火烧死儿子的情节是发生在 1921 年。莫里森说过：《秀拉》的叙述结构呈“螺旋形”发展，故事以第一次世界大战（以下简称“一战”）退伍士兵夏德拉克创建“全国自杀节”开始，

---

① 见 Maureen T. Reddy 发表在 *Black American Literature Forum* 上的文章 *The tripled plot and center of Sula*，1988 年第 22 期，第 29-45 页。Phillip Novak 发表在 *Publications of the Modern Language Association of America* 上的文章 *Circles and circles of sorrow: in the wake of Morrison's Sula*，1999 年第 114 卷，第 2 期，第 184-193 页。Marie Nigro 发表在 *Journal of Black Studies* 上的文章 *In search of self – frustration and denial in Toni Morrison's Sula*,1998 年第 28 期，第 724-737 页。王守仁、吴新云合著的《性别、种族、文化—托尼·莫里森的小说创作》，北京大学出版社，1999 年，第 48-72 页。Diane Gillespie 和 Missy Dehn Kubitschek 发表在 *Black American Literature Forum* 上的文章 *Who cares? Women-centered psychology in Sula*，1990 年第 24 期，第 21-48 页。章汝雯的专著《托尼·莫里森研究》，北京：外语教学与研究出版社，2006，第 139-151 页。杜志卿发表在《外国文学》上的文章《〈秀拉〉的后现代叙事特征探析》，2004 年第 5 期，第 80-86 页。

又以他站在高处观看社区黑人抗议禁止黑人参加隧道建设而引发的黑人暴动为结尾，故事结束时又回到了起点，但上升到一个新的层面。（王守仁等 1999：49）小说在讲述秀拉从童年到成年的成长过程中，呈现出巨大的反差：秀拉如何从与奈尔的亲密无间、两小无猜发展到两个人观点迥异、生活道路截然相反的独立人格。关于这一问题的答案，读者可以通过审视莫里森在这部小说中时距策略的运用来寻找线索。

热奈特在叙述时间的讨论中，除了研究“时序”这一概念外，还涉及另一个概念——时距。时距是根据叙述时间与故事时间之间的长度之比来测量两者之间的关系。他讨论了 4 种不同的叙述运动：叙述时间短于故事时间：即“概述”（summary）；叙述时间基本等于故事时间：即“场景”（scene）；叙述时间为零，故事时间无穷大：即“省略”（ellipsis）；叙述时间无穷大，故事时间为零：即“停顿”（pause）。当故事时间，或者故事的某些事件没有在叙述中得到展现，就出现了省略。热奈特区分了两种不同的时间省略，明确省略（explicit ellipse）和隐含省略（implicit ellipse），前者通常由故事外叙述者予以概述，提醒读者“很多年过去了”，或者通过“多年以后”这样的模糊时间概念开始故事时间中下一个时期的叙述；而在隐含省略中，读者只能从故事事件时序中推测出的某一段故事时间的省略，这一种省略是小说中的常见现象，通常凸显了主要事件之间的跳跃以及主要事件对于情节产生的结构意义。（申丹等 2010：119-123）《秀拉》这部小说中存在着多处省略，造成了叙述中的空白。其中有明确省略，也有隐含省略。有关夏娃的一条腿是如何缺失的，作者没有给出明确解释，这里的省略属于明确省略。在小说第一部分的第三个章节，即“1921”章节的开始讲述了夏娃的奇特之处：只有一条腿。全镇上记得她曾有两条腿的人不到九个。至于原因，作者的叙述非常模糊，一是通过夏娃的编故事讲述，二是人们的推测，但都不是准确的信息，这一点引起了读者的疑问和好奇心；更令读者费解的是，夏娃却以残缺的左腿作为自己的骄傲，从来不穿太长的裙子来遮掩，相反故意让这一残缺引人注目。带着这样浓重的疑问，读者在下文中渴望找到答案，但是关于这一疑问的答案，后文中仅提到过两次。第一次是夏娃和孩子们被丈夫抛弃后，依靠邻居的施舍和登门乞讨来度日，等到最小的孩子九个月大时：“两天之后，她把三个孩子留给了萨格斯太太，说是她第二天就回来。十八个月之后，她从一辆大车上爬了下来，拄着双拐，挎着一个黑色的新钱包，她只有一条腿了。”（莫里森 2005：160）此处属于典型的明确省略叙述，作者用了“十八个月之后”这一模糊的时间表示法，省略了这期间有关她左腿所发生的事情，读者得到的信息只是回来后的夏娃有了钱，不仅支付了萨格斯太太十八个月照顾孩子的费用，同时还盖了一栋房子。读者的疑虑依然存在。第二次有关夏娃左腿残缺的叙述是秀拉离家十年后回归故里，见到夏娃时的一段对话：

“秀拉一屁股坐起来说：‘我需要你闭上你的嘴。’

‘还没人跟我这样说话哪。还没人……’

这个人就这么说。就因为你不幸轧断自己一条腿，你就以为你有权利用那条瘸腿想踢谁就踢谁吗？’

‘谁说的我轧断了自己的腿？’

‘哼，你把腿放到火车底下来赚保险金。’

‘住口，你这撒谎的俏妞！’

‘我就是要说。’

[……]

‘你把你的生命卖了每月二十三块钱。’

‘你把你的生命扔掉了。”（同上 199-200）

秀拉揭露祖母夏娃左腿残缺的原因也是道听途说，仅仅是在别人推测的基础之上又加上了自己的判断，以语气肯定的形式进行的叙述，但是夏娃对她的说法予以否认，究竟真相是什么，这十八个月期间她做了什么事情，她的左腿是怎样弄断的，作者从始至终都没有给出明确的交代。

小说中还有一处明确省略，就是秀拉的舅舅“李子”（Plum）曾参加过一战，从战场上回来后就变成一个精神萎靡、意志消沉的“空壳人”，至于在战场上发生了什么，他受到了怎样的刺激和创伤，作者只字未提。仅仅向读者提供了几个时间点：“夏娃本想把她的全部遗产留给最小的孩子，那个叫‘李子’的儿子。可这孩子的风流韵事接二连三，让爱情给束缚住了手脚，直到 1917 年他应征去作战。他 1919 年回到美国，但直到 1920 年才回到梅德林。他从纽约、首都华盛顿和芝加哥写回信件，封封都说要回来了，可是显然出了什么差错。最后，过了圣诞节两三天之后，他总算回来了，还是那副步履沉重的老样子。他的头发已经有几个月没有梳理过了，衣衫褴褛，脚上没穿袜子。[……]

大家都欢迎他，[……] 期待他随便讲一点什么事情。他们空等了一场，因为他没说出什么新鲜事。”（同上 167）“李子”从一个懂得爱的正常人变成一个孤僻的非正常人，一定是战争给他造成了莫大的伤害。但是有关具体的原因，作者没有作出任何解释，只是用了 3 个年份——1917、1919 和 1920——直接把人物从正常状态跳跃到了非正常状态。从叙述时距的角度判断，这是一处典型的明确省略，小说在叙述中再次出现了时间上的空白。叙述省略能够激起读者穷于探究的心理。小说的第一章“1919”中讲述了参加一战的黑人士兵夏德拉克在参战前后的不同表现：他还没去前线时，“当时他是一个不足二十岁的小伙子，满脑子什么也不想，嘴唇上回味着口红的香气”，这一点和“李子”参战前沉浸在谈情说爱的甜蜜之中是一样的。但是夏德拉克在战场上目睹了一位士兵的头颅被炸飞时的景象，作者使用了停顿的时距策略。故事时间就是一刹那，几乎为零，而叙述时间无穷大，相当于电影中的慢镜头，生动地刻画出了战场上生命被无情剥夺的残忍场面。也正是由于这随意的一瞥，夏德拉克也随即被炸昏，文中交代他“后来便始终没有清醒过来。他回到梅德林的时候，样子倒蛮精神，可是神经已经受到损伤；甚至连镇上最爱挑三拣四的人有时候都会梦到几年前他还没有去前线时的那副样子”。从战场上受伤后，夏德拉克被送进了医院，此时他的视觉以及思维出现了严重的障碍，各种异常行为频频出现，医生和护士认定他有狂暴行为，所以给他穿上拘束衣，用带子把他捆在小床上。他离开战地医院时，还领到了二百一十七元美金。但他患上了癔症，神志不清，容易幻想，记忆混乱，又在另一处医院（红房子）待了一年多。出院后，他回到了梅德林小镇，但病情依然存在，被路人当作醉汉。警察以流浪罪和酗酒罪逮捕了他，并把他锁到一间地下室里。出狱后，他花了整整十二天努力梳理自己的经验，为了便于控制住恐惧感，他创立了“自杀节”。大家在每年的一月三日都想着死亡，一年剩下的时间就会安全和自由了。此后出现在社区人们面前的就是一个疯疯癫癫、醉醺醺的、吵嚷粗鲁的夏德拉克。

根据夏德拉克的经历，读者能推测出“李子”很有可能也遭遇到了类似的不幸。他也许在战场上受伤或者受到刺激，然后神经受损，回国后由于病情未减甚至恶化，也许在纽约、华盛顿、芝加哥住院治疗，或许由于不正常行为影响公共秩序而被警察逮捕，最后被释放才遣送回梅德林小镇。但这些仅仅是读者的推测而已，作品并未对此作出明确交代。读者从始至终都对“李子”的变化疑惑不已，更对他的命运突变感到扼腕叹息。

除了上述明确省略的例子外，莫里森还使用了隐含省略这一时距策略。小说的第一部分以“1927”结束，第二部分以“1937”开始，这中间省略的十年正是秀拉离开梅德林，外出闯荡的十年，再次返回梅德林的秀拉已经不是往日被大家认可的普通女孩，而以一个无情无义、不孝不善的坏女人形象出现在“底层”社区人们的面前。秀拉的“恶行”首先表现为对祖母的不孝：当她打扮得像电影明星似的回到“底层”，夏娃用一种爱恨交织的眼神迎接了她，那神情就像又见到了遗弃自己的波依波依，没谈几句话，两人便开始了唇枪舌剑的冲突。夏娃暗示自己对秀拉有养育之恩，而秀拉显出一副毫不领情的架势。当夏娃警告秀拉，女人不能到处走，不能没有男人、没有孩子时，秀拉回答说:“我不想造就什么人。我只想造就我自己。”夏娃的权威受到前所未有的挑战，她恼羞成怒，秀拉也寸步不让，最后两人几乎变成两团烈火，相互指责，相互威胁。要火烧夏娃是秀拉先提出来的，这话不见得认真，但谁也保不准在情绪激愤的时候会有什么举动。秀拉揭露出祖母当年是如何将舅舅“李子”烧死的罪行，潜意识里也担心夏娃的毫不留情会在日后伺机将自己置于死地。因此，出于自我保护的目的，秀拉先下手为强，强行把控制欲非常强的夏娃送入养老院，自己独占了“木匠路七号”的房子。秀拉的第二桩“恶行”是和男人乱性。秀拉不结婚，却和很多男人发生不正当关系，然后毫不怜惜地事后把他们甩掉。她往往选择已婚男人，甚至连朋友的丈夫都不放过。从她独特的视角来看，这并非出于恶念。在她心目中，男人并没有什么位置。秀拉与他们发生关系的目的不是为了与之结合，而是要进一步发掘自己。但她没有料到，与奈尔的丈夫裘德（Jude）的关系竟深深地伤害到了奈尔，在秀拉看来，她们之间深刻的友谊应该能够让奈尔克服掉受伤的感觉。她临死前告诉奈尔：她根本不爱裘德，只是拿他来暂时填补一下空缺而已。从这一点上来看，秀拉还有第三桩“恶行”：对朋友不义。具有反讽意味的是，秀拉的这一系列“恶行”竟然起到使社区向善的功能。秀拉与男人们的不正当关系，结果使女人们更珍爱她们的丈夫。“茶罐”跌了一跤，促使他妈妈真正担负起母亲的责任。由于秀拉的邪恶，人们神秘地改变了，“妻子开始疼爱丈夫，丈夫开始眷恋妻子，父母开始保护他们的子女，大家动手修理住宅。还有最主要的，他们还抱起团儿来反对他们中间的那个害群之马”。（同上 218）秀拉的种种恶行，催人深思，到底是什么让她变得面目全非，从 1927 年到 1937 年这十年期间秀拉都干了些什么，或者说遭遇到了什么。作者只字未提，第二部分一开始就是“秀拉回到梅德林的时候，随她而来的是一场知更鸟的灾害”。还有在十年后与奈尔重逢时两人的谈话中，粗略地提到了秀拉的去向：“‘跟我讲讲吧，大城市的事。’‘也就是大罢了，一个大的梅德林。’[……] 我只知道你在纳什维尔。我跟匹斯小姐打听过你一两回。’”（同上 204-205）从奈尔与秀拉的谈话中，读者只得知秀拉去了大城市求学，至于大学期间发生了些什么事情，以及读完大学后又做了些什么事情，为什么再次回到梅德林，是什么导致秀拉变成了这样一位不孝、不义、乱性的邪恶之人，读者充满了疑惑，只能通过自己的分析来推测背后的事情，但仅仅是推测而已，真相谁也不清楚。

莫里森在话语时间上运用了空白叙述的策略，给读者制造了一种类似迷宫般的文本。读者急于在文本中寻找想得到的信息，但作者总是似露非露，即使读者找到一星半点的信息，只不过像是一些碎片似的文本，需要读者不断地参与文本的解读，将这些碎片拼凑起来。正如德博拉•麦克道尔（Deborah E. McDowell）所指出的那样，《秀拉》的碎片、片段和省略特质是为了调动读者的参与。（McDowell 87）胡亚敏认为，从某种意义上讲，没有省略就没有艺术。艺术的质量不仅在于它挑选了什么，而且也在于它没有挑选什么。在叙述文中，句与句、段与段之间的“无字之处”正是“难写之点”，那里蕴藏着省略的无穷奥秘。（胡亚敏 83）米克•巴尔也指出叙述时间上的省略会造成时间顺序上的空缺，而对于某些事件的省略，在文本中的其他部分会成为前景，因此叙述时间中的省略是获得意义的动力（gain its power of signification)。（Bal 1985：41）与叙述文一起诞生的省略，在现代叙述文尤其是影视艺术中备受青睐。当代叙述文能否赢得读者，其关键之处是节奏的处理，而省略造成的叙述中断和空白将给读者提供思索和创造的机会。在这个意义上，省略是建立在对读者充分信任的基础上的。

针对上述例证的空白时间，读者可以借助考察相关年代的美国历史来为这种迷宫叙事寻求答案。夏娃出走的时间是最小的孩子九个月大的时候，小说的末尾处，奈尔去匹斯家的墓碑祭奠，看到了“李子”的碑上刻有：1895—1921。“李子”患有严重便秘的时候正值冬天，可以推测夏娃离开孩子们的时间是 1896 年，在失踪的这十八个月期间，也就是 1896—1898 年，即 19 世纪末期，黑人妇女在美国的生活状况如何呢？“19 世纪末 20 世纪初，黑人妇女所从事的工作主要是家庭佣人或在南部棉花田野中的体力劳动。”（方纳 873）尼格罗谈到了 20 世纪 20 年代美国黑人妇女的生计状况：“梅德林社区所能找到的唯一有偿性工作便是给那些不懂感恩的白人家庭做家佣，除此之外只能是当妓女，而在经济不景气时期妓女的行当也会随之萧条。”（Nigro 727）小说“1921”章节中交代过夏娃找帮佣工作的不现实，而她生活在北方，不可能去南部种棉花，如果做妓女也不会导致残废，因此她的左腿很可能就像小说中人们所推测的那样，为了支撑起这个家，为了这些需要抚养的孩子们，夏娃采取了极端的“自残”方式，获得了养家的资本。从这一点上分析，夏娃作为母亲来说是伟大的，正是因为她的牺牲，孩子们才得以活下去；从另一个侧面分析，小说谴责了黑人男性的不负责任，抛妻弃子；另外还反映了废除奴隶制后的美国社会对于黑人来说仍然没有立足之处，尤其是黑人女性，她们几乎找不到谋生的方式。夏娃不愿承认获取养家资本的手段，是要维护自己的尊严，用自己的隐忍和恨颠覆了黑人男性的权威并且控诉了种族歧视的毒瘤。

“李子”参加一战，但是回来后却成了一个神志不清的孤僻者。到底一战给美国黑人士兵带来了什么？著名的美国黑人领袖杜波依斯在1919年《危机》杂志上发表了一篇有关呼吁美国黑人争取自由的文章《归来的士兵》，文章中指出黑人应征入伍，代表美国参加一战，在战场上流血流汗，但是并没有因此改变受歧视的现状，美国社会依然存在私刑、剥夺公民权、欺辱黑人等不公平现象。（方纳 970-971）“李子”的变化要么是在战场上受到了惊吓刺激，要么是回到国内后遭遇到种族歧视的不公平对待而导致不正常。“李子”的消沉和懦弱致使内心强大的夏娃用“火”结束了他的生命，因为夏娃要让他“死得像个男子汉”，夏娃再次用极端的方式解构了男性的权威。小说中用“李子”和夏德拉克的悲剧揭露了美国社会中存在的种族歧视毒瘤。

秀拉从一个有情有义的女孩变成一个无情无义的坏女人，离家出走的十年是从1927年到1937年，从小说结尾处奈尔去墓地看墓碑的生卒年份上显示，匹斯：1910—1940，可以推断出秀拉从17岁就离家，27岁才回来。对于一个年轻人来说，17岁到27岁正是踏入社会、从稚嫩到成熟的成长期。这一个时期遭遇的事情将对她的一生有重大影响。埃里克·方纳在《给我自由！一部美国的历史》一书中谈到了美国20世纪二三十年代的情况：“首先是二十年代的十年经济繁荣期，一战后的十年是“‘爵士乐时代’（Jazz Age）或‘放荡不羁的20年代’（Roaring Twenties）。这一时代以其特有的摩登女郎（flappers，追求和表现性解放的年轻女子）、地下酒馆（违反禁酒法出售烈性酒的夜总会）以及由便利的信用和迅速致富的心态所推动的股市暴涨，表现出一种对从19

世纪继承而来的道德规范的反叛。”然后方纳又讲述了三十年代发生的经济危机情况，其中特别指出了黑人的境况:“伴随着1929年股票市场的崩溃，美国进入了历史上最大的经济危机时期，长达十年之久。经济萧条改变了美国人的生活。成千上万的人四处奔波，寻找工作机会。饥饿的男女在大城市的街头排起了长长的队伍，领取救济。大萧条使长期以来从农场向城市的人口流动发生了逆转。许多美国人离开了城市，企图自己种植粮食来养活家庭。作为‘最后被雇佣、最先被解雇’的人，非裔美国人是大萧条的最大受害者。即便那些得以保留工作的人此刻也面临来自失业的白人的竞争，白人原来瞧不起的搬运工和餐馆侍者之类的工作。由于他们的失业率比白人高出一倍，黑人也不成比例地接受了政府直接救助，尤其在北部城市获得了新政公用事业项目提供的工作机会。大萧条将经济生存的问题提到黑人议程的首要位置。哈莱姆举行了群众游行，要求获得在附近的白人商店中工作的机会。杜波依斯抛弃了追求种族融合的早期目标，号召黑人组织起来，通过在隔离区内建立起独立的、合作式的经济来求取生存，并控制他们自己分离的学习。罗斯福为黑人采取的新政将全国的注意力指向种族隔离、解除黑人选举权以及私刑等充满非正义行为的问题上，黑人终于有希望抵达‘自由的应许之地’。但是由于排除了农业工人和家庭佣工，社会保障法的老年养老金和失业保险金，以及由公平劳动标准法建立的最低工资制度等并没有覆盖到所有雇佣黑人中的60%和80%的黑人妇女。”除了二三十年代出现的经济繁荣和经济危机之外，美国社会还出现了新女性主义:“女性主义意味着对传统的有关性别行为规则的正面进攻为个人自由的讨论加入了一个新的维度。‘反传统派’关于女性主义的定义将选举权和更大的经济集会与关于性的公开讨论融合在一起。‘左派诗人’将自由作为理想社会的关键因素，毕业于纽约大学法学院的克利斯多·伊斯曼（Crystal Eastman 1881—1928）认为‘妇女们真正追求的东西是自由’，这种自由不仅包括投票权和‘产业自由’，还包括感情上和性生活方面的自主权利。随着弗洛伊德在美国进行的性讲座的传播，‘性的钟声’在美国敲响了，那些从前仅限于私下交谈的、涉及隐秘的私人关系的话题突然在大众读物上和公共辩论中暴露出来。新一代女性接受了‘女性主义’这个称谓，以表达她们对更大范围自主的要求；对她们来说，自由的性表现和在生育问题的自由选择，是妇女解放的关键内容。同性恋者也纷纷加入其中。新的性道德规范远远传播到文化反叛者的圈子之外，在当时受到广泛报道的年轻未婚、自食其力的女性中也十分流行。

这些年轻女性把性自由当成她们经常宣称的个人独立的标志。”（方纳 886-1071）

秀拉从 1927 年出走到 1937 年回归这十年间，一方面她见证了美国社会的战后经济繁荣的景象，另一方面新女权主义的观念在她身上也有所体现。她在纽约、芝加哥等大城市求学，极容易接受新鲜事物和思想，她回乡时的装扮像个电影演员：“一身黑衣缀着粉红和黄色百日草图案的绉呢衣裙，脖子上缠着狐尾，头上戴着一顶黑毡帽，面网斜斜地垂下遮住一只眼睛。右手挎着一个黑钱包，上面是缀着珠子的金属扣；左手提着一个红色的旅行皮箱，小巧玲珑得令人百看不厌——包括曾经到过罗马的市长夫人和音乐教师在内，谁都是有生以来第一次看到这东西。”这样的装扮极其符合摩登女郎的样子，从外形上她已经脱离了传统女人的装扮形式。这说明她受到了大城市时尚元素的影响。秀拉回归后的第二种恶行是受新女性主义的影响。她接受了性解放思想的洗礼，在性观念上非常的开放。镇上的妇女们对秀拉的愤怒简直难以想象——因为她只和她们的男人睡上一次就再也不理睬了。男人们称秀拉为婊子，他们说秀拉和白种男人睡过觉。这种行为让人感到窒息和恶心，他们能够容忍黑人男性躺在白人女性床上，但是一切白人男性和黑人女性之间的交媾是绝对不能容忍的。但是秀拉毫不在乎，她尽可能多地和男人睡觉，而且追求这一过程中的自我体验，她甚至都记不清性伙伴的名字，完事之后她希望对方赶快离开，好让自己好好地体会自我。这种以自我为中心的性体验和乱性行为在很大程度上是秀拉在外十年中对新女性主义中自由定义的认可。其实在她十二岁的时候，她曾经认真地爱上过一个男人——阿杰克斯（Ajax），正当她准备将自己完全托付给他时，他却为了追求自己的飞行梦想离开了秀拉。这件事情带给秀拉的伤害也促使她更容易接受新的性观念思想。总之，秀拉的性表现完全颠覆了传统女性忠于丈夫的观念，瓦解了以男性为中心的性体验，从而从身体的所属权方面解构了男性的权威。

除了性观念上的解放之外，秀拉在外十年，读完大学后一定尝试找到自己的工作，做一个自立的女性，不幸的是，正好赶上大萧条带来的失业浪潮，在数量极少的就业机会中，黑人妇女是最弱势的群体，也许她四处面壁，对社会失望，对自己的理想绝望。她从小生活在没有爱的家庭中，三岁就没有了父亲，母亲曾经对别人说：“我爱秀拉，可是我不喜欢她。”因此在她心灵上没有爱、没有亲情的概念，她可以眼睁睁地看着妈妈被大火烧死，可以和祖母对骂并把她强行送进养老院。

兰斯顿·修斯描绘的被延缓的梦（deferred dream）在秀拉身上得到了真实的体现，她成为“未完成梦想的牺牲者”。（Ogunyemi 130）对家庭的失望、对爱情的绝望以及自己理想的破灭，让秀拉对传统的事物感到厌倦，所以她要努力寻求自我，在她厌倦了大城市的生活之后，她决定返乡，促使她作出这一决定的一个重要因素就是奈尔，在她心目中，女性之间的友谊胜过与男性之间的亲密。秀拉真的没有料到自己和裘德的性行为竟然给奈尔造成了致命的伤害，以致两人绝交多年。秀拉寻找自我的成长经历，从传统角度判断，她是失败的，因为结局是众叛亲离、抱病而死。如果从女性主义的角度审视，她又是成功的，因为她蔑视了男性的权威，以自我、女性友谊为中心，从小说结尾处奈尔的醒悟可以看出，在秀拉死后过了 25 年，她终于理解了秀拉，认可了秀拉的观点。

不管秀拉的自我寻找之旅成功与否，小说中出现的空白时间以及导致的迷宫叙事印证了黑人女性生活处境的艰难，尽管获得了自由，她们却始终没有摆脱种族歧视和性别歧视的厄运。如果不是这样的话，夏娃不会用自残的方式来支撑这个家，“李子”也不会被母亲烧死，秀拉也不会采取自我毁灭的方式的死去。（Nigro 730）尽管美国内战之后，奴隶制被废除，但 20 世纪上半叶社会上出现的种族隔离现象，黑人遭遇的不公平对待，有力地说明了美国黑人从奴隶到自由人的转变，在根本上并没有享有和白人同样的平等自由权利，而处于社会最底层的美国黑人女性所承受的苦楚更是难以名状。莫里森表面上在掩盖历史，实则是另一种独特的历史叙述策略，通过让“读者目睹创伤、挫折和死亡的过程”，来达到“哀悼历史、维护和延续非裔美国文化”的真实目的。（Novak 191）与逃离责任和意志沉沦的男性相比，美国黑人女性则用自己的坚韧和自我毁灭发出自己的声音，这种缺场（absence）成为历史上永恒的在场，（同上 188）从而建构了独特的黑人女性权威。

本章在文本分析的基础上，探讨了美国黑人女性文学中的时间叙述策略。第一位美国黑人女性作家哈里雅特·威尔逊在《我们黑人》中采用顺时的叙述策略以及重复的叙述频率手段，揭露了黑人女奴遭受白人奴隶主的非人待遇，同时间接地反映了黑人女奴不甘凌辱、暗地反抗的勇气。托尼·莫里森在《娇女》的创作中使用了闪回的技巧，通过六种不同形式的回忆：被需求的回忆、引发的回忆、无意识的回忆、幽灵回忆、嵌入式回忆以及重构型回忆再现了那段黑人不愿意记起、白人不愿意提起的蓄奴制的黑暗历史以及黑人女性如何在重构回忆中重新审视历史、找到自我意识的历程。在《恩惠》这部小说中莫里森使用了时间交错的叙述模式，让现在和过去穿梭交织，整个情节的推进呈现出一种跳跃的模式，让读者模糊物理时间的存在，而聚焦于黑人女孩的心理成长过程，不管遭到母亲的遗弃还是爱人的抛弃，选择宽容才能延续自己的生命，黑人女性以其坚忍的意志让白人建立的奴隶制这段罪恶的历史永远成为过去。在《秀拉》这部作品中莫里森使用了省略—空白叙述的策略，展现了黑人女性在寻找自我的过程中遭遇到的各种歧视，并且通过描写祖孙三代黑人女性的经历，批评了废除奴隶制后的美国依然存在种族歧视的现象以及黑人男性的不负责任带给黑人女性的种种创伤，同时讴歌了黑人女性在逆境中维护自尊、独立自强和勇于追求自我的坚强意志。总之，不管是蓄奴制下的黑人女奴，还是获得解放后的自由人，黑人女性作家在叙述中使用各种时间策略，让时间成为美国黑人女性群体承载苦难的历史表征。

第三章　从现实到虚构：充满歧视的社会

本书的第二章讨论了美国黑人女性文学中的时间叙述策略，本章节将探讨其空间建构类型。首先我们对空间理论的发展以及文学空间转向和叙述学界的空间研究进行简单的回顾。

20世纪末，学界经历了“空间转向”，这一转向被认为是20世纪后半叶知识和政治发展中举足轻重的事件之一。学者们开始重新审视人文生活中的“空间性”，把以前给予时间和历史、社会关系和社会的青睐，纷纷转移到空间上来。空间反思的成果影响到了文学评论界和叙述学界。对空间的讨论比较有影响力的学者当属福柯（Michel Foucault 1926—1984）、列斐伏尔和索亚（Edward W. Soja 1940—2015）：福柯提出了空间、知识、权力三位一体，从权力入手将现代社会描述为规训社会，在讲述权力概念时引入了空间范畴，他的着眼点在于探讨权力话语的空间构型（configuration）对现代人的生活造成什么样的积极或消极的影响（王弋璇358）；列斐伏尔辨析了空间的理念，将空间和社会实践相结合，他认为传统意义上的空间是数学家发明的概念，真正意义上的空间则与现实和社会紧密相连，指出人类从根本上来说是以空间性为存在方式，社会过程透过空间而运作，空间是社会关系的重组与社会秩序实践性的建构过程，他创造性地把空间总结为三个维度，构建了空间性的三元辩证法，成为其社会空间理论的核心内容；索亚提出的第三空间理论包括空间的物质维度和精神维度，在一定程度上反映了当今西方后现代语境中出现的空间和地理学转向。综上，20世纪末的空间转向是以列斐伏尔的空间经济学和福柯的空间政治学为基础，最终转到了索亚等人的空间地理学方面（王影君195）。这三位学者在空间理论上的建树为文学领域的空间研究奠定了基础。文学的空间转向实际上萌芽于现代主义文学，约瑟夫·康拉德（Joseph Conrad 1857—1924）、詹姆斯·乔伊斯（James Joyce 1882—1941）、弗吉尼亚·伍尔夫（Virginia Woolf）等现代主义大师已经注意到世界的同存性、碎片性，而非序列性、逻辑性。因此，他们作品的整体性取决于空间上的共时性，而非传统作品中因循时间序列、因果律的完整情节。1945年，约瑟夫·弗兰克（Joseph Frank

1918—2013）从理论上阐释了这种现代主义创作实践，在其著作《现代小说中的空间形式》（*Spatial Form in Modern Literature*）中，弗兰克将这种在创作和阅读两个经纬上、由空间上的共时性所建构的叙述整体性称为“空间形式”。所谓的空间形式，是对文本的时序设置与情节关系的一种象征和隐喻的表达。这一概念的提出打破了文学仅仅是时间艺术的论断，明确阐发了文学表现中的空间形式问题，并认为现代作家往往采用空间并置（juxtaposition）的手段来打破时间顺序，使文学作品取得空间艺术的效果。英国达勒姆大学地理系的麦克·克朗于1998年出版了《文化地理学》，以“文学景观”为题，辟专章讨论了文学中的空间含义。关于文学与其外部世界的关系，克朗作了这样描述：“文本并不是单纯反映外部世界。文学景观最好是看作文学和景观的两相结合，而不是视文学为孤立的镜子，反映或者歪曲外部世界。文学提供观照世界的方式，显示一系列趣味的、经验的和知识的景观。文学是一种社会产品——它的观念流通过程，是一种社会的指意过程。”（克朗 57）朱立元对克朗的描述作了进一步的分析：“克朗认为文学和空间并不是互不相干的两种知识秩序，前者高扬想象，后者注重事实，它们都是文本铸造的社会空间的生产和再生产。”（朱立元 498-502）空间理论家指出了空间在社会中的重要性，文学创作中也反映了这一空间转向。学术界如火如荼的空间研究最终影响到了叙述学界。

20世纪70年代以后，叙述学家们开始对空间问题进行专门的研究。代表人物有：查特曼、加布里埃尔·佐伦（Gabriel Zoran）、巴尔和特蕾莎·布里奇曼（Teresa Bridgeman）等。查特曼在《故事与话语：小说和电影中的叙事结构》一书中区分了“故事空间”（story space）和“话语空间”（discourse space），前者指行为或故事发生的当下环境，后者指叙述行为（讲述或写作）发生的场所或环境。佐伦在“建构叙事空间理论”（Towards a Theory of Space in Narrative）一文中对叙事文本的空间结构进行了细致的构建，首先他提出了空间模式（spatial pattern）的概念，这一模式指的是联系文本断续单位而获得对整个文本共时性感知的文本建构模式；其次他结合垂直的空间层次和水平的空间幅度区分了空间结构的单元：在纵向维度将文本空间结构划分为地形学（topographical structure）、时空体（chronotopic structure）和文本（textual structure）空间建构等级，在横向维度他区分了空间单位（units of space）、空间复合体（complex of space）和总体空间（total space）这3种空间领域，从而让叙事文本在交叉视野中形成了区别于故事空间的文本空间。（Zoran 309-335）巴尔在《叙述学：叙事理论导论》的第2版中，增加了“从地点到空间”和“地点”两节。她首先区分了空间（space）和地点（place）两个概念，认为空间属于故事（story），而地点属于素材（fabula）。巴尔认为故事是以某种方式对素材的描述，而空间是根据感知而着眼的地点。然后，她又从内部与外部空间、空间的符号功用、确定空间界限所具有的意义性质、感觉效果的文化特殊性等几个方面论述了空间和感知的关系，还提及了空间的内容与功能，区分了静态空间和动态空间、否定空间和肯定空间等不同的范畴。最后论述了空间与其他叙事成分的关系。（Bal 1985：93-94）进入21世纪，空间已经成为叙述学界不容忽视的话题。在赫尔曼主编的《剑桥叙事指南》中，布里奇曼撰写了“时间与空间”这一章节，以《包法利夫人》为例，讨论了叙述学研究时间和空间的独特方法，以及时间和空间对读者阅读的影响。她将空间提高到与时间相同的高度，以批评实践证明时间和空间是叙事的两个基本维度，它们共同推动了情节的发展。（Herman 52-65）

当下多元化空间研究看似庞杂，不仅形式多样，而且角度多重，但实际上有着相同的本质。不管是福柯的空间、知识、权力三位一体，还是列斐伏尔的“空间三一论”；不管是索亚的第三空间，还是克朗的文学景观；不管是弗兰克的“空间形式”，还是叙述学家的空间区分，都脱离不了空间表意研究之本质。即便是空间形式研究，也是注重形式与主题的结合，探索形式化意义。对于空间参与社会现实的程度，空间研究者持不同态度，概括起来有两类。第一类持空间反映论，认为空间反映社会文化；第二类比较激进，认为空间及空间政治结构表达社会关系，同时也反作用于社会关系。空间关系能够推动甚至决定社会变革。（赵莉华 6-7）

本章节立足于空间反映论，借助列斐伏尔的“空间三一论”分析美国黑人女性文学中的文本故事空间所反映的社会现实。列斐伏尔的空间理论批判了传统认识论上的二元论方法，他在《空间的生产》中提出了一个相当引人注目的“三元组合概念”：“空间实践”（spatial practice）、“空间的再现”（representation of space）及“再现的空间”（representational space）。（Lefebvre 33）他将空间划分为感知的空间（perceived space）、构想的空间（conceived space）、生活的空间（lived space）。其中，感知的空间是具有物理形态的社会空间，例如城市道路、网络、工作场所、私人生活及休闲娱乐场所等具体化的、社会生产的、经验的空间，它直接可感，并在一定范围内可进行准确测量与描绘。这是传统空间学科关注的焦点。构想的空间是概念化的空间，它是科学家、规划家、城市学家和分门别类的专家、政要的空间。构想的空间是现实的生产关系建构自己的空间秩序的过程。这种空间秩序生产出相应的空间语言符号系统，并通过控制空间的知识体系成为一种隐性的空间权力，干预并控制着现实的空间建构。生活的空间是艺术家、作家和哲学家视野中的想象和虚构空间、各自象征性的空间。它是一个被动体验的或屈服的空间，是被想象力改变和占有的空间。与构想的空间不同，生活的空间是一个被统治的空间，也是为了斗争、自由与解放而选择的空间。列斐伏尔将其称为一个反空间（counter-space）的领域。这种反抗体现在他对从属的、外围的和边缘化空间的再现和对处于空间秩序的社会底层的关注。这种空间存在于精神和身体的物理存在之中，存在于性别和主体性之中，存在于从地方到全球的一切个人和集体的身份之中。它们是争取自由与解放的斗争的空间。（同上 38-39）索亚指出：列斐伏尔的这三个空间强调了统治、服从和反抗的关系。（Soja 68）通过以上对空间概念的分析与类型划分，列斐伏尔指出社会性是空间的本质属性，空间并非是社会关系演变的静止的容器或平台，而是社会关系的产物，它产生于有目的的社会实践。（赵罗英 37）同时，他认为空间作为社会的特殊产物，带有“性别代码”，“既能反映同时又影响性别的社会建构和理解”。（Massey 179）在此理论基础上，本章将区分美国黑人女性文学作品中所构建的三种叙述空间：《我们黑人》中弗雷多居住的黑屋子和《秀拉》中祖孙三代黑人女性所处的底层黑人居住区构成的感知的空间；《最蓝的眼睛》中佩科拉对蓝眼睛的渴望和《褐姑娘，褐砖房》中西拉对褐砖房的向往形成的构想的空间；《紫颜色》中使西丽处处受伤害的家园以及《褐姑娘，褐砖房》中禁锢西拉自由的厨房构建的生活的空间；除去上述 3 种由列斐伏尔区分的社会空间之外，在性别歧视和种族歧视的双重压迫下，黑人女性也有反抗的举动，表现在奴隶时期的逃跑，自由时期的出走等情节方面，这些行为本身具有独特的文学寓意，对理解黑人女性主体意识形成具有关键的作用，因而构成了一种隐喻的空间。接下来的 4 个小节将结合文本对这 4 种空间进行具体的阐述和分析。

第一节　感知的空间：令人窒息的黑屋子和底层社区

在列斐伏尔看来，空间不仅是物质的存在，也是形式的存在，是社会关系的容器。空间具有它的物质属性，但绝不是与人类、人类实践和社会关系毫不相干的物质存在，反之正因为人涉足其间，空间对我们才具有意义。“感知的空间”是列斐伏尔划分的第一种空间，这是一种具体化的、社会生产的、经验的空间，它直接可感，并在一定范围内可进行准确测量与描绘。这是传统空间学科关注的焦点。在白人主导的美国社会里，黑人处于从属地位；而在男性霸权的社会中，性别的二元对立思维导致了社会空间的等级分配，男性占据支配性的空间，依赖性空间则属于女性。而受性别、种族和阶级等决定性因素的影响，黑人女性处于美国社会的最底层，遭受歧视、屈辱与压迫。美国黑人女性作家为了反映这一特殊群体所处的社会境况，在文学作品中构建了具体的感知空间，让读者犹如亲临其境，真切地体会到黑人女性被分配到的社会空间。

威尔逊在其所著的《我们黑人》中两次描述了黑人契约女奴弗雷多居住的场所。由于女奴的妈妈把她遗弃到白人家庭贝尔蒙家后就失踪了，贝尔蒙一家对于这个年仅六岁的黑人女孩儿的去处发生了争执，男主人和家里的小儿子杰克（Jack）出于同情想收留弗雷多，大女儿玛丽（Mary）认为这个黑人女孩太小，留在家里毫无用处，主张把她送到县收养所（County House），最后女主人发话，留下这个黑人女孩，让她干活，因为贝尔蒙太太厌倦了每几个月就要更换雇佣的女仆。当谈到女奴的栖身地时，威尔逊用对话和场景描写的方式对其所分配到的空间进行了叙述。黑人女奴的住所要穿过一段漆黑的过道，然后爬梯子。“天还不是很黑，即便没有灯光，也能爬上楼梯，他们经过了几个房间，装饰相当华丽，让这个孩子惊诧不已。他推开了连着弗雷多房间的门，中间是一段非常黑，而且没有竣工的过道。‘别碰到头。’杰克说，一边走上前去打开弗雷多住处的门——建在厨房顶上的一间屋子，屋子还没有盖完，屋顶一直倾斜到地板上，床只能摆在屋子的中间。光线和空气从一个小窗户中透进来。杰克回到客厅时，说这个孩子不久就会长得比那间屋子还要高。”（Wilson 17）贝尔蒙夫人让弗雷多居住的地方有三个特点：第一，方位上的边缘性。建在厨房顶上，从用途来讲，说明这间屋子原本并不是用作卧室的，也许是想作为储藏室；从方位上看，这间屋子并不是和房子中的其他房间处在同一平面上，是高出其他房间的一处空间，这一边缘方位具有特殊的表征意义，旨在向读者说明这间屋子是多余的，并不是用来住人的，把这样的屋子分配给弗雷多，说明了黑人女奴在白人家里的地位本身是多余的。第二，屋子具有危险性，因为这间屋子尚未竣工，屋顶只搭建了一半，剩下的倾斜到地板上，如果天气恶劣的话，例如刮风下雨，随时有坍塌的可能性；而且通向这间屋子的过道很黑，没有灯光，只能借助月光看路，并且也没有竣工，另外还需要爬一段梯子才能到达屋子，可以想象如果月缺天黑时，黑人女奴在走进屋子的过程中，会有撞墙甚至摔下梯子的危险。第三，屋子狭小闭塞，由于屋顶倾斜到地板上，只能把床摆放在中间，杰克告诉妈妈：这个孩子很快就超过屋子的高度，黑人女奴现在只有六岁，一般来说身高有一米左右，也就是说这个屋子的高度有一米多一点，平面面积也非常有限，仅在中间能摆一张床，估计有五平方米左右；屋子只有一个小窗户，是透进空气和月光的地方，这样的建筑不禁使读者联想到监狱，封闭狭小的空间用来禁锢黑人女奴的身体自由。作者在描写黑人女奴被分配到的物理空间时，虽然只用了五句话，叙述非常简短朴实，但用这种具有边缘性、危险性和狭小封闭性的空间意象揭示了黑人女奴的社会空间。她们的卑微身份不配和白人住同样的房间，能有这样的小黑屋住已经不错了。作者故意描写了白人主人居住的房间和黑人女奴住处的差别之大，一个是装饰华丽，另一个是简陋危险，黑人女奴看到白人的房间表现出来的那种诧异从某种程度上揭露了奴隶制下白人黑人地位的悬殊，白人奴隶主拥有一切物质享受，占据最豪华的社会空间；而黑奴不被当作人看待，拥有狭小的栖身之处已经算是白人施舍的恩惠了。

小说对于黑人女奴住处的第二次叙述是当詹姆斯和艾比姑妈努力用上帝的精神感化并抚慰弗雷多受伤的心灵时，弗雷多对阅读《圣经》产生了浓厚的兴趣，她试图通过基督教来使自己得到拯救。然而被贝尔蒙太太发现了，她警告弗雷多不要耽误干活。为了满足自己精神上的需求，弗雷多把自己居住的小黑屋视为安全的避风塘："有一个小地方，女主人的眼睛是巡视不到的：那就是她的房间，虽然并不吸引人，也不舒适，但是对于她自己来说，却是一个安全的避风塘。"这段叙述寓意深刻，尽管黑人女奴居住的地方偏僻、危险、矮小，条件非常恶劣，但是弗雷多却把这个小黑屋视为避风塘，安全性高，在这里可以躲避女主人的巡视，可以毫无顾忌地阅读《圣经》，满足自己的精神追求。

白人奴隶主用空间支配的手段把黑奴贬低到社会最底层，而黑人女奴却“以其人之道还治其人之身”，把对方遏制自己的武器拿来用作反抗对方的工具，言外之意是尽管白人能束缚黑人的身体自由，但是却无法禁锢黑人的精神自由。

莫里森的《秀拉》描写了获得自由身份的黑人们的生活情况，夏娃、汉娜和秀拉祖孙三代黑人女性居住在名为“底层”（Bottom）的黑人社区。关于这一地名的来历，作者在小说的最开始交代这是“一个拿黑鬼开心的玩笑”，黑奴完成了白人农场主交给他的活，向白人要求一块地，白人不想放弃任何土地，便把山顶给了黑奴。“‘可是那是在高高的山顶上啊。’黑奴说。‘从我们这里看是高高在上，’主人说，‘可是当上帝往下看的时候，就是低地啦。所以我们才这么叫啊。那是天堂的底层——有着最好的土地呢。’”（莫里森 2005：138）从“底层”命名的故事当中，读者可以悟出白人欺骗黑人、颠倒是非的真实面目。列斐伏尔指出社会性是空间的本质属性，空间并非社会关系演变的静止的容器或平台，而是社会关系的产物，它产生于有目的的社会实践。（赵罗英 37）白人占有生产资料，在社会关系中处于主导地位，而黑人原本隶属于白人，是白人生产资料的一部分，即使获得了人身自由，在社会关系中仍然处于被动、附属的角色。故事中的黑人要求白人履行诺言，但是白人是不会舍弃自己的生产资料的。为了维护自己的形象，白人随口编了一个谎言，告诉黑人山顶上的土地是低地，站在上帝的角度俯视下方时，所谓的山顶即是低地，是天堂的“底层”。从谎言的内容来看，白人利用上帝，即利用宗教来愚弄黑人，颠倒是非，把好的生产资料留为己用，而把劣质的土地分给黑人，美其名曰上帝的恩惠。由此可见，生产关系中的地位决定着生产资料的分配，处于社会主导地位的白人始终控制着一切生产资料，黑人在社会中不可能改变受歧视、受压迫的地位，他们所分配到的社会空间、生产资料总是劣质的。莫里森把建在山顶的“底层”命名的故事视为一个拿黑人开心的玩笑，一方面揭露了黑人受歧视的社会地位，另一方面披露了白人的欺骗性。

有趣的是，莫里森在小说《秀拉》的最后一章“1965”中，通过奈尔的观察叙述了“底层”发生的变化，又解构了这个拿黑人开心的玩笑。“‘底层’也已瓦解了。在战争期间挣到一些钱的人尽量往下搬，住到了山谷里，而白人也向河下游及对岸购买地皮，沿着两岸伸展出梅德林的两翼。再没有黑人住在‘底层’的山顶了。”（莫里森 2005：252）小说开头和结尾章节的年份相差 46 年，在这近 50 年的时间内，社会状况发生了很大的变化，尤其是空间分配方面再次出现了一个黑白颠倒的世界。原来被白人扔掉的山顶现在被视为绝好的居住地：榆树环绕、鸟瞰河景，于是白人重建山顶地区，建电视塔，修高尔夫球场；而黑人们拥有了新观念，纷纷往河谷处搬迁，把“底层”留给了腰缠万贯的白人们。通过近半个世纪期间黑人白人居住空间的变迁，作者旨在传递这样的信息：其实“底层”（山顶）只是一块地方，至于是好是坏，完全依据占社会主导地位的白人的判断而定。白人可以愚弄欺骗黑人，让他们去山顶居住；也可以将黑人居住区夷为平地，再次抢回土地的所有权。在这个空间置换的过程中，黑人始终处于被动、听从的地位，没有任何的发言权。从这一层面上分析，黑人从奴隶到自由人的改变，只是形式上的一种表现，甚至只是白人欺骗世界的一种做法，从权力本质上观察，黑人并没有改变受歧视、受压迫的地位。

小说的开头先是对改造中“底层”的描写，用一个切实可感知的空间引出了在此内部发生的一系列故事：“在他们连根拔掉龙葵和黑莓，为梅德林城修建高尔夫球场的那片土地，过去曾经是一个居民点。这个居民点高踞在山谷小镇梅德林之上，沿山坡一直伸展到河边。这片地方现在成了梅德林的市郊，可当年黑人住着的时候却叫作‘底层’。[……] 大笔的款项拨来，把从梅德林一路攀上高尔夫球场大道上杂乱无章、衰微破败的建筑物夷为平地。[……] ‘底层’即将荡然无存（横跨小河的人行桥已经不见了）。不过，也许这并没什么两样；本来嘛，这地方原也算不上什么城镇，只不过是个居民点……”（同上 137）“底层”的创建和摧毁是以白人的意志为转移的：白人为了愚弄黑人，说山顶是好地方，黑人历尽千辛万苦进行开垦改造；后来为了建造高尔夫球场，白人又可以推倒黑人社区的娱乐场所——弹子房，一球击倒黑人的美容所，撬开烤肉店的石板墙。在白人眼中，黑人居住的建筑物是杂乱无章、衰微破败的。莫里森在设计《秀拉》小说的情节中，别有用心地用“底层”这一象征黑人所属空间的描写进行开头，又以“底层”的瓦解予以结尾。本书作者认为，这样的环形叙述结构寓意非常深刻：不管世事如何变迁，不管发生在黑人个体身上的故事差异多大，有一件事情是不容改变的：黑人居住区永远是“底层”，不管是上帝俯瞰的山顶，还是真正位于白人眼皮下的河谷地，黑人的所属空间始终是受歧视的。黑人和白人不可能融合在一起，社会生产关系决定了这两个群体的分离性。

列斐伏尔指出空间作为聚集了各种经济元素的综合体，超越了作为容器的形式性客体范畴，成为涵盖生产关系和生产力的主客体存在。同样数量的资本在不同空间的投入，会产生不同的利润，这说明资本在空间流通过程中扩大了剩余价值，因此空间是具有生产能力的。正因如此，列斐伏尔让人们能够更加明显地看到不同空间之间彼此的对立、对抗与融合。（王影君 195）本小节借助列斐伏尔划分的第一种空间——“感知的空间”，分析了美国黑人女性在文学作品中所分配到的具体的社会空间，无论是黑人女奴居住的小黑屋，还是获得自由后的黑人女性（秀拉祖孙三代）居住的“底层”黑人社区，都充满了令人窒息的感觉，都是社会空间中最劣质的部分，这种感知的空间揭露了美国社会中权力、空间分配过程中的种族歧视。

第二节　构想的空间：魅力无穷的蓝眼睛和褐砖房

根据列斐伏尔的定义，构想的空间是概念化的空间，它是科学家、规划家、城市学家和分门别类的专家、政要的空间。构想的空间是现实的生产关系建构自己空间秩序的过程。这种空间秩序生产出相应的空间语言符号系统，并通过控制空间的知识体系成为一种隐性的空间权力，干预并控制着现实的空间建构。在上一节中，本书作者讨论了黑人女性生存的感知空间，无论是奴隶制时期还是获得自由身份后，她们所分配到的社会空间总是最劣质的。但是黑人女性文学中的女主人公并不甘心自己受歧视、贫穷受苦的命运，她们试图通过建构自己的空间秩序来改变现实的生产关系。本小节将以《最蓝的眼睛》中黑人女孩佩科拉对蓝眼睛的渴望和《褐姑娘，褐砖房》中西拉对褐砖房的向往为例，分析黑人女性如何通过虔诚祈祷和努力拼搏生产出相应的空间符号来改变现实世界中的空间建构，并通过她们的失败印证了以白人审美观和价值观为导向而构想出的空间只会使黑人女性的命运更加悲惨。国内外学者对于这两部黑人女性文学作品的批评分别聚焦于虐童（Diana Ansarey）、宗教寓意（Allen Alexander）、黑人美学（Cat Moses）、文化侵蚀（包威）、隐喻分析（郑新民）和黑人意识的问题（Gavin Jones）、反抗（Rosamond S. King）、宗教异化（Michael L. Cobb）、移民焦虑（庞好农）、黑人女性形象（刘喜波）以及黑人男性气质（Candice A.Pitts）等问题的探讨[①]。因此，本小节对于这两部作品中空间叙述的探讨也是对其现有批评实践的一种丰富。

莫里森的处女作《最蓝的眼睛》是一部“把神话色彩和政治敏感有机地结合起来”的独特作品。黑人女孩佩科拉（Pecola）非常可怜，她缺失家庭的关爱，家庭给予她的感觉只有恐惧和嫌弃。父亲和母亲整日争吵打架，哥哥山姆可以离家出走，可是佩科拉只能忍受内心的恐惧。“佩科拉用被子蒙上头，呼吸平缓了些。尽管她收紧腹肌，竭尽全力，仍止不住恶心的感觉。她禁不住要胸脯起伏，大口喘气，但她知道，和往常一样，她不能这么做。‘上帝啊，’她喃喃地对着手心说，‘让我消失吧！’”（莫里森 2005：28）

她的妈妈布里德洛夫（Breedlove）太太在一个白人家庭里做女佣，有一次佩科拉去妈妈工作的那个白人家庭去取妈妈洗好的衣服时，碰见了她的好朋友弗里达和克劳迪娅，妈妈问她这两个女孩是谁，她的回答是：“弗里达和克劳迪娅，布里德洛夫太太。”（68）这种非常正式的称呼用在最亲近的家庭成员妈妈身上，反映出了母女之间的距离。佩科拉为了试一试炉子上的馅饼是否还热着时，烫伤了自己，把盘子打落在地。妈妈看到这一幕时对佩科拉是又打又骂，但是当白人家庭的穿粉红裙子的小女孩哭了时，布里德洛夫太太却非常耐心慈爱地哄她：“别哭，乖乖，别哭。到这里来。噢，上帝啊，看看你的裙子。别哭了，波莉给你换。”（70）自己的亲生女儿受伤了，却遭到责骂和踢打；白人的女儿哭了却得到黑人妈妈的疼爱。这种移位的、本末倒置的母爱给黑人女

---

① 分别参见 Diana Ansarey 的 *Treatment of the Theme of Child Abuse in Toni Morrison's The Bluest Eye*，发表于 *ASA University Review*，Volume 11，Number 1，January-June，2017，第 51-60 页；Allen Alexander 的 *The Fourth Face: The Image of God in Toni Morrison's The Bluest Eye"*，发表于 *African American Review*，Summer, Volume 32, Issue 2，1998，第 293-303 页；Cat Moses 的 *The Blues Aesthetic in Toni Morrison's The Bluest Eye*，发表于 *African American Review*，Volume 33，Number 4,1999，第 623-637 页；包威的“《最蓝的眼睛》：强势文化侵袭下弱势文化的异化”，发表于《外语学刊》，2014 年第 2 期，第 139-142 页；郑新民的“美国黑人小说《最蓝的眼睛》中隐喻的分析”，发表于《福州大学学报（哲学社会科学版）》，2006 年第 4 期，第 91-96 页；Gavin Jones 的 *"The Sea Ain" Got No Back Door' : The Problems of Black Consciousness in Paule Marshall's Brown Girl, Brownstones*, 发表于 *African American Review*，Volume 32，Number 4, 1998，第 597-606 页；Rosamond S. King 的 Sex as Rebellion: A Close Reading of *Lucy* and *Brown Girl, Brownstones*，发表于 *Journal of African American Studies*（2008）12:366-377；Michael L. Cobb 的 *Irreverent Authority: Religious Apostrophe and the Fiction of Blackness in Paule Marshall's Brown Girl, Brownstones*，发表于 *University of Toronto Quarterly*，Volume 72，Number 2，Spring 2003，第 631-648 页；庞好农，“从马歇尔《褐色女孩，褐色砂石房》看移民焦虑的演绎”，发表于《西安外国语大学学报》，2014 年 9 月，第 22 卷，第 3 期，第 85-88 页；刘喜波，“《棕色姑娘，棕色砖房》中的黑人女性形象”，发表于《学术交流》，2010 年第 1 期，第 184-186 页；Candice A. Pitts 发表在 CLA Journal，2015 年，Volume 59，Issue 2，第 166-176 页。

孩佩科拉造成了深深的心灵伤害。

佩科拉所受的伤害不仅如此，在学校里她还经常受到同学们和老师的欺负与鄙视。“她是班上唯一单独使用双人课桌的人。[……] 她还知道当学校里的女孩子想要污辱某个男孩儿，或想听他当时的反应时，她只需说‘鲍布喜欢佩科拉！鲍布喜欢佩科拉！’就会引起四周听见此话的人的一连串的嬉笑声以及被嘲弄者的咒骂声。”（29）有一次，放学路上，一群男孩子欺负佩科拉，将她包围起来，用打油诗捉弄她：“小黑鬼，小黑鬼，你爸爸睡觉光屁股。小黑鬼，小黑鬼，你爸爸睡觉光屁股。”多亏了混血儿莫丽恩才得以解救。当时社会上的有色人种比黑人的等级要高一些，浅棕色肤色的裘尼尔也欺负深黑肤色的佩科拉，说要送给她一只小猫，把佩科拉骗到他家，却扔给她一只大黑猫：“它一身黑毛，乌黑发亮，蓝绿色的眼睛一端指向鼻子，在光线下显得像蓝色冰球。佩科拉抚摸着猫头；猫轻轻叫了几声，伸伸舌头表示惬意，嵌在黑脸庞里的蓝眼睛直直地看着她。”（59）其实作者用这只猫来象征佩科拉的身份，喻指黑人女孩受歧视、遭虐待的社会地位。裘尼尔把猫摔死后，却诬赖是佩科拉干的，浅棕色肤色的男孩妈妈杰萝丹向来就嫌弃黑人，将佩科拉骂出去。

佩科拉把这一切的不幸归因为自己长相丑陋：“她常坐在镜子前长时间发愣，试图找出丑陋的秘密。因为丑，老师和同学都不理睬她，都鄙视她。（28）”她幻想自己能有双美丽的眼睛，这样爸爸妈妈就会喜欢她。“每到夜晚，她就乞求得到蓝眼睛，从不间断。她充满激情地祈祷了整整一年。尽管多少有些失望，她并未丧失信心。要想得到如此珍贵的东西需要相当相当长的时间。”（30）正因为对蓝眼睛的痴迷，佩科拉把手里仅有的三分钱买了三块玛丽·珍糖，每块里有三粒。她认为玛丽·珍的蓝眼睛实在太漂亮了，吃了玛丽·珍糖，就等于吃了她的两只眼睛，她自己也就变成了玛丽·珍。这种以“蓝眼睛”为美的审美观让她一口气喝了三夸脱牛奶。“牛奶盛在蓝白色的印有雪莉·坦布尔头像的杯子里。她喝牛奶喝了很长时间，看着雪莉·坦布尔带有酒窝的头像时充满爱慕之情。”（11）① 克劳迪娅的妈妈对此抱怨不已，而克劳迪娅和弗里达却知道其中的缘由，“佩科拉喜欢印有雪莉·坦布尔头像的杯子，一有机会就用它喝牛奶，好摆弄和欣赏雪莉的甜脸蛋。”（14）

由于对“蓝眼睛”渴求的心理越来越强烈，佩科拉最后到皂头牧师那里求助，“我想让眼睛变蓝”。皂头牧师觉得“这是他听到的最荒诞但同时也是最合

① 好莱坞童星 Shirley Temple，也有人将她的名字译为“秀兰·邓波儿”。

理的请求。一个丑陋的小女孩儿请求变美。……一个黑人女孩儿想从她所处的黑洞里爬出来，用蓝眼睛看世界。他愈加感到气愤，并感到怨恨正变成力量。他第一次真诚地希望他能创造奇迹。”（112）接下来小说中的叙述带有一定的神话色彩，皂头牧师施用魔法，借助上帝的力量帮助佩科拉实现了她的愿望。

愿望得到实现之后，佩科拉的命运是否像她想象的那样有所不同，周围的人是否认为她变得漂亮了而开始喜欢上她呢？结果并非如此，喝醉酒的父亲乔利忽然对弯曲着腰背的十一岁女儿佩科拉从嫌弃发展到内疚、怜悯继而爱怜。欲火让他丧失了理智，佩科拉遭到了父亲的强暴。母亲发现后，不但没有谴责乔利，却狠狠地打了佩科拉。后来佩科拉怀上了父亲的孩子，更遭到周围人的议论和唾弃。“人们窃窃私语，摇头咋舌。……大人们扭头不看她；胆大的孩子大声嘲笑她。”（133）最后佩科拉精神失常，呈疯癫状态，整日在大街上走来走去。她的朋友克劳迪娅和弗里达作为旁观者，审视了佩科拉的悲剧，认为：“一个黑人小女孩儿期盼得到白人女孩儿的蓝眼睛。这种愿望着实可怕，但是愿望得以实现更为罪恶。……她受的伤害是彻底的。”（同上）

高继海（79-81）在分析佩科拉的悲剧原因时总结了三方面的因素：首先由于历史的原因，正统白人文化在美国始终占据统治地位，世世代代受奴役的黑人接受和内化了白人的审美标准，并按照体内白种人血液的多少、肤色的深浅把人划分为等级；第二，佩科拉的父亲乔利和母亲鲍琳对她的不幸也负有不可推卸的责任，他们虽然没有“混血儿审美意识”，却完全接受了正统白人文化的审美标准，认为自己丑，他们没有给佩科拉爱与关怀，没有为他提供使她感到安全和发展自我的条件，他们消极的自我形象和自暴自弃的处世态度对佩科拉的自尊心和自信心伤害极大。最后，佩科拉本人也应该对自己的悲剧负责，虽然没有人教她如何克服困难，如何选择生活道路，但她的自卑和不幸并非完全决定于外部因素，相反，在很大程度上是由于她生性懦弱、缺乏自卫能力所致。

本书作者认为佩科拉的悲剧根源在于美国社会中占主导地位的白人的审美标准，白人认为“黑色是丑的”（Black is ugly），不仅如此，受后殖民主义教化后的大量黑人也这样认为。到了20世纪20年代开始的“黑人文艺复兴”时期，“黑色是美的”（Black is beauty）观念开始流行。莫里森并不认同这种借用统治者的话语模式进行抗议的方式，对此她提出尖锐的批评：“身体美的概念作为一种美德是西方世界最不足道、最有害、最具破坏性的观点之一，我们应该对此不屑一顾……把问题归结于我们是否美的症结来自衡量价值的方式，这种价值观是彻头彻尾的细枝末节并且完全是白人的那一套，致力于这个问题是理智上无可救药的奴隶制。”（莫里森 2005，译序：从祈求到反抗）莫里森认为将白人观点翻转过来的做法是黑人在价值观和方法论上被奴役的有力见证，这种精神上的奴役比肉体上的奴役更加可悲。《最蓝的眼睛》中黑人女孩对美的追求实际上就是在白人审美观的奴役下构想的空间，好莱坞童星雪莉·坦布尔以美貌赢得了全世界无数小女孩的羡慕与崇拜，她的头像被印制在各种日常用品上。佩科拉认为自己的一切悲剧根源于长相的丑陋，如果拥有像雪莉·坦布尔那样漂亮的蓝眼睛，就可以赢得周围人的爱。因此她日夜幻想获得这样的蓝眼睛，为此祈祷了整整两年。索亚指出：列斐伏尔的三个空间强调了被统治、服从和反抗的关系。那么第二个空间——构想的空间是一个服从的空间，在黑人女孩构想的获得蓝眼睛的空间里，起统治作用的是白人的审美观，黑人女孩的幻想服从了白人的审美观，是受其精神奴役的结果，即便是她的幻想变为现实后，仍然摆脱不了社会对黑人的歧视，也无法避免黑人女性遭到男性侵袭的性别劣势。莫里森通过塑造这样一个黑人家庭的悲剧来向世人宣告：悲剧的酿成不在于是否获得构想的空间，要想避免这样的悲剧命运，黑人们应该摒弃白人的审美观，打破这种受统治的空间精神枷锁。

巴巴多斯裔美国作家葆拉·马歇尔是美国黑人女性作家文艺复兴时期优秀的黑人女作家之一。她的首部长篇小说《褐姑娘，褐砖房》以其鲜明独特的黑人妇女形象和独具特色的巴巴多斯方言在文学评论界引起了很大的反响。

小说中博伊斯一家人（the Boyces）是从巴巴多斯非法移民到美国的黑人，女主人西拉（Silla）自幼在巴巴多斯历尽辛酸，对家乡没有一丝一毫的留恋。当女儿赛琳娜（Selina）受到爸爸戴顿（Deighton）的影响憧憬着将来要回到家乡比姆郡（Bimshire）时，西拉怒火中烧，对女儿讲述了自己在赛琳娜那个年龄时的遭遇：“我属于第三阶级（the Third Class），我们的学校并不是像你想象的那样，第三阶级就是一群从早到晚在甘蔗地里拔草的小孩子，有一个女监工（Driver）在后面用鞭子赶着你，你根本不敢抬头看。你知道吗？一个十岁的孩子干活比一个成年男人还要累……太阳烤着你，鞭子抽打你的腿……日子艰难时，我一大早顶着一大筐芒果沿街兜卖，当时心里害怕极了，担心有鬼什么的，毕竟还是个孩子啊……”（Marshall 45-46）西拉憎恨这个“被上帝遗忘的角落”里的新奴隶体制，下定决心要冲出这个被第一世界和白人控制的新殖民式空间，“吵着要母亲借钱把我送出去，否则就不让她消停。”（同上 46）西拉终于在十八岁时独自乘船来到声称自由和民主的美国，却发现这是个男人 / 白人的世界。“黑人们背对着上帝，要么住在水沟（gullies）附近，或是山上。黑人妇女们为了养家糊口，每天早上乘火车到 Flatbush 和 Sheepshead 海湾去给白人们擦地板。幸运的女人遇到一位心好的女主人，会有一份稳定的‘工作’，其他人只能在那些整洁的居住区内晃来晃去，或者在角落里等待干活的机会，她们包里装着围裙和干活的鞋子。有时白人的孩子在上学路上，会嘲笑她们的黑肤色，喊着：‘黑鬼！黑鬼！’”（10-11）面对这样一个由白人统治的世界，黑人必须通过自己的努力来建构自己的空间秩序。小说中博伊斯家的男主人戴顿却是个失败的男人：他童年的闲暇和日后的大学教育是靠溺爱他的母亲和姐姐们的辛勤劳动换来的；来到美国后靠能干的妻子生存，依然毫无意识地享受打丝绸领带时的美妙感觉。他向往能像个“大男人”一样生活，但在白人至上的现实世界里他的理想只能是虚幻。大学毕业后，他像白人那样穿着英式的深色羊毛西服去求职，却四处碰壁，连份职员的工作也找不到。种族歧视的现实打击让戴顿整日躲在玻璃阳房（sun parlor）里，慵懒地躺着，做着一夜暴富的白日梦。他今天学习会计，明天学习吹号（trumpet），却总是半途而废。心情不好时便到喧嚣的福顿街（Fulton Street）找女人寻欢作乐。

如果说黑人男性构想了一个虚幻的乌托邦空间来企图维护自己的男性尊严，但现实的种种情况恰恰暴露了他的软弱无能。黑人女性所构想的社会空间是建立在“白优黑劣”的现实基础之上的。列斐伏尔认为构想的空间是现实的生产关系建构自己的空间秩序的过程。博伊斯家的女主人西拉逃离了家乡的新奴隶体制，来到了白人至上的美国，面对社会的种族歧视，她没有选择逃避和谴责，而是决定用自己的劳动来突破社会赋予黑人的狭小空间，努力争取自己想要得到的社会空间。她试图通过自己的坚韧魄力来弱化种族因素，她曾这样说：“我们以前给犹太人擦地板，他并不是因为我们是黑人才欺压我们，而是因为我们没有用。[……] 每次我跪在地上擦地板时，就对自己说：‘上帝，让我做得更好些，让我站起来。’不，权力其实和肤色没有关系……几年前白人也让自己的孩子到煤坑和血汗工厂去劳作。非洲的兔崽子们把我们赤裸裸地卖掉 [……] 人们要找到自己往上爬的途径，那些身居高位的人也在设法稳固自己的位置。这个世界不可能总是属于白人的，也许会被其他人接替，也许这些人就在我们的身边。但是大多数人要吃苦受累才能得到这一切。”（224-225）西拉所构想的社会空间就是要拥有一栋属于自己的褐砖房，因为目前一家人居住的褐砖房是租赁的，而西拉想把它买下来，成为自己的财产。这一构想空间的另一部分原因来自周围其他人的影响，周六西拉在厨房里做糕点，吸引来了两个朋友：艾里斯·赫利（Iris Hurley）和弗洛里·托特曼（Florrie Trotman）。三个人围在一起谈论周围人买房子的事情：加莎·斯特德（Gatha Steed）买了三套房子；埃娜·罗切福德（Ena Roacheford）最终买下了她租了一年的房子；欧丽丝·泊恩（Eulise Bourne）又买了一套房子，而她丈夫却一无是处；福顿街的维·戴施（Vi Dash）天天哭穷，但是买了一套二手房；在西拉眼中一无是处的伊洛伊斯·吉滕斯（Eloise Gittens）也买了房子；埃娜·索伯斯（Ena Sobers）在白人居住区皇冠高地（Crown Heights）购置了房产。周围人的成功无形之中给西拉造成了很大的压力，让她坚定了不成功誓不罢休的决心："人人都买了房子，而我仍然在租赁？……我要让全世界看看西拉是好样儿的！"（76）

申昌英（96）指出："西拉几乎全盘接受了白人主流社会'向钱看'的原则，有意无意地忘却了美国社会鲜明的种族性。在'只要你努力就能成功'的美国梦的麻痹中，她正好落入了白人主流社会的意识形态圈套"。坎迪斯·A. 皮茨指出美国黑人长期与种族歧视斗争，为的是在美国的政治、文化和社会意识中重新寻找和界定自己的位置，对于很多人来说，这种归属感的寻找就是通过得到物理空间和财产得以实现，以购买褐砖房为实例。（Candice A. Pitts 166）小说中西拉为了购买一栋褐砖房，为了她构想的自我空间，设计卖掉了丈夫的土地，想用这九百多美元支付房子的首付款。她构想的计划打碎了戴顿在家乡比姆郡建造白色房子的梦想，为了报复西拉的不择手段，戴顿一天花光了所有的钱，给每个家庭成员买了礼物，在厨房里不停地炫耀自己的成就，这一切对于西拉来说简直是晴天霹雳。她恨透了戴顿，向警方告发丈夫非法移民，导致戴顿被遣送回巴巴多斯，在临近巴巴多斯的地点，戴顿跳海自杀，因此西拉对丈夫的死负有不可推卸的责任。她的奋斗在某种程度上有些不择手段，她再也没有年轻时的"羞涩和美丽"，再也回不到相亲相爱时的家庭照片里的那个她。虽然最终西拉买下了褐砖房，但是丈夫已经不在，两个女儿也要离开她：伊娜（Ina）要出嫁，赛琳娜要回到家乡比姆郡。从这个结局看，黑人女性面对社会现实所构想的个人空间最终变成了一个空壳，一个记载着她抛弃亲情、背弃自我和民族文化传统的空间，而历尽千辛万苦得到的个人空间即将在城市新规划中消失。西拉是个悲剧式的人物，玛丽·海伦·华盛顿认为西拉是整部小说中最大的受害者。（Washington 1981：313）她为家庭所做的努力没有得到任何成员的感激和认可，反而让丈夫和女儿感到压抑。她所构想的空间最终在城市新规划中即将消失，亲人的离去和空间的倒塌象征了黑人女性在种族歧视的社会空间里所做努力的失败与徒劳。

总之，无论是黑人女孩佩科拉对蓝眼睛的幻想与渴望，还是移民到美国的黑人女性对褐砖房的向往与决心，都是受占社会主导地位的白人的审美观和价值观精神奴役的结果，她们企图通过构想与白人接近的社会空间来改变自己受歧视的命运，但是这种生产出来的空间符号根本无法撼动现实的生产关系，白人仍然占据社会统治地位，黑人仍然处于被动、服从的社会空间位置，因此试图用白人思想观念改变自己命运的空间构想只能加剧黑人女性命运的悲剧性。

第三节　生活的空间：禁锢自由的厨房和家园

列斐伏尔划分的第三种空间是生活的空间，是指艺术家、作家和哲学家视野中的想象和虚构空间、各自象征性的空间。它是一个被动体验的或屈服的空间，是被想象力改变和占有的空间。与构想的空间不同，生活的空间是一个被统治的空间，也是为了斗争、自由与解放而选择的空间。列斐伏尔将其称为一个反空间（counter-space）领域。这种反抗体现在他对从属的、外围的和边缘化空间的再现和对处于空间秩序的社会底层的关注。这种空间存在于精神和身体的物理存在之中，存在于性别和主体性之中，存在于从地方到全球的一切个人和集体的身份之中。它们是争取自由与解放的斗争的空间。本小节将以《褐姑娘，褐砖房》中西拉的所属空间——厨房和《紫颜色》中西丽的生活空间——家园为例，诠释男权社会中黑人女性的实际生活空间如何沦为被男性统治的空间；同时探讨这一禁锢其身体及思想自由的生活空间如何成为黑人女性争取自由与解放自我的斗争空间。

《褐姑娘，褐砖房》中西拉构想的空间是一栋属于自己的褐砖房，在整栋褐砖房中，西拉实际生活的空间只是那间冰冷的白色厨房。厨房统治了西拉的家庭活动，成为黑人女性服务家庭、屈从于男权的“服务空间”（space of service）。西拉首次在小说中出现的地点就是厨房，一副家庭妇女的形象，面无声色地劳动，“妻子从容地站在厨房的水槽前，[……] 西拉只是把手抠进正在清洗的鸡内脏中，使劲扭动并拽出了黏糊糊的、土黄色的消化道，扔进了污水池。”（Marshall 22-24）西拉对鳕鱼的臭味以及房屋居住条件的恶劣已经见怪不怪，也没有精力注意站在一旁的丈夫的身体行为和心理活动；而作为一家之主的戴顿除了在自己悠闲的所属空间——玻璃阳房里享受穿着打扮带给他的愉悦心情，对败坏他体面形象的味道大惊小怪，见到妻子辛苦劳作的场景不但不帮忙，反而在妻子的所属空间对其进行意淫。“他从水槽上方的镜子中瞥见了妻子的脸：坚毅的嘴唇、宽鼻翼、深黑色皮肤下结实而漂亮的骨架——其实他并不希望妻子身体中透出的那种硬质的因素。他想象妻子的皮肤在炎热的夏日中一定是凉爽的 [……]”（同上）西拉作为家庭的经济支柱虽然表现一贯强势，但有时在男权的入侵下也会手足无措。尽管她背着丈夫偷卖了土地，戴顿仍然能靠犹大式的笑容和话语（a Judas smile and Judas words）这种男性魅力来迷惑西拉，骗出现金，在一天之内到纽约的第五大街（the Fifth Avenue）把卖地的钱全部挥霍掉，并在夜深人静时带着大包小包的礼物冲进厨房、甩开杯盘、扯掉桌布，瞬间把西拉的功能空间变成一个“狂欢场所”，以此报复她的不择手段、嘲讽她存钱买房的徒劳，同时也痛快地侵占了西拉的生活空间。而面对这突如其来的场景，西拉目光茫然，呆立在厨房的门口，半天才晃悠到餐桌旁，摸索着坐在椅子上，最后发出了愤怒的嚎叫，打破了房间的宁静，但是她却欲哭无泪。这一场景凸显了戴顿和西拉的空间张力，间接地揭露了西拉因为性别劣势而表现出的无奈与无助。（申昌英 96）

小说中还有一处叙述西拉在厨房里的场景：“一个炎热的夏日星期天，家庭中的其他成员都昏昏欲睡、无精打采：戴顿在玻璃阳房里睡觉 [……]；伊娜在弹钢琴 [……]；赛琳娜无聊地在房子里乱窜 [……] 她最后来到妈妈待的厨房。妈妈是家里唯一一个没有被周日懒散而传染的成员，赛琳娜走进厨房时，敬佩之意油然而生。只见妈妈坐在那里，冷静而警觉，从窗栅栏里照进来的阳光把妈妈罩住，她拿着报纸，离自己的身体远一些，好像来自欧洲战场的消息会玷污了她似的。”（Marshall 51-53）周日本该是休息的时间，但是西拉仍然待在厨房里，即使不做饭，她也坐在厨房里，而且被照进来的阳光禁锢着（caged）；别人在休息和放松，她依然保持清醒和警觉的状态。这种空间的归属感是男权社会施加给女人的，女人就应该牺牲自己，服务于家庭，服务于男性。从这一层面上分析，黑人女性在其生活的空间内是从属于家庭的、屈从于男权的淫威的。而黑人男性尽管在外面四处碰壁、一无是处，但是回到家中仍然可以安详自得地当甩手掌柜，以大男子主义的姿态来维持男性的尊严、侵占并统治女性的生活空间。

厨房虽然是统治女性的生活空间，但另一方面也是西拉决定家庭事务、参与社区活动的中心，是黑人女性摆脱家庭束缚、反抗社会歧视的反空间（counter-space）领域。为了买房子，西拉费尽心思，终于在计划即将成功的时候，她在厨房对丈夫和孩子们公开了自己的决定和所作所为。"'我已经卖掉了土地。''西拉，没有空开玩笑啊。''玩笑！我卖掉了，我告诉过你的。'[……]西拉把自己怎样伪装戴顿的身份和他姐姐通信，然后模仿丈夫签名的前后经过告诉了戴顿。[……]最后西拉告诉戴顿：'周一我们拿着这些材料一起去纽约的银行，把现金兑换出来。你听到了吗？周一来啊。'"（同上 114-116）面对一事无成的丈夫，西拉必须支撑起这个家庭，为了在社会上立稳脚跟，她努力干活赚钱，要实现在纽约买一栋褐砖房的梦想。面对继承土地这一突如其来的好运，她和丈夫争吵不休，她坚决要把土地卖掉，偿付房子的首付款；而戴顿始终坚持说自己继承的土地，愿意怎么处理就怎么处理。西拉可以容忍丈夫的一事无成，乱花钱，在外面嫖女人；但是在决定自己构想的空间是否成功的问题上，她决不让步，甚至不择手段地达到自己的目的。并在自己的所属空间向全家宣告了自己的行为，以此来彰显女性在家庭中的地位。

西拉不仅把厨房当作自己处理家庭事务的空间，还让自己的生活空间成为参与社区事务和对社会发表看法的场所。每逢周六，西拉的厨房就会香味扑鼻，她就做各式巴巴多斯的特色小吃售卖，她的手艺能吸引很多顾客朋友来品尝，同时大家会围坐在一起谈论社区事务，甚至对时事发表看法。这个周六，身高体阔、鼻孔宽大、肤色油黑的艾里斯·赫利和腿短体胖、肤色暗黄、乳房巨大的弗洛里·托特曼不约而同地来到了西拉的厨房。三个女人凑在一起，谈天说地，厨房成为女人们的社交场所。她们对教育孩子、宗教、战争、种族歧视、迷信以及买房等问题发表了各自的看法。（同上 76-77）迈克尔·L. 科布指出西拉在《褐姑娘，褐砖房》中利用自己的巴巴多斯方言解构了白人世界的宗教权威，将宗教表达转换成了黑人表达方式，她突破种族定式，大声疾呼"Oh Lord"，而非使用基督教惯用的"My God"这样尊敬称呼，这种语言上的宗教亵渎式顿呼一方面加强了黑人女性对社会不公的抱怨语气，另一方面也展现了黑人女性不拘俗臼的反抗精神。（Cobb 631-635）

在美国文学尤其是南方文学中，黑人妇女总是被妖魔化——她们肥胖的身躯、超强的生育力总是用来象征野性和低贱，被剥夺了最起码的尊严和自我。（嵇敏 2011：16）但葆拉・马歇尔笔下的这些黑人妇女是有思想的，她们不甘心在生活空间中仅仅充当服务家庭、服务男人的从属形象，她们努力用自己的劳动和有见解的声音争取自由与解放，向这个白人 / 男人的社会宣布自己的权威。文学作品中出现的这种新型的黑人女性形象，是受 19 世纪中后期萌发的美国黑人女性主义思想的影响所致。从某种意义上讲，黑人女性生活的空间也是她们争取自由与解放自我的斗争空间。

艾丽斯・沃克被公认为当代美国妇女文学和黑人文学的杰出代表，她是始于 20 世纪 70 年代的美国黑人女性作家文艺复兴运动中的最优秀女作家之一。她的代表作《紫颜色》是一部书信体长篇小说，淋漓尽致地揭示了黑人妇女遭受父 / 夫权、种族压迫和阶级压迫的凄惨状况，作者使用了南方黑人方言的叙述策略，真实地再现了各个人物的面貌与思想。《紫颜色》一经出版，即引起了巨大的反响，不仅成为当年的畅销书，翌年又获得了三项美国文学大奖：全国图书奖、普利策小说奖和全国书评家协会奖。国内外学者对这部重量级的作品进行了多角度的探讨：特伦斯・穆桑加和西奥菲洛斯・穆克胡巴（Terrence Musanga & Theophilus Mukhuba ）分析了女主人公西丽（Celie）利用家庭重聚和姐妹情谊作为反抗工具，实现了从无形、失声到可视和发声的斗争目标；斯塔西・林恩・汉金森（Stacie Lynn Hankinson）从宗教视角分析了西丽从一神论到泛神论的信仰变化使之逐渐摆脱父 / 夫权禁锢的心路历程；布伦特・塞西斯和哈桑・博伊努卡拉（Bulent Cercis & Hasan Boynukara）用对比的方法分析了书写作为黑人女性心智成长和建立自我意识的手段的具体表现形式及其功能；金伯利・S. 拉夫（Kimberly S. Love）从萨特的存在主义出发剖析了西丽心理变化的三个阶段——自我否定、自我意识和自我定位；李洁平区分了沃克提出的妇女主义和女性主义的差异并进一步分析了妇女主义在《紫颜色》这部作品中的具体表现；余秋兰对该部作品中涉及的紫色、红色和黑色的隐喻作出了解析，并进一步指出这些色彩的喻义与主题之间的联系；凌建娥从黑人女性主义的立场出发探讨了《紫颜色》这部作品中的黑人女性主义生存观①。尽管学者们对这部作品的角度探讨和主题分析不尽相同，但是鲜有涉及空间叙述的研究，本书作者在本小节试图填补这一研究空白。

小说中的女主人公西丽（Celie）是美国南部农村一个贫苦的黑人姑娘。十四岁那年，被继父强暴，因为她的母亲体弱多病，无法满足继父的性欲，因此西丽被迫多年忍受继父的兽性，还为他生有一男一女，两个孩子下落不明，据说被继父卖掉了。中年鳏夫艾伯特（Albert）想娶西丽的妹妹耐蒂（Nettie）为妻，遭到了继父的拒绝，但继父说可以把西丽嫁给他，同时还陪送一头母牛。就这样，西丽像被卖牲口一样地被扔出家门。她不知道丈夫的名字，称他为“某某先生”，踏入新家后，西丽过着近乎被活埋的生活：成为丈夫泄欲的工具，还有给他的四个孩子当妈。耐蒂被继父所逼，逃到西丽的住处，艾伯特对她心生歹念，无奈之下，耐蒂向传教协会求助，并从事传教工作，后来去非洲工作。她给西丽写了无数的信件，但都被艾伯特扣押。莎格（Shug）是艾伯特的情人，曾经为他生育过三个孩子，但是艾伯特的父亲不同意他们的婚事，艾伯特虽然先后娶了两个妻子，但是他心中只爱莎格，并把病入膏肓的莎格接回家来，让西丽照顾。莎格嘲笑西丽的丑陋，但是西丽的精心照料感动了她，两人成为好朋友，无话不谈，并且莎格还帮助西丽同丈夫做斗争，教她如何找到自我，如何自立。西丽从一个只敢向上帝透露自己心事的软弱形象成长为懂得自我欣赏、敢于挑战父 / 夫权的独立女性，在这一过程中，她和莎格从相识、相知、直到相爱。莎格还帮助她发现了艾伯特藏匿的耐蒂写给西丽的信件，终于在阔别 30 年后，姐妹两人又取得了联系。西丽再也不相信上帝了，她开始给耐蒂写信。在莎格的帮助下，西丽离开了艾伯特，意外地得到了亲生父亲留

---

① 分别参见 Terrence Musanga 和 Theophilus Mukhuba 的 *Toward the Survival and Wholeness of the African American Community: A Womanist Reading of Alice Walker's The Color Purple*（1982），发表于 *Journal of Black Studies*，2019 年第 50 卷，第 4 期：388-400 页；Stacie Lynn Hankinson 的 *From Monotheism to Pantheism: Liberation from Patriarchy in Alice Walker's The Color Purple*，发表于 *Midwest Quarterly*，Spring，1997，Vol.38，Issue 3，第 320-329 页；Bulent Cercis Tanritanir 和 Hasan Boynukara 的 *Letter-Writing as Voice of Women in Doris Lessing's the Golden Notebook and Alice Walker's the Color Purple*，发表于 Ataturk Universitesi Sosyal Bilimler Enstitusu Dergisi，2011,15（1）：第 279-298 页；Kimberly S. Love 的 *Too Shame to Look: Learning to Trust Mirrors and Healing the Lived Experience of Shame in Alice Walker's The Color Purple*，发表于 *Hypatia*，Vol.33，No. 3，2008 summer：第 521-536 页；李洁平的《妇女主义在〈紫颜色〉主题中的构建作用》，发表于《外语与外语教学》2004 年第 8 期，第 30-32 页；余秋兰的《艾丽斯·沃克〈紫颜色〉的色彩隐喻解析》，发表于《安庆师范学院学报（社会科学版）》，2014 年第 1 期，第 136-139 页；凌建娥的《身份、创造力与姐妹情谊——论艾丽斯·沃克〈紫颜色〉中的黑人女性主义生存观》，发表于《哈尔滨学院学报》，2003 年第 7 期，第 88-92 页。

下的房产，开办了自己的裤子公司，成为自食其力的独立女性。故事的结尾呈现了大团圆的局面：艾伯特改变了自己对西丽的态度，开始平等地对待妻子，两人冰释前嫌，夫妻和好；耐蒂和丈夫塞缪尔（Samuel）带着西丽的两个孩子奥利维尔（Olivia）和亚当（Adam）从非洲回来和西丽团聚。

由于历史和政治等原因，作为一个美国黑人妇女，西丽所遭受的压迫是双重的：既要承受来自外部——种族歧视的压力，又要背负来自内部——性别歧视的欺辱。来自社会、家庭以及自我精神上的各种压力都在日益剥夺着她的精神自由并毁坏她的自我完整。（乔国强 1990：39）西丽从小到大都没有自由可言，14 岁那年被继父剥夺了上学的权力。妹妹耐蒂央求继父没有成功，后来她们学校的老师比斯利小姐来到家中想和继父谈话，但看到西丽紧绷在身上的衣服什么也没说就走了。"耐蒂还是不懂，我也不懂。我们两个只知道我一天到晚想吐，而且人越来越胖。"（沃克 11）14 岁的黑人小女孩在家庭里根本没有权力可言，任由继父摆布，被剥夺了读书的机会就相当于断绝了与外界联系的机会。西丽不仅成为继父泄欲的工具，而且要背负妈妈的辱骂，担负沉重的家务劳动。"我妈妈死了。她呼喊着叫骂着死去了。她冲着我大声叫嚷。她咒骂我。我肚子大了。我走不快。等我从井边回到家里，我打的水都温乎了。等我把托盘拿来，饭菜都已凉了。等我把孩子一个个打发去上学，又快到吃晚饭的时候了。"童年时代的家对于西丽来说，就是个魔窟，没有母爱，没有父爱，有的只是恐惧、伤痛、挨打和诅咒，她只能默默忍受，没有丝毫的还手之力。

继父后来把西丽嫁给了某某先生，对于西丽来说，这等于才出虎穴又入狼窝。因为某某先生本来想娶耐蒂，继父拒绝了他的请求，提议把西丽嫁给他。原因是"西丽年龄最大，应该第一个结婚……还有西丽不怕干重活……干起活来跟男人一样……她待孩子很好"。同时还用恶毒的语言污蔑西丽。"她挺丑的……我得把她打发走。她年纪太大了，不该留在家里了。她对我其余的女儿起不好的影响……她也不聪明……她会撒谎。"（同上 8-9）其实某某先生心中爱的人是莎格，想娶耐蒂也是看中了她的美貌，而西丽对于他来说是一无是处，"他拖了整整一个春天的时间，从三月一直拖到六月，最后才下决心要我"。"他看上去精疲力竭、晕头转向。在他家帮忙干活的女人走了。他妈妈也说再也不帮他的忙了。"（9-12）在这种情况下，婚姻对于西丽来说更是一场灾难。首先她成了某某先生的泄欲工具。其次西丽沦为照顾孩子、干活的机器，某某先生有四个孩子，两男两女。

除了日常的照看孩子、做饭家务活外，西丽还要像个男人似的下地刨棉花棵，某某先生高兴了就一起下地，不高兴了就西丽一个人干，有时大儿子哈波（Harpo）也在地里干活。“我跟他一天到晚在地里干活。我们满身大汗又刨又犁。我晒得跟烤过的咖啡豆一个颜色。”也就是说，西丽在这个家里既要承担全部女人该做的活儿，还要和男人一起干本应只属于男人的工作。

与此同时，西丽还要忍受男性的暴力。某某先生对她动辄拳脚相向：“他揍我就跟揍孩子一样。只是他不大揍孩子。他说，西丽，把皮带拿来。孩子们都在门外扒着门缝偷看。我拼命忍着不哭。我把自己变成木头，我对自己说，西丽，你是棵树。我就这样知道了树是怕人的。”（23）西丽结婚的当天还被哈波用石头砸破了头，“血流了不少，一直流到胸口中间”。因为他妈妈死在他怀里，他不想听什么娶新妈妈的事。而某某先生只是简单地说了一句：“别干这种事。”西丽包扎了脑袋后，还要做饭。除此之外，西丽的一切行动必须听从丈夫的，某某先生给她规定了许多的禁令。家里的邮箱只能由丈夫打开，西丽只能远远地看着，不知道丈夫取出的信件是否来自耐蒂。这也能说明近 30 年间耐蒂写给西丽的信为什么会石沉大海。莎格邀请西丽去酒吧听她唱歌时，遭到了某某先生的禁止，他说“女人不该去这样的地方”。最后在莎格据理力争下，他才被迫同意，一边换衣服一边咕哝：“我的老婆不能这么做。我的老婆不能那么办。我的老婆不能……他没完没了地数落着。”（66）后来，莎格告诉某某先生要带西丽一起去孟菲斯，“某某先生的脑袋猛地转了过来。你说什么？……休想，除非我死了，某某先生说”。（174）

上述的描写有力地证明了黑人女性生活空间的闭塞，她们从小到大没有爱，没有自由，生活在父权、夫权的掌控之下，她们的活动范围被局限在家里，不能外出上学，不能外出参加社交活动。她们的身体不是自己的，是属于男人的，被男人当作性工具；她们不能有自己的意志，否则只能挨打；她们不停地劳动，还被无辜地责骂，遭到与事实不符的非议。“家园”这一原本美好的空间被笼罩上了厚厚的阴影，对于黑人女性而言，“家园”不是充满爱的幸福之地，而是充满暴力和恐惧、剥夺权力、禁锢自由的牢狱。

但是，西丽对于自己沦为性工具、劳动机器、家暴对象的悲惨命运并没有自暴自弃，而是采取了隐忍的策略。耐蒂住在西丽家里的时候，看不惯某某先生和他那些孩子们对西丽的摆布，鼓动西丽反抗：“你得斗争。你得斗争。”西丽答道：“可我不知道该怎么斗争，我只知道怎么活着不死。”从小生活在男权的淫威下，西丽不懂得、也不知道该如何与他们斗争，势单力薄的她认为自己的存活就是一种隐性的斗争策略。后来，某某先生的一个妹妹凯特来他们家，非常同情西丽的境地，提议哥哥给妻子买点衣服，某某先生却说："她还要衣服？"凯特带西丽去商店买了布料，给她做了人生中的第一件新衣服。还教育哈波帮西丽一起干活。得到的回答是："女人才干活嘛。我是个男人。"凯特走之前对西丽流着泪说："你得跟他们斗，西丽，我不能替你干。你得自己跟他们斗。"西丽还是坚持自己的做法："我没说话。我想到耐蒂，她死了。她斗过，她逃跑了。可这又有什么好处？我不斗，我安分守己。可我活着。"（21-22）在乱伦的继父、施暴的丈夫掌控的家园中，西丽没有人身自由，只有忍气吞声，她不敢有语言或行为上的反抗。她把所有的委屈和心事都告诉上帝，通过写信的方式，来倾诉自己的所有不幸。沃克让黑人女性采取书写的叙述策略，迂回地达到控诉男性霸权的目的，从这个层面上分析，西丽在其生活的空间中采取的隐忍做法，是一种无声的斗争策略，为后来的有声斗争埋下了伏笔。

西丽的隐忍并没有换来继父、丈夫的真实评价，反而他们为了掩盖自己的劣行而栽赃西丽，让西丽背负了很多名不副实的恶名。继父诬告西丽被别人糟蹋过，还说她会撒谎。但是后来耐蒂寄给西丽的信件中，慢慢透露了继父强奸西丽的事实，以及两个孩子的现状。继父担心西丽会告诉某某先生是自己强暴继女的事实，故意强加给西丽"撒谎"的罪名。但是西丽自己并没有向某某先生解释过，某某先生也没有过问过此事。直到后来西丽告诉他自己的两个孩子要来找他算账的时候，某某先生才知道了这一事情的真相。

莎格要带西丽去孟菲斯，某某先生刻意贬损西丽："你又丑又瘦。要身材没身材。你胆子太小，见人都不敢开口。你在孟菲斯只能给莎格当使唤丫头。给她倒尿盆，也许还可以给她做饭。不过你做饭的本事也不大。我第一个老婆死了以后，这幢房子一直没收拾得干净过，你并不会管家。没有人会糊涂到跟你结婚的。你能干什么？给人当雇工种地？也许有人会用你，让你在铁路上干活。"（181-182）某某先生把西丽说得一无是处，但是西丽无须自己辩解，沃克故意安排某某先生的哥哥和妹妹，让他们站在旁观者的角度上，公正地对西丽作出了评判。"他的两个妹妹来看我们。她们都穿戴得整整齐齐的。西丽，她们说，有一点是肯定的，你把家里收拾得干干净净。我不该说死人的坏话，一个妹妹说，不过讲事实不是说人坏话。安妮·朱莉亚实在不是个会持家过日子的女人。”（19）某某先生的亲妹妹对西丽的评价是肯定的，认为她比第一任嫂子会收拾家，这使得某某先生对西丽的指控不攻自破。莎格生病后住在某某先生家里，他的父亲来告诫儿子不许他继续和莎格交往，否则就要收回这儿的房子和地。后来某某先生的哥哥又来劝阻，当时西丽和索菲亚正在一起缝制百纳被，哥哥对西丽说：“你总是忙，总是不闲着。我真希望玛格丽特像你一样。可以省我好些钱。”过了一会儿又对某某先生说：“她比玛格丽特能耐多了，玛格丽特要是拿起针线的话，她会把针插到别处，把你的鼻孔缝了起来。”（52-53）某某先生把西丽贬得一无是处，可是自己的亲哥哥却道出了西丽心灵手巧的优点。沃克别具匠心地安排旁观者进行评价，让他们替西丽辩解，让他们指责继父、丈夫强加给西丽头上的罪名是莫须有的。虽然主人公隐忍不发，但是旁观者已经看不下去了。这种“他说”的叙述策略也是女性斗争、争取权利的一种方式。坦瑞坦尼和博努卡拉也指出在西丽被继父和丈夫禁止发声（silence）后，其她女人替她发声，为她争取权利，某某先生的妹妹凯特（Kate）告诉哥哥西丽需要一件新裙子，而西丽不敢讲出自己的这一基本需求，在她内心深处，某某先生把自己当作一个没有生命的东西（it），而不是人，她就像个需要换地毯的一个地板一样。（Tanritanir & Boynukara 284）当西丽央求莎格继续待在自己家时，莎格才知道只要自己离开，艾伯特会殴打西丽，也因此扭转了自己的立场，转而维护西丽的利益。

白人/男权社会中的黑人女性，无论是养家糊口的女强人，还是任凭父亲/丈夫欺凌的弱女子，她们都是生活在社会最底层的弱势群体，她们的生活空间是服务男权、听从男权摆布的被统治的空间，这种禁锢其身体和思想自由的生活空间印证了黑人女性遭受性别歧视的社会现实；哪里有压迫，哪里就有反抗，这一印证黑人女性悲剧命运的生活空间同时还成为她们争取解放和自由的反空间，黑人女性作家通过“发声”“书写”及“他说”的叙述策略彰显了黑人女性的反抗精神。

第四节　隐喻的空间：冒死的逃跑和无奈的出走

以上三节基于列斐伏尔的空间划分讨论了美国黑人女性生存的三种社会空间：狭小而劣质的感知空间、导致心灵扭曲而孤注一掷的构想空间以及充满痛苦、禁锢自由的实际生活空间。索亚指出：列斐伏尔的这三个空间强调了统治、服从和反抗的关系。从黑人女性被分配到的感知空间中，我们可以看到生产关系中体现的白人统治黑人的本质属性；由白人审美观和美国梦价值观引发的黑人女性的悲剧命运昭示了黑人女性服从白人主导权的事实；男权暴力给黑人女性造成的心灵痛苦以及精神枷锁导致她们采取反抗的举动。但是这些反抗举动，无论是隐忍的策略，还是“他说”的方式，或者是通过积极参与社区事务等手段，都是一种间接而隐性的反抗。在种族歧视和性别歧视的双重压迫下，黑人女性也有过直接而显性的反抗行为，这些行为具有独特的文学寓意，对理解黑人主体意识的建构有着重要作用，因而构成了一种隐喻的空间。本小节将以《我们黑人》和《秀拉》两部作品为例，探讨黑人女性生存的第四种空间——隐喻的空间。

隐喻不仅仅是一种语言现象，它更重要的是一种人类的认知现象。学术界对隐喻的研究一直经久不衰。最初隐喻被认为是一种修辞手段，亚里士多德是历史上第一位对隐喻现象进行系统论述的学者。利科认为，亚里士多德把隐喻视为一种运动，一种“移位”（displacement），一种“由此及彼”（from...to...）的运动。（束定芳 23）后来，隐喻被认为是人类认识世界的一种认知活动。对隐喻认知特征的阐述最早、最明确、最系统的人是理查兹。他指出，隐喻是人类“语言无所不在的原理（the omnipresent principle of language）”。隐喻不仅仅是一种语言现象，它其实还是人类思维的一种方式。在本质上是人类理解周围世界的一种感知（perceptual）和形成概念（conceptualize）的工具。文学中的隐喻常常利用全新的观点来重新描写我们日常生活中的经历。（同上 28-30）还有的学者从隐喻的内涵和外延方面对隐喻作出了种类的区分：莱考夫和约翰逊（Lakoff & Johnson）区分了“结构性隐喻”（structural metaphors）和“方向性隐喻”（orientational metaphors）。前者是指隐喻概念和用来表达这些概念的词语之间存在着许多蕴涵关系，这样就使得隐喻概念系统具有相当的系统性和连贯性。后者是用诸如上下、内外、前后、开关、深浅、中心－边缘等表达空间的概念来组织另外一种概念系统。这类隐喻与我们的生理构造特点和我们观察事物的方式（文化观念）有着密切的关系。（同上 133）

本小节将要探讨的隐喻空间就属于结构性空间的研究范畴，这里要牵扯到“意象图式”和“空间隐喻”两个概念。意象图式（image skama）是存在于我们的感知和身体运作程序中一种反复出现的动态模式，它使得我们的身体经验具有了结构和连贯性。在人类的认知体系中，意象图式处于相对具体的心理意象（mental images）和相对抽象的命题式结构之间。空间隐喻以空间域为始源域，将空间域的意象图式结构映射到非空间的、抽象域之上，使得我们可以通过空间概念来理解、思考和谈论非空间概念。莱考夫和特纳指出：空间隐喻是一种意象图式隐喻，对于我们的概念形成过程和范畴化过程是不可或缺的。（Lakoff & Turner 99-100）意象图式在构成空间隐喻时起了两方面的作用。首先，它们提供了一种轮廓性的结构，可以帮助我们在头脑中形成丰富的意象。其次，意象图式有自己的内在逻辑。莱考夫和约翰逊对空间隐喻的特征进行了总结，其中提到：空间隐喻不是随意产生的，而是根植于我们的物理和文化经验之中的。Lakoff & Johnson 17-19）

综上对隐喻、空间隐喻以及意象图式的论述可以推导出如下结论：文学作品中涉及空间移动的内容必然具有其特定的隐含意义，人物从内部向外部的位移投射出一种从禁锢到自由的意象图式，这一意象图式构成了特定的空间隐喻：喻指得到解脱或被释放的过程。在美国黑人女性作家的文学作品中，这样的空间隐喻例子并非少数，奴隶制压迫下女奴的逃亡事件比比皆是，即使获得自由身份后的黑人女性由于不满社会的各种歧视仍然有逃离黑人社区的现象，这些从内部走向外部的反抗行为构成了黑人女性生存的隐喻空间。

威尔逊在《我们黑人》中叙述了黑人女奴弗雷多不堪忍受白人女主人的暴行而逃跑的经过。为了迎接大儿子詹姆斯的到来，贝尔蒙太太命令弗雷多到屋外捡一些小一点的木头放在壁炉里，但她发现弗雷多捡来的木头越来越大，便拳脚相向，一直把黑人女奴踢到屋外。弗雷多跑掉了，晚饭结束后仍不见踪影，艾比姑妈发现她藏在了一间边房里（outbuilding），劝她进屋，但黑人女奴呜咽着答道自己再也不踏入房子半步，她宁愿待在外面饿死，自己没有妈妈，没有家，不如一死了之。差不多晚上九点左右，詹姆斯到家了，贝尔蒙先生发现弗雷多不见了，让小儿子杰克出去寻找黑人女奴的下落，但是寻遍各处都没有找到。最后杰克让弗雷多最好的朋友——菲多帮助他找到了黑人女孩。杰克告诉菲多弗雷多要吃晚饭，让菲多把弗雷多找回来，“（菲多）穿过田地，越过围墙，跳过篱笆，跑进了一片沼泽地。”（Wilson 28）从奴隶主贝尔蒙家里逃到沼泽地这一方位的移动暗示了黑人女奴逃跑的决心，如果不是狗狗菲多的领引，主人是不可能找到弗雷多的。在到达她的藏身之地之前，他们穿过田地，越过围墙，跳过篱笆，这段叙述旨在向读者交代黑人女奴逃跑的距离之远，这种尽可能远离奴隶制家园的外部空间隐含了黑人女奴殊死反抗白人奴隶主暴力的勇气和决心。

黑人女奴不仅勇气可嘉，而且生性乐观。自从詹姆斯回家后，弗雷多要干的活儿越来越多，但是她会时不时地寻找一些乐趣。有一次她爬到了谷仓的顶上，差点儿把简吓晕，但弗雷多却高兴极了。还有一次为了惩罚任性的领头羊，她爬到了紧临小溪的最高的一片草地上，给羊群分发食物时，她突然跳向另一边，领头羊跟着跳起来够食物的时候，滚进了小溪。在低处一直屏息观看的贝尔蒙先生忍俊不禁。但是后来批评了弗雷多，让她知晓这种玩笑的危险性。（同上 30-31）

作者叙述了弗雷多爬到谷仓顶端和三面环水的草地最高处的情节，表面上看似在讲述黑人女奴好玩乐观的天性，实际上是用空间隐喻的手段暗指黑人女奴反抗压迫的大无畏精神。这两处空间指向了最高处，都具有极高的危险性，白人作为旁观者惊恐不已。黑人女奴驾驭危险的能力以及攀登高处的勇气旨在向白人奴隶主宣告自己并非软弱的受虐者，白人可以借助其统治地位对黑人进行压榨和虐待，但是黑人的勇气是超乎白人想象的，在危险境地时的勇气较量中，白人是屈于黑人的。

威尔逊通过勾勒远处和高处这两个外部意象图式，搭建起奴隶制时期美国黑人女奴反抗压迫的隐喻空间，通过出逃和爬高这两种身体上的位移向白人奴隶主宣告黑人女奴的反抗精神。这种从内部到外部的空间隐喻不仅在奴隶时期的黑人女性身上有所体现，在获得自由身份的黑人女性身上也有类似的反映。莫里森的《秀拉》旨在塑造一个反抗世俗传统观念、具有个体意识的新黑人女性形象，而从小生活在“底层”黑人社区，受世俗传统观念熏陶的秀拉如何从一个普通的黑人女孩转型为具有叛逆精神、个体意识的新黑人女性形象呢？莫里森叙述这一转变时安排了“出走”的情节，而“出走”恰恰是小说两部分的分水岭，第一部分的章节从 1919 到 1927，第二部分的章节从 1937 到 1965。中间空缺的这十年正是秀拉离开“底层”、外出闯荡的出走期，本书作者在第二章的最后一节将这一情节作为空白时间加以讨论，本小节将从空间的角度出发，探讨黑人女性“出走”所具有的空间隐喻意义。

秀拉出生在“底层”黑人社区，听闻过拿“黑鬼”开玩笑的“底层”命名的荒唐，知晓好朋友奈尔和她妈妈乘火车旅途中遭遇的种族歧视经历，目睹战争归来的夏德拉克的疯癫，感受了百无聊赖、日复一日的黑人社区生活。她从小缺失爱，爸爸在她三岁时病死，妈妈汉娜只对和不同的男人性爱感兴趣，她亲耳听妈妈和别人说过：“我爱秀拉，但我不喜欢她。”祖母夏娃是个刚毅的黑人女性，但她只负责孩子们的生存问题，不知道如何去教育他们。舅舅“李子”被夏娃烧死的事情给秀拉留下了深深的心灵创伤，也许正因如此，面对妈妈汉娜被大火烧身的惨状时，她竟然无动于衷，甚至觉得好玩。对于从小缺乏爱，也不懂得爱的秀拉来说，童年时期最大的幸福是和好朋友奈尔在一起，但是奈尔选择了黑人女性的传统生活方式，她嫁为人妻，过上了相夫教子的生活。秀拉在12岁时也爱上过一个男人，可是阿杰克斯为了自己的飞行梦想最终离开了秀拉。对黑人社区的前途渺茫、对家庭的失望、对爱情的绝望以及对女性友情的告别促使秀拉作出了“出走”的决定。莫里森没有直接向读者呈现秀拉的所思所想，而是通过奈尔的眼光告诉读者秀拉的这一决定：“她（奈尔）看到敞开的大门外有一个身穿蓝色衣裙的苗条身影飘然而过，稍稍带点昂首挺胸的劲头，沿着小路朝大道走去，一只手还按着头上的宽边帽子，防止被六月的暖风吹跑。即使从背影上，奈尔也看得出来那是秀拉，而且知道她一定满脸堆笑，知道在她那柔软的躯体的深处透着喜悦。整整过了十年，她们才重新相会，而那次重逢将是在知更鸟成灾之时。”（莫里森 2005：196）

从17岁出走，到27岁回来，莫里森对秀拉出走十年期间所发生的事情只字未提，却在第二部分浓墨重笔地叙述了归来后的秀拉所做的种种离谱的事情。小说第二部以这样的叙述开端，实现了第一和第二部分的衔接。“秀拉回到梅德林的时候，随她而来的是一场知更鸟的灾害。”（同上 197）莫里森用“知更鸟的灾害”喻指秀拉的归来是黑人社区的一场灾害。既然秀拉对“底层”黑人社区百无聊赖的生活已经厌倦，对亲情、爱情已经绝望，既然选择了出走，为什么十年之后再次回归“底层”呢？作者是这样向读者交代缘由的：“奈尔是促使她返回梅德林的一个因素，再有一个因素就是她已在纳什维尔、底特律、新奥尔良、纽约、费城、麦肯和圣地亚哥这些地方感到厌烦。”（220）这段叙述揭示了出走十年期间秀拉的所感所受，纳什维尔、底特律、新奥尔良、纽约、费城、麦肯和圣地亚哥这些大城市无非是梅德林的一个翻版：白人们仍然歧视黑人，所谓的爱情不过是敷衍之词，所付出的汗水并不能实现自己的梦想、改变自己的身份。对于精神朋友的渴求，秀拉一无所获，是两小无猜的奈尔让她决定再次回归。但是从前的那个普通黑人女孩不复重现，回归后的秀拉做出了种种让人不可思议的事情。本书作者在第一章第四小节探讨过空缺十年期间美国社会的历史背景，从而分析了导致秀拉变化的社会原因。在黑人社区人们的眼中，秀拉是个不孝、不忠、不义的坏女人，她和奈尔丈夫裘德的事情摧毁了与奈尔之间的友谊，同时解构了自己返回底层的原因。秀拉一切以自我意识为主，从不考虑其他人的感受，这一点是受白人价值观的影响而产生的。也就是说，秀拉出走十年期间接受了白人的种种观念，例如学习白人的做法将老人送进养老院，接受白人女性"性开放"的观念和不同的男人发生关系，既包括黑人男性也包括白人男性，这一点是让黑人社区无法接受的事实，虽然秀拉的妈妈汉娜也和不同的男性有不正当关系，但汉娜只和黑人男性做，因此黑人社区对她的行为是能够容忍接受的，而秀拉的对象涉及白人男性，这一点攻破了黑人社区的底线。因此她成为众矢之的，最后在孤独中抱病而死。

莫里森使用"出走"这一从内部走向外部的空间策略，揭示了受白人歧视、遭男性抛弃的黑人女性的悲惨命运，描写了下一代黑人女性为反抗命运的不公从而寻找自我的勇气。为了揭示白人价值观对黑人命运的毁灭性打击，莫里森又巧妙地设计了"回归"这一从外部返回内部的空间策略，喻指了白人价值观对于黑人女性的命运只能是雪上加霜、造成更严重悲剧的后果。新型黑人女性形象——秀拉的悲剧一方面是对美国社会存在的种族歧视和黑人男性不负责任带给黑人女性诸多悲剧的控诉，从而导致黑人女性的"出走"；另一方面莫里森通过叛逆的秀拉所招致的种种非议揭露了白人价值观对黑人社区的毁灭性打击，喻示了秀拉"出走"这一反抗行为的失败。95 岁高龄的黑人女性夏娃恪守了黑人社区的传统，是匹斯（Peace）家族中唯一存活的成员，她的隐忍和骄傲也许是作者予以讴歌的黑人女性形象。

认知理论家们指出身体经验上的空间因素（例如上 / 下、远 / 近、内部 / 外部）对于我们理解周围的世界和更加抽象的概念（包括时间）具有非常重要的作用。（Johnson 22）这些空间因素中的上、远以及外部等方位勾勒出一种危险的、充满不确定因素的意象图式。（蓝纯 58-59）意象图式有着固有的内在空间结构。它们对于人类来说是直接有意义的，因为人类的身体构造以及在地球这个大环境中的运作模式决定了我们每天反复地、直接地体验各种意象图式。朗格克探讨了意象图式的内部结构。他认为，一个典型的意象图式标识的是两个或多个实体之间的不对称关系，其中一个被称为动体（trajector），它是整个图式中最重要的组成部分。其余的实体被称为陆标（landmarks），它们为我们定位动体提供参照。动体所因循的路线被称为路径（path）。动体虽名为动体，却不一定要运动，也可处于静止状态，也就是说路径为零的状态。因此，一个意象图式既可标识动体与陆标之间动态的不对称关系，也可表示标识之间静态的不对称关系。除了动体、陆标和路径之外，意象图式还包含另外一个要素，那就是一个潜藏的观察者（observer），因为动体和陆标之间的任何关系都是用观察者的眼睛看的。（Langacker 217）美国黑人女性文学作品中构建了这样的意象图式：受压迫的黑人女性构成了图式中的动体，而压榨黑人女奴劳动的白人农场以及窒息黑人女性的底层社区充当了图式中的陆标，动体因循的路径呈现出由内向外的指向。这一意象图式中潜藏的观察者要么是处于统治地位的白人，要么是黑人女同胞。

莱考夫总结了意象图式对我们的抽象思维的重要性：意象图式不仅构建了我们的空间域，也构建了存在于抽象域中的许多概念。他提出了一个"形式空间化假设（formal spatialization hypothesis）"来概括这种现象："严格说来，形式空间化假设要求从物理空间到认知空间（conceptual space）的隐喻投射。通过这种投射，空间结构被移植到概念结构之上。更确切地说，（构建空间关系的）意象图式被投射到相应的（构建非空间概念的）抽象组合（configurations）上。简言之，形式空间化假设认为我们是通过意象图式加隐喻投射来理解概念结构的。"这一假设提出了这样一种可能性，那就是大多数——如果说不是全部的话——抽象思维实际上是蕴藏于意象图式结构的空间思维的隐喻版。也就是说，以意象图式为基础的空间隐喻引发了抽象思维，或者说抽象思维是建立在以意象图式的隐喻投射为基础的空间思维上的。（Lakoff 275）美国黑人女性文学中构建的以由内向外路径为标志的意象图式投射出这样的空间隐喻：内部空间隐含着剥削与压抑的窒息气氛，而外部空间则象征着解脱与希望的自由蕴义。

以上我们从意象图式的角度探讨了黑人女性从内部走向外部所具有的空间隐喻意义。《我们黑人》中黑人女奴的冒死逃跑和《秀拉》中的无奈出走这两个事件同时还具有结构上的隐喻。事件结构隐喻（Event Structure Metaphor）这一概念是莱考夫提出的，该隐喻的主要内容是"事件结构的各个侧面，如状态、变化、过程、动作、原因、目的、方式等，都是通过隐喻，借鉴空间、运动、力量等概念来界定的"。（Ortony 220）在这一庞大的隐喻体系中，至少存在下面三个隐喻投射：

a. 状态是位置，亦即空间中圈定的区域；

b. 状态的改变是位置的改变；

c. 目的是想要到达的位置。（Ning Yu 169）

美国黑人女性文学作品中类似逃跑和出走的事件也具备这三个方面的隐喻投射：首先内部和外部构成了黑人女性生存的圈定区域，内部即奴隶制时期的白人农场或自由时期的黑人社区，而外部则是充满危险的野生区域或者是白人聚集的大都市；而黑人女性所处的位置是内部，即处于封闭的状态。第二，文本中发生了位置的改变，黑人女性从内部走向了外部，由于位置发生改变，引发了状态上的改变，从封闭走向开放，从禁锢走向自由。第三，黑人女性人物发生位移到达的位置恰恰是她们要实现的目的：黑人女奴在逃跑中表现出来的置生死于度外的决心揭露了奴隶主虐待奴隶的残忍程度令人发指；从小缺失家庭关爱、对黑人社区丧失希望而无奈出走的秀拉用双向的位移——从内部走向外部，然后从外部返回内部——剖析了黑人获得自由时的美国社会仍然存在种族歧视现象。

总之，美国黑人女性文学作品中勾勒出逃跑、出走等意象图式，投射出内部空间压抑的隐喻意义，同时使用空间方位的改变来表明精神状态的变化，凸显出黑人女性的反抗精神。这种通过空间改变进行斗争的方式与上一节讨论的生活空间中间接的反抗方式相比，无论从形式上还是意义上，都说明黑人女性在反抗压迫、争取自由的斗争道路上前进了一大步，因此具有非常重要的文学寓意，从而建构出黑人女性生存的第四种社会空间——隐喻的空间。

本章借助列斐伏尔的“空间三一论”，以空间反映论为指导思想，分析了美国黑人女性文学作品中的文本故事空间所反映的社会现实。从女奴叙事和黑人女性作家文艺复兴这两个重要的美国黑人女性文学发展阶段中选取优秀作家的代表作作为文本分析的基础，以《我们黑人》中弗雷多分配的小黑屋和《秀拉》中黑人生活的底层社区、《最蓝的眼睛》中佩科拉梦想得到的蓝眼睛和《褐姑娘，褐砖房》中西拉拼尽一切要买的褐砖房、《褐姑娘，褐砖房》中西拉专属的厨房和《紫颜色》中让西丽遭受父 / 夫权摧残的家园为例，区分了美国黑人女性文学作品中构建的三种叙述空间：受歧视的感知空间、被奴役的构想空间和受压迫与反抗的生活空间。这三种空间分别反映了美国社会中权力和空间分配过程中存在的种族歧视、黑人女性的精神追求受白人审美观和美国梦的奴役束缚以及这类群体受男权控制并进行反抗的社会现实。除此之外，黑人女性在反抗种族压迫进行斗争的过程中还构建了一种隐喻的空间，它实现了黑人女性走向外部的跨越，以《我们黑人》中弗雷多的逃跑和《秀拉》中秀拉出走为例分析了这些事件所勾勒出的意象图式，并对这些意象图式所具有的空间隐喻进行了探讨，这些事件结构隐喻以空间移动的形式凸显了黑人女性反抗精神的升华。

第四章　从无声到有声：时空二元结构下黑人女性话语权威的建构

时间和空间这两个基本叙述要素之间是相互依存的，二者形成了一种你中有我、我中有你的统一体。在研究过程中，为方便起见，将时间和空间这两种叙述策略分开讨论。本书的第二、三两章是对美国黑人女性文学中时间、空间构建类型的探讨，本章节将从时空二元一体结构出发，探讨美国黑人女性文学中构建的时空体结构，以及这些时空结构如何使得黑人女性从受压迫的无声状态实现跨越、发出自己的声音，从而彰显出黑人女性的话语权威。首先让我们回顾一下时间、空间以及时空体的关系。

在人类思想的长河中，时间和空间一直是两个最基本、最重要的哲学范畴。早在爱因斯坦提出相对论之前，人们就注意到了时间和空间的密切关系。正如塞缪尔·亚历山大（Samuel Alexander 1859—1938）所说："空间在本质上是时间性的，而时间则是空间性的。"（Keshavmurti 36）但是，从认知的角度来看，时间和空间并不是处于平等的地位，克沙夫穆尔西（Keshavmurti）这样定义了时间和空间："一般认为空间就是在我们周围和上方的东西，而时间是某种一直流逝的东西。"（同上 1）从定义来看，克沙夫穆尔西用空间词汇（周围、上方）来定义空间概念。而定义时间概念时，用的却是一个空间隐喻（某种一直流逝的东西）。从一个侧面反映了不借助空间隐喻这一载体，我们是很难触及抽象的时间概念的。

时间和空间是支撑小说展开叙述的两大脉络。恩格斯说：一切存在的基本形式是时间和空间，时间以外的存在和空间以外的存在，都是非常荒诞的事情。不仅叙述现象和叙述作品是一定空间和时间中的存在，而且叙述作品中的故事也存在于一定的空间与时间中。传统的时空观把时间和空间割裂开来讨论，巴赫金则把二者联系起来进行分析。在其文艺论著《长篇小说的时间形式和时空体形式——历史诗学概述》中，巴赫金提出了时空体构型，并详细阐述了"时空体"这一术语的含义：

“文学中已经艺术地把握了的时间关系和空间关系相互间的重要联系，我们将之称为时空体。这一术语源自相对论，巴赫金把它借用到文学理论中来，几乎是作为一种比喻，表示时间和空间的不可分割性。时空体是形式兼内容的一个文学范畴。在文学中的艺术时空体里，空间和时间标志融合在一个被认识了的具体的整体中。时间在这里浓缩、凝聚，变成艺术上可见的东西；空间则趋向紧张，被卷入时间、情节、历史的运动之中。时间的标志要展现在空间里，而空间则要通过时间来理解和衡量。这种不同系列的交叉和不同标志的融合，正是艺术时空体的特征所在。时空体在文学中有着重大的体裁意义。可以直截了当地说，体裁和体裁类别恰是由时空体决定的；而且在文学中，时空体里的主导因素是时间。作为形式兼内容的范畴，时空体还决定着文学中人的形象。这个人的形象，总是在很大程度上时空化了的。”（巴赫金 274-275）

综上所述，我们可以看出“时空体”指的不是在文学作品中所呈现的单独的时间和空间，而是它们之间彼此相互适应所形成的一个统一的整体，或者更具体地说是时间和空间相互结合形成的某种相对稳定的模式。扎哈罗夫认为巴赫金的这一表述一方面是术语，另一方面是比喻，“浓缩、凝聚”“被卷入”“不同系列的交叉和不同标志的融合”这些词是比喻性的；这一表述阐述了时空体的思想——空间和时间的不可分割：时间表现于空间中，空间表现于时间中，研究者的任务是在空间中发现时间，在时间中发现空间。薛亘华在讨论时空体的价值时指出：时空体概念是巴赫金思想体系中的重要部分，时空体思想是巴赫金“对话思想”的践行，时空之间的对话关系是时空体概念的根基。此外，巴赫金认为“时空体具有显而易见的情节意义、描绘意义，因为它是组织小说基本情节事件的中心。情节纠葛形成于时空体中，也解决于时空体中。不妨干脆说，时空体承担着基本的组织情节的作用”。（巴赫金 451）在后面的具体论述中，巴赫金还根据小说的体裁和情节，划分出了抒情时空体、田园时空体、道路时空体、相逢时空体、门坎时空体等不同类型的时空体。时空体对叙述作品中的情节和人物因素都起着一定的控制作用。在巴赫金看来，时空体是一种世界模型、一个称之为统一体的世界模型，联结着其周围所有的一

切，情节本身就是由时空体展开而成。（章小凤 90）①

叙述学界也强调文学作品中的时间和空间是两大不可或缺的因素。布里奇曼认为：时间和空间能够从不同层面影响阅读。首先，阅读的过程本身是对文本物理空间的一种时间体验。也许我们在阅读的过程中会暂时中断与现实世界的联系，但是阅读的时间维度具有重要的意义，页面的空间作为调节时序、频率和时距的手段也具有同等重要的意义。第二，时间和空间是构建叙述世界基本概念框架的成分。第三，我们浸入叙述世界的体验也具有时间和空间的维度。最后，我们对叙述作品的诠释也受时间和空间信息的影响，不管是对局部文本还是整个情节的构建，因为这些诠释是时间和空间的一种融合。我们对故事高潮和结局的感知以及在情节过程中使用的隐喻也是基于时间和空间的模式之上。（Herman 63-64）

从巴赫金和布里奇曼的论述中，我们可以总结出两个要点：第一，时空体是特定时间因素和空间因素的结合，两者构成一个整体，互为依存的条件；第二，时空体具有情节意义，对叙述文本意义的诠释要结合时间和空间的因素。为了彰显黑人女性话语权威，美国黑人女性作家在其作品中通过选择特定的时间、空间因素，搭建出独特的黑人女性时空体，从而实现了让黑人女性在劣势的历史环境中发出自己声音的目标。此外，巴赫金对语境关联还具有极度敏感的天赋，语境对于话语阐释是不可或缺的要素，离开语境意义则无从谈起。（马大康 144）有关这一点，孙鹏程博士在其论著《时空体叙事学概论》中也指出："叙事学，尤其是在一个历史认知叙事学视野中，语境叙事学与形式叙事学是相关的，是'互相需要彼此的'，换言之，在一个历史认知科学中，叙事语义与叙事形式、叙事语境是密切相关的。"（孙鹏程 207）秉承以上三方面要素，本章以巴赫金的时空体理论为基础，从个人呐喊、女性成长、母性伟大和姐妹情谊这四个独特的情节中结合具体的语境因素论述黑人女性叙述中的时空体类型。在论述过程中，主要围绕两方面内容：第一，这些时空体的独特性体现在什么方面？它们当中涉及的时间因素和空间因素具有什么特点？第二，这些时空体是怎样构成的？它们的情节意义体现在什么方面？同时在这两方面

① 章小凤追溯了时空体这一概念的理论渊源并阐释了文学领域中的时空体概念，然后指出时空体理论发展中存在的问题：时空体概念内涵和外延界定标准不一；关于时空体的具体研究中不乏唯时间论或唯空间论现象；时空体具体类型的划分标准尚未形成定论。参见章小凤的"时空体"，发表于《外国文学》2018 年第 2 期，第 87-96 页。

的论述中分析其中的特定语境因素，最后总结出这些独特的时空体如何彰显出黑人女性话语权威，如何使这些边缘群体走向中心，发出自己的声音。

第一节　呐喊时空体：弗雷多和西丽的爆发

奴隶制下的黑奴被视为劳动的机器，在白人主人眼中，他们毫无人格可言。威尔逊《我们黑人》中的弗雷多就是这么一个可怜的形象。她 6 岁时被母亲遗弃到白人贝尔蒙家中，沦为契约奴，直到 18 岁才获得自由，在长达 12 年的时间里，弗雷多一直从事繁重的体力劳动，却经常受到女主人贝尔蒙夫人的毒打，导致身体状况极差，即使成为自由人后，虚弱的身体让她几乎无法胜任体力劳动来养活自己和儿子，被迫从事写作来维持生计。黑人女奴弗雷多虽然身体上遭受沉重的劳役和残酷的折磨，但精神上并没有被打垮，当压迫和折磨到了忍无可忍的情况下，她会将内心的冤屈呐喊出来，或者对着自己养的小狗菲多哭诉；或是对仁慈的主人家长子詹姆斯诉说上帝的偏狭。

詹姆斯非常理解弗雷多因为契约奴身份而遭受的种种痛苦，他曾向艾比姑妈叙述过自己亲眼见到的一幕：

"有一年夏天，我在谷仓附近走，当我驻足时，听到了呜咽声。'噢！噢！为什么我要来到这个世上？为什么不能死？噢，我活着是为了什么？没有人关心我，他们只想让我干活。我生病了，谁会理会？只要能站起来，就要干活，直到倒下，然后等到下一次站起来。没有妈妈，没有爸爸，没有兄弟姐妹来关心我，听到的都是：你这个懒惰的黑鬼，懒虫黑鬼——所有的这一切只因为我是黑人！噢！快让我死吧！'

我走进谷仓，看到了她。她蹲在干草旁，和她忠实的朋友菲多在一起，说完这一切后，双手捂着脸，伤心地大声哭泣。然后她轻轻地拍着菲多，一边吻他，一边说：'你爱我，菲多，是吗？但是我们必须要去地里干活。'她起身要去干活，我把她叫过来，告诉她不用去了，干草已经准备好了。"（Wilson, 42）

从弗雷多向小狗菲多的哭诉中，可以看出黑人女奴是有思想的，她质疑自己存在的意义，与其劳动不休、挨打挨骂，不如一死了之。这种哭诉不仅控诉了奴隶制的罪恶，而且宣告自己是有人格、有感情、有思想的人，不是劳动的机器。这一呐喊汇聚了时间和空间因素，也可以这样说，正是因为时间和空间的互相融合，导致了这一呐喊的产生。这里的时间因素是延续性的，可以用“长期”“年复一年，日复一日”这样的词汇进行描述；空间是局限的，仅仅限于贝尔蒙家的农场；充斥在这一时间无限延长、有限空间范围的时空体中的情节是繁重的体力劳动和惨无人性的毒打。巴赫金指出时空体中的主导因素是时间，那么在这种奴役时空体中的两大主要情节都是以时间的表现方式呈现的，繁重的体力劳动是年复一年、日复一日，几乎是从早到黑、一刻不停；而惨无人性的毒打几乎是家常便饭，频率非常高。巴赫金还指出时空体是推动情节发展的因素，这样的时空体促成了受害者在长期隐忍后爆发的情节，因此呐喊时空体是时间、空间因素凝聚在一起的结果，它彰显了黑人女奴的独立人格意识。

弗雷多的呐喊不仅表现在她宁愿以死对抗奴役的勇气上，还体现在她敢于质疑白人宗教信仰，揭露种族歧视根源的独特见解上。詹姆斯回家的当天，弗雷多因为捡木头的原因遭到贝尔蒙太太的拳打脚踢而离家逃跑，杰克想办法让菲多帮助找到了弗雷多，回到家后，詹姆斯和弗雷多进行了谈话，黑人女孩质疑是谁主宰了这一切的不公平，詹姆斯告诉她是上帝，弗雷多说她不喜欢这位上帝。“因为他让她成为白人，却让我成为黑人。为什么他不让我们两人都成为白人？”（同上 28-29）宗教可以成为人的精神慰藉，但同时也能麻痹人的意志。詹姆斯试图通过引导弗雷多信仰上帝来缓解她内心的痛苦，实际上他是教导弗雷多忍耐这些暴行，上帝会给她带来光明，从而麻痹黑人女奴的意志，放弃抵抗。总而言之，詹姆斯是通过基督教来维护白人的经济利益。但是弗雷多并没有言听计从，而是拥有自己的判断能力，她质疑上帝的公平性，为什么白人就有特权虐待黑人？所以她不喜欢上帝。这样的话语出自一个黑人女奴的口中是相当了不起，标志着黑人女奴摆脱了白人思想的束缚，拥有了自己独立的思想意识。从这一层面上讲，呐喊时空体彰显了黑人女性的话语权威，黑人女奴是美国文学史上第一个发出自己声音的黑人女性，具有重要的里程碑意义。

事实上，黑人女性生活的环境非常恶劣，奴隶制时期的黑人女性不幸沦落为奴隶，受到白人主人的压迫和虐待；废除奴隶制后，黑人女性并没有真正过上自由的生活，她们不仅要遭受社会的种族歧视；更加悲惨的是，这些弱势群体还要遭受来自黑人内部的男权暴力，父亲和丈夫都是施害者。沃克的《紫颜色》中的西丽就是这样一位可怜的黑人女孩。她十四岁那年，被继父强暴，后来像被卖牲口一样被赶出家门，嫁给了中年鳏夫艾伯特。她不知道丈夫的名字，称他为“某某先生”，踏入新家后，西丽成为丈夫泄欲的工具，还要给他的四个孩子当妈，稍有不顺，某某先生对西丽就拳脚相向。在禁锢自由的“家园”里，西丽把自己的满腹委屈向上帝倾诉，在莎格的帮助下，她得到了某某先生偷存的妹妹耐蒂的信件，从信中得知：强暴她的爸爸不是亲生父亲，她和耐蒂的亲生父亲被人用私刑杀死了……这一切对于西丽来说，简直不可思议，她一直相信上帝会保护自己，事实证明这都是自己在骗自己，她开始质疑上帝的权威，决定不再给上帝写信了，开始给妹妹耐蒂写信，并且在信中对上帝进行了斥责：“上帝为我干了哪些事？[……] 给我一个被私刑处死的爸爸，一个疯妈妈，一个卑鄙的混蛋后爹，还有一个我这辈子也许永远见不着的妹妹。我一直向他祈祷、给他写信的那个上帝是个男人。他干的事和所有我认识的男人一样，他无聊、健忘、卑鄙。”（沃克 166）莎格不让她继续说下去，上帝会听见的。西丽不听，继续斥责：“让他听见好了，我告诉你，要是他肯听听可怜的黑女人的话，天下早就不是现在这种样子了 [……] 我这一辈子从来不在乎别人对我有什么看法，但我心里对上帝还是很在乎的，老担心他会怎么想。我总算发现，上帝根本不想。他就是坐在那儿，我猜，以耳聋为光荣。不过抛开上帝不是件容易的事。即使你知道上帝不在那儿，可你总觉得抛开他挺别扭的 [……] 有些人没有上帝可分享，我挺着大肚子的时候，我苦苦挣扎对付某某先生的孩子的时候，有些人不理我，她们没有可以和大家共用的上帝。”（同上 167-168）

在这之前，西丽一直采取隐忍的方式默默忍受命运的不公，她唯一的精神寄托就是上帝，她向上帝祈祷，祈求上帝能主持公道和正义。但是事实让她明白：上帝是个男的，上帝关心的是白人的事情，他对黑人女性的苦衷根本就是充耳不闻、视而不见。西丽对上帝的斥责揭露了宗教的欺骗性，基督教崇尚的人人平等和善良隐忍是有偏见的，黑人和女人是永远不会得到平等的。这一见解也证明了西丽个人主体意识的建立，她不再是沉默的羔羊，长期的苦难让她清醒，如果不斗争，不自己争取自由的话，苦难将永无止境，而且会愈演愈烈。

通过对上帝的重新认识以及得到莎格这些好姐妹的支持，西丽在心中构建起一个无比强大的精神空间，与长期的苦难厄运交融在一起，形成了一个响亮的时空体——呐喊时空体，不在沉默中爆发，就在沉默中死亡。西丽不再选择沉默，而是大声地喊出自己的愤怒，这一呼喊代表着黑人女性对自己软弱无能形象的颠覆，代之以有思想、有独立意识的新型黑人女性形象的建立。莎格提出要带西丽去孟菲斯，某某先生断然拒绝：

“休想，除非我死了。”又对着西丽说：“我以为你总算快活了。现在又怎么啦？”

西丽不鸣则已，一鸣惊人：“怎么啦！就是你这个卑鄙的混蛋，我现在该离开你去创造新世界了。你死了我最高兴。我可以拿你的尸体当蹭鞋的垫子。”

“你说什么？”某某先生大吃一惊。

“你把我妹妹耐蒂从我身边撵走，天底下只有她才爱我……但是耐蒂和我的孩子快回来了，等她回来，我们大家要好好揍你一顿。”

……某某先生凑过身子来揍我。我用餐刀扎他的手。……

“我的钱你一分也别想要，我一分也不给。”某某先生说。

西丽不甘示弱：“我向你要过钱吗？我从来没跟你要过东西。我从来没要你这个可怜虫跟我结婚。”（同上 174-177）

西丽的这一番话不仅让某某先生惊讶不已，瞠目结舌；还让周围的人都目瞪口呆，包括哈波、索菲亚和吱吱叫。她的这一声呐喊给所有在场的黑人女性鼓舞了斗志，让所有的女性朋友明白：女性遭受的苦难是男人们给造成的，这种厄运该结束了。当西丽离开家的那一天，某某先生装作满不在乎的样子，把西丽贬得一无是处：“你是个黑人，你很穷，你长得难看，你是个女人。他妈的，你一钱不值。”但是西丽不甘示弱，和他针锋相对：“我穷，我是个黑人，我也许长得难看，还不会做饭，有一个声音在对想听的万物说，不过我就在这里。”（同上 182-183）

如果说西丽指责上帝的虚伪是自言自语，那么这次的呐喊是针对具体的对象——她的丈夫某某先生。从前她在丈夫面前从来不敢发表任何言论，更不敢说一个“不”字，而且也不敢生气，“因为她一生气，就有想吐的感觉”，后来就不懂得什么是生气的感觉了。但现在不同了，丈夫长期以来对自己的恶行与莎格这个好姐妹带给她的精神幸福形成了鲜明的对比，跟随莎格离开某某先生的想法让她重新燃起了对生活的向往。因此此刻的呐喊时空体是两种不同生活对比的结果，是要不要自己灵魂存在、要不要自己独立人格意识建立的选择问题；此刻的呐喊时空体宣告了过去被活埋生活的结束，预示着独立生活的开始；此刻的呐喊时空体中的时间因素仍然是延长的，但是一分为二，以现在为界划分为过去和未来两种指向；其空间因素也是无限的，仍然需要一分为二，一个是封闭的，和艾伯特生活多年的“家”，另一个敞开的，和莎格去打拼的外面世界。这种呐喊时空体标志着黑人女性在反抗男权暴力、争取自身权益的斗争中又向前迈了一大步。

第二节　成长时空体：黑人女性主体意识的建立

作为巴赫金小说形式理论的核心概念，时空体首先强调的是空间和时间互为依存、不可分割的关系，但二者中还有一个主导因素。“在文学中，时空体里的主导因素是时间。”（巴赫金 275）巴赫金认为，对现代人来说，最关键的问题乃是成长问题，而成长首先是一个朝向未来的时间性运动：“人靠着未来而成长。”（同上 344）与此相应，巴赫金特别强调未来的优先性。在他看来，时间作为一个价值范畴，主要体现为“未来”对“过去”和“现在”的召唤与引导，不能指向未来的过去和现在是没有意义的。（李茂增 110）美国黑人女性在文学创作中不仅把笔墨用于再现黑人女性遭受苦难与歧视的黑暗历史，而且在树立新型黑人女性形象、突出黑人女性成长方面也作出了相当的努力。黑人女性文艺复兴时期的杰出代表葆拉·马歇尔的《褐姑娘，褐砖房》以及代表黑人女性作家最高成就的诺贝尔文学获得者托尼·莫里森的《秀拉》是描写黑人女性成长的优秀代表作品，这两部作品分别叙述了主人公赛琳娜和秀拉从女孩到女人的成长经历，以及她们如何建立自我意识、树立新型黑人女性形象的过程。作品中的时间指向了“未来”，结局是开放性的，让未来对现在和过去进行评判。空间从内部指向外部，通过走出内部，到外部世界找寻自我这样的空间表述方式，构建了一种新型的黑人女性时空体——成长时空体，特立独行的生活方式以及不苟同于大众的思想意识标志着黑人女性在存在歧视的社会中能够发出自己的声音，构建自己的权威。

王家湘曾把葆拉·马歇尔的《褐姑娘，褐砖房》这部小说与赫斯顿的《他们眼望上苍》和布鲁克斯的《莫德·玛莎》并列誉为“黑人文学中率先成功塑造新型黑人女性形象的杰作”。（王家湘 327）小说中热情敏感、多才多艺的主人公赛琳娜既承袭了前辈女诗人布鲁克斯笔下的莫德·玛莎多思好悟的秉性，又抛弃了她被动无助的弱者形象，并通过不断地与外界抗争及自我内省找寻自己的位置，努力拓展社会空间、建构新型的黑人女性主体同一性。（申昌英 92）

《褐姑娘，褐砖房》是关于黑人女孩赛琳娜的成长故事，是她逐渐了解父母和社区对她的多重影响、努力摆脱影响、寻找独立的个体身份的人生历程。赛琳娜的成长历程从事件的表层判断是隶属于时间范畴的，但就叙述方式而言，这一成长历程是在各个成长阶段中的空间表述中得以体现的，因此故事叙述中呈现出了特定的时空体。赛琳娜从女孩儿到女人的成长历程中呈现出两种不同的时空体：找寻与出走。找寻时空体具有延续性的特征，体现了女主人公迷茫、犹豫的心理状态。而出走时空体具有瞬间、单向的特点，体现了女主人公的坚定态度。

找寻时空体中可以分为两种亚类型：一种是内部找寻，另一种是外部找寻。所谓的内部找寻是指女主人公试图在家庭内部找到自己的所属空间；而外部找寻则突破了家的界限，到外界寻找自我空间的一种类型。11 岁的赛琳娜是家中年龄最小的孩子，但却是个喜欢思考、善解人意的孩子。她待在家里时，从来都是窜来窜去、爬上跑下，这种空间的移动恰恰表明了赛琳娜的找寻过程。在这个拥有四口人的家庭内部，爸爸、妈妈和姐姐都有各自的所属空间：爸爸总喜欢躲在楼上的玻璃阳房里慵懒地躺着，享受那份惬意；妈妈永远是在厨房里，要么忙着做饭，要么静静地坐在那儿思考，或者以出售小吃的方式把朋友招呼来一起谈天说地；姐姐总是躲在地下室的卧室里，要么睡觉，要么弹钢琴，她性格比较柔弱，当冲突发生时，总是以逃避的方式躲在屋里弹钢琴。只有赛琳娜不知道自己的所属空间在哪儿，因此有时她会到玻璃阳房找爸爸聊天，有时会到厨房，坐在不妨碍妈妈干活的角落里远远地看着妈妈，有时也会跑到卧室和姐姐伊娜大吵一通。在没人理她的时候，还会到楼上的租户苏琪（Suggie）房间里去转悠一圈。这些空间的移动和转换表现了黑人女孩内心的迷茫，她总试图寻找真正属于自己的空间，但是在家里似乎没有任何一个空间是自己内心渴求的。

赛琳娜在家庭内部没有找寻到自己心仪的所属空间，长大后她试图到外部找寻自己的空间。18岁的她到了上大学的年龄，当被问及选择什么专业时，她的回答是不知道，而妈妈让她选择医学专业。进入城市学院（city college）后，她感到所发生的一切像站在阳台上俯瞰一场虚幻的戏一样："她感到周围都是白人的面孔，但大都看不清楚。她坐在班里，机械地记笔记，所有的声音像是远方的回音——教授们、同学们、甚至她自己背诵的声音。城市大学的钢筋大楼高耸入云，高速电梯窜上窜下，她跻身其中，模糊地感到自己的身体被别人蹭来摩去，以及他们身上奇怪的牛奶味道。在宽敞的不锈钢餐厅里，她极力避开自己儿时的好朋友贝瑞·查莱娜（Beryl Challenor）和其他的人，匆匆地吃完，逃离那些女生的尖叫声、浓浓的烟雾、盘子碰撞的咔嗒声以及打桥牌的喊叫声而躲进图书馆。"（Marshall 212）

从小到大，赛琳娜不喜欢内部空间，不论是在家里，还是大学的课堂，都让她感到压抑，因为她感受不到自我；在外部空间里，则能感受到自我的存在。尽管空间内部和外部都令她体会到肤色不同的含义，感到自己黑皮肤的卑微，但是外部空间能让她感到清醒。她每天下午都会走出校门，到市中心溜达，她会去纽约东区的第五大街。晚上她会去时代广场，虽然那里嘈杂混乱，但是她感到无拘无束。"这正是她喜欢的，这种混乱与她内心的混乱不谋而合，装饰华丽的橱窗和俗丽无实的展品中漂亮的一部分是她喜欢的，华而不实的一部分恰恰定义了她自己的空虚。[……]她感到自己被那个喧嚣的中心吞噬了，忽闪的灯光在内心爆裂，此时此地她不再麻木。"（同上 214）汇聚了各色皮肤、各行各业的时代广场，在夜幕降临的时候，赛琳娜不再感到拘谨和卑贱，她可以不在乎自己的着装，无拘无束地走着、看着、听着，能够全身心地融入这个世界。从这个角度分析，夜幕下的时代广场成为赛琳娜找寻自我的一个典型的时空体，在这一特定的时空体中赛琳娜找到了一直渴求的自我意识。

建立自我意识的另一个外部找寻时空体体现在赛琳娜从女孩儿变为女人的过程中。在妈妈的逼迫下，赛琳娜参加了"巴巴多斯业主和商人联合会"，但是联合会的决议她并不认同，而且在地下室会所里让她感到封闭、狭隘和压抑，当会长塞西尔·奥斯本（Cecil Osborne）让她发言时，她口不择言地辱骂了同辈人，然后冲到会所门口，旁边有位男士看她不对劲，便上前关心，问是否需要找人送她回家。心情压抑的赛琳娜就跟着这位男士走到了福顿街，路过白雷德克（White Drake）酒吧时，两人进去坐了一会儿。后来两人又去了公园，两人坐在长凳上聊天，男士让赛琳娜给她看手相，周围一片漆黑，赛琳娜根本看不清，就随意说了一句："你没有前途。"男士却对她的判断大加赞赏，并坦白他对赛琳娜直截了当的诊断非常喜欢，还把额头靠在了她的肩上。

"赛琳娜感觉不对劲，想起身告辞，但男士却轻吻她的脸颊、嘴唇……，赛琳娜想起了妈妈：此刻她肯定在厨房里等着自己，责骂的话堆积在心里——婊子（concubines）、野种（wild-dog puppies）……；她又想到了联合会的游说者们该说晚安了；贝瑞和其他同学也许聚集在周围，对她的行为愤怒不已。她多希望刮一阵大风，像纸片一样把他们刮过福顿街、白雷德克酒吧、穿过公园来到小亭子，让他们见证自己是如何与他们背道而驰，让他们看到她真的是戴顿的赛琳娜！

她报复性地笑了一声，……她默许式地把他拥入怀中，他便让她躺在长凳上，身子底下压着自己的外套。

[......] 她对着黑夜敞开身体，那些甜蜜苦涩的生活不断地涌入，在宽阔的肩膀后面，世界慢慢地消失，时间、长痛的记忆以及死人的脸庞一点一滴地从她脑海中消失。"（同上 238-239）

米克·巴尔在讨论空间时指出了两组对比："外部和内部的对比，前者暗示危险，后者暗示保护；但是也可以这样诠释，前者代表自由，后者代表禁锢；另一组对比是代表中心的位置和边缘地带，例如城市和乡村、权力和无权的对比。但是像酒吧这样的聚会场所也可以代表危险和犯罪的地点"。（Bal 1985: 44）从女孩儿变为女人的过程中，赛琳娜依心而行，首先她选择了外部空间，象征着从思想上获得了自由，同时她选择进入酒吧这一象征着危险的场所，进一步暗示了她无拘无束、探索自我的精神。黑夜中的公园构建了一个自我时空体，谁都看不见她，她也看不到任何人，空间上也没有任何束缚，她把初夜献给的对象是黑夜，是随心所欲的自我意识，而不是某一个男人。从这层意义上讲，赛琳娜在外部找寻自我的结果是成功的，她抛开了所有的束缚，妈妈、朋友、老师、同学、商业会等所有约束她思维和行动的对象都不在这一自我时空体之内，此时此地，她真正地感受到了自我的存在。

葆拉·马歇尔构建了找寻时空体，通过内部和外部的找寻过程，让赛琳娜建立了自我意识。除此之外，作者还构建了出走时空体，将时间指向未来，将空间指向更远的外部，来凸显女主人公的成长。成年后的赛琳娜对父母、对情人、对社会有了新的认识。父亲虽胸怀大志，但软弱无能，不能正确面对现实；母亲吃苦能干，一心要购买一栋褐砖房，实现自己的美国梦，但是过于强势，手段卑劣，而且父亲的死也与母亲有关。父母的生活态度都不是赛琳娜真正喜欢的。克莱夫（Clive）是赛琳娜自由爱情的对象，通过与他的交往，赛琳娜增加了对女性身体和女性欲望的了解；但是男友的懒散和无能与自己的父亲戴顿如出一辙，而且他缺乏自我意志，总是受控于母亲，最终赛琳娜略带留恋地离开了他。赛琳娜在大学里参加了以白人为主的现代舞蹈俱乐部，而且与白人姑娘雷切尔（Rachel）成为好朋友，在一次公开表演中，赛琳娜的独舞“生死循环”获得了极大的成功，震撼了白人观众。演出结束后，一位白人朋友玛格丽特（Margaret）邀请赛琳娜和雷切尔去她家做客，说是她的母亲想见赛琳娜，在玛格丽特的家里，赛琳娜被叫到了玛格丽特母亲的房间进行单独谈话，她觉得自己像是被审讯一样，白人母亲傲慢无知的态度让她感到黑肤色在社会中的卑微，在白人主导的世界里，黑人只是没有社会空间的卑劣群体。黑白种族间的不可调和性进一步加深了赛琳娜对母亲美国梦的质疑。对家庭、爱情和社会的新认识促使赛琳娜作出了新的决定——回到父母的家乡巴巴多斯岛。小说末尾处，赛琳娜拒绝接受联合会颁发给她的钱，这一点出乎西拉的意料，于是引发了母女激烈的争吵。赛琳娜道出了实情：她最初想利用这笔钱和克莱夫私奔，但是现在她改变想法了。西拉认为赛琳娜是在报复她，因为是自己逼死了戴顿。但是她内心的痛楚又有谁理解？十月怀胎、艰苦打拼的付出只换来了女儿的离开。然而母爱却不能让她看着女儿到残酷的社会中闯荡，她还是善意地提醒了赛琳娜外出闯荡的危险和辛苦。赛琳娜虽然对母亲有成见，但还是语气缓和地告诉西拉：自己更像是西拉的女儿，希望成为能够主宰自己的女人。而西拉最终也放弃了对女儿的挽留，无奈地祝福女儿的离开。

小说以赛琳娜的离家为结局，葆拉·马歇尔构建的这一出走时空体，其时间是指向未来的，空间指向了外部，因此小说呈现了一种开放式的结尾。出走时空体的构建从更高的层面印证了女主人公赛琳娜的成长，她要走自己的路，既不会重蹈父亲懒散、无能的旧辙，也不会像母亲那样在充满欺骗谎言、种族歧视的美国社会里拼死拼活，却永无出头之日。她要回到巴巴多斯，寻找自己的文化身份。因此，出走时空体是找寻时空体的升华和结果，这两者都是成长时空体的表现形式，前者服务于后者。

见证黑人女性成长的另一部力作是《秀拉》，托尼·莫里森在创作这部作品时，旨在刻画更加真实可信的黑人女性形象，追踪黑人女性的成长过程。批评家芭芭拉·克里斯廷（Barbara Christian）在《黑人女性小说家》中确定了1970年前关于黑人女性的三种刻板形象："专横、喜剧化的妈咪形象；混血儿形象——混合种族的妇女，其生命必须是悲剧的；撒菲勒（Sapphire）形象，她主宰并阉割了黑人男性。"（Kubitschek 16-17）莫里森率先对黑人女性形象进行改写，抛弃了以往类型化的叙述，代之以个性化形象的创造。"虽然秀拉与大家熟悉的黑人形象不吻合，甚至让很多美国白人感到不舒服。但这部作品仍然帮助莫里森在美国文学版图上获得值得学术界认真注意的作家的地位。1975年，《秀拉》获得奥黑欧纳图书奖（Ohioana Book Award），并获得小说类国家图书奖（National Book Award）的提名，不仅拥有广泛的阅读群体，而且该小说还进入了一些黑人以及女性研究课程的阅读书目。"（王玉括 6-7）本书作者认为，这部作品之所以如此成功，原因在于莫里森在叙述秀拉从女孩到女人的成长历程时，构建了一个特立独行的个性时空体。在本书第二章的第四小节中，本书作者探讨了《秀拉》叙述中的空白时间，即小说中第一部分和第二部分之间的间隔时间：1927—1937期间的十年。这十年是秀拉走出"底层"，在外面闯荡的十年，1937年回到底层的秀拉，已经不再是从前那个普通的黑人女孩了，而是变成一个"女恶魔"，她作恶多端，与底层的人们格格不入，三年后，秀拉在孤独中病死。小说着重描写秀拉在归来后的三年期间的所作所为，但这一恶魔形象的始作俑者源于出走十年所构建的出走时空体。巴赫金在谈到小说主人公成长的问题时，指出真正的成长决不是小说主人公的私事，而必须是以世界和历史的成长为基础的成长："他与世界一同成长，他自身反映着世界本身的历史成长。他已不在一个时代的内部，而处在两个时代的交叉处，处在一个时代向另一个时代的转折点上。……发生变化的恰恰是世界的基石……成长中的人的形象开始克服自身的私人性质（当然是在一定范围内的），并进入完全另一种十分广阔的历史存在的领域。"（巴赫金 232-233）"个人独自的完善和成长，人类的完善（和成长）问题，人世上的不朽问题，人类的教育问题，在新一代的青春期文化年轻化的问题——所有这些问题是在紧密的相互联系中提出来的。他们不可避免地会导致更加深刻地提出历史时间的问题。"（同上 402-403）

秀拉从一个普通的黑人女孩变为一位十恶不赦的坏女人，这种个性时空体的建构一方面与她缺爱的单亲家庭有关系，更重要的是在出走十年期间所受到的社会大环境的影响。20世纪二三十年代的美国社会经历了经济上的大起大落，黑人妇女的处境最为恶劣。失业和饥饿成为社会的严重问题。作为“最后被雇佣、最先被解雇”的人，非裔美国人是大萧条的最大受害者。社会保障法的老年养老金和失业保险金，以及由公平劳动标准法建立的最低工资制度等并没有覆盖到所有雇佣黑人中的60%和80%的黑人妇女。除了经济上的起起落落和黑人地位的改善或恶化，同期还出现了新女性主义。女性主义意味着对传统的有关性别行为规则的正面进攻（为个人自由的讨论）加入了一个新的维度。随着弗洛伊德在美国进行的性讲座的传播，自由的性表现和在生育问题上的自由选择成为妇女解放的关键内容。同性恋者也纷纷加入其中。年轻女性把性自由当成她们经常宣称的个人独立的标志。（方纳 886-1071）

社会经济状况的大起大落以及新女性主义的兴起促成了秀拉个性形象的不同寻常：首先她装扮时髦，完全摆脱了普通黑人妇女的形象；第二，她拒绝婚姻和家庭，当祖母夏娃提示她结婚生子的时候，她的回答是：“我不想造就什么人。我只想造就我自己。”第三，她和很多男人发生过不正当关系。第四，她蔑视宗教，“她不穿内衣就来到他们的教堂晚餐会上，花钱买了他们的冒着热气的一碟碟食物，还不用刀叉，伸手抓着吃——也不加任何佐料，她对别人的冷嘲热讽毫无抱怨。他们相信她在揶揄他们的上帝。”（莫里森 2005：216）第五，她不孝。她眼睁睁地看着母亲汉娜被大火烧死而无动于衷。与祖母十年未曾谋面，见面后出言不逊，而且直指夏娃的痛处——烧死自己的儿子，后来强行将祖母送往养老院，自己独占祖母的房产，还侵吞母亲汉娜的保险金和舅舅“李子”的军队退役金。这一系列的恶行让全镇人视秀拉为“女魔头”，作者在刻画出秀拉这一颠覆性形象时，叙事语言中没有带有个人主观色彩，而是让读者自己去判断这一形象的是非善恶。从宏观角度上审视，秀拉的“变坏”是社会环境导致的，她的成长是整个历史发展、社会动荡的一部分，因此秀拉是无辜的，甚至是社会的牺牲品。种族歧视、男权主义造成了秀拉的家庭不幸，祖母只忙着生存大计，无暇顾及孩子们的精神世界，母亲汉娜只喜欢和男人进行性爱活动，曾经对秀拉说过：我爱你，但是不喜欢你。在这样一个缺爱的家庭里，秀拉是孤独的。外出求学闯荡的十年中，秀拉觉得大城市的生活很无聊，男人们都一样，说着同样的爱的语言，玩着同样的爱的游戏，没有人愿意听她内心深处的表白。家庭状况和社会处境造成了秀拉的精神匮乏，精神方面的孤独使得她寻求肉体的充实，结果落得更加孤独，陷入了恶性循环，直至孤独病死。秀拉这位黑人女性的悲剧是历史发展、社会动荡的结果，作者构建的这一个性时空体也是历史、社会发展的一部分，莫里森寓个体于社会的时空叙述揭露了美国社会上存在的问题，引发读者进行更深层次的思考。

莫里森构建的秀拉这一个性时空体中，时间也是指向未来的。虽然秀拉死前是梅德林镇上人人憎恨唾弃的对象，就连好朋友奈尔也对她恨之入骨。然而在她死前死后，镇上发生的变化竟然与人们对她的评价恰恰相反。秀拉在世的时候，她的邪恶让整个社区变得团结，互相保护和热爱。“妻子开始疼爱丈夫，丈夫开始眷恋妻子，父母开始保护他们的子女，大家动手修理住宅。”（同上218）但是秀拉死后，社区松散了。“茶壶”的母亲因为他拒绝食用自己准备的食物而痛打了他一顿、那些原来任劳任怨的儿媳们又恢复了对婆婆的抱怨、妻子不再悉心照料丈夫。这一变化让读者感到诧异，既然秀拉是邪恶的，为什么社区因她的邪恶而团结一致？既然秀拉是个女魔头，为什么在她死后社区反而变得不如从前了呢？对秀拉这一个性十足的黑人女性形象的是非善恶判断是靠时间来说话的，生前的判断被死后的种种迹象给否定了，因此作者对这一个性时空体的褒贬评价放在了未来的时间上。关于这一时间指向未来的佐证还体现在奈尔对秀拉感情的变化上。

因为秀拉的乱性波及了奈尔的丈夫裘德，这让夫妻两人的关系分崩离析，裘德出走，奈尔带着孩子一个人艰辛地生活。奈尔的道德价值观是传统的：夫妻之间必须是忠诚的，好朋友之间更要忠诚。秀拉的做法击溃了奈尔的道德伦理底线，她无法原谅秀拉，两年期间两人不说话不见面。但是奈尔的善良和同情让她鼓起勇气去看望病重的秀拉。两人之间的谈话体现了两种不同的观念：奈尔劝秀拉结婚生子上班，而秀拉的回答是谁都不需要，什么也不需要。奈尔反驳她：“你不能全靠自己。你是个女人，而且还是个黑种女人。你不能像个男人一样去行事。”（同上235）秀拉根本不认可奈尔的观点，她认为大部分黑种女人在等死，而自己则不同：“我敢说我确实在这世界上生活过……我有自己的头脑，也有自己该想的事，也就是说，我有我自己。”（236）但是奈尔认为秀拉是孤单无助的，秀拉并不苟同她的简单看法：“‘我的孤单是我自己的。而别人的孤单却是别人的，由别人造成再奉送给你的。一种二手货的孤单。’奈尔嘲笑秀拉一个男人都保不住，秀拉反驳：‘把我的生命用来保住一个男人？他们可不如我值钱。我从来不因为一个男人值不值而去爱他。值不值与爱不爱是两码事，彼此无关……我的头脑是最重要的。’”（237）提及男人的问题触及到了奈尔的底线，她再也忍不下去了，质问当年秀拉和自己丈夫裘德的事情，得到的答案却更令她诧异不已。秀拉根本不是出于爱，而是因为寂寞才和裘德上床。她气急败坏地指责秀拉干尽了天下坏事，不会得到任何人的爱。然而秀拉继续反驳她："我们俩到底谁好不一定，[……] 可能是我好。"（238）

这一段对话是传统观点和反叛观点的对峙，秀拉对于社会、家庭、爱情、黑人男人以及女人的命运有着独特的见解，在对这一切要素持批判态度的同时，她选择了以自我为中心，按照自我意识生活的方式来反抗加在黑人女性身上的种种不公平。对于这种离经叛道的做法和观点，她认为时间会给自己一个更加公允的评价。奈尔当时并不认可秀拉的看法，认为她自私、无情、无义、不道德，她的下场是咎由自取。

但是秀拉死后的第二年，梅德林镇上发生了变化，由原本互帮互爱对抗"女魔头"的团结的社区变成了丧失反抗对手的松散的社区。秀拉死后 25 年，即 1965 年，社会上的黑人状况得到了一定的改善。底层瓦解了，黑人搬到了山谷里；而白人却在山顶上修建电视站发射塔和高尔夫球场。黑人和白人空间的互换再次印证了这是一个拿黑人开心的（a nigger's joke）黑白颠倒的世界，不管怎样变化，黑人、白人永远是不相容的。奈尔去养老院去探望 95 岁高龄的夏娃，却被揭露出当年秀拉误杀了小鸡（Little Chick：一个黑人男孩）的秘密，而夏娃指责奈尔也脱不了干系。奈尔明白了匹斯家的女人们总是用恶意来对抗这个世上所有的不公。她来到公墓黑人区，看望了匹斯家的墓碑："匹斯 一八九五——一九二一，匹斯 一八九〇——一九二三，匹斯 一九一〇——一九四〇，匹斯 一八九二——一九五九。这些字并非死者的姓氏，它们是词句。甚至不是词句。而是希望，渴求。"（同上 256）她想起了秀拉的葬礼，想起了怀着沉重心情、来自底层的黑人们泪眼蒙胧地走进墓地，在把他们同他们所知的最沉重的仇恨隔开的坟头边唱起"我们要不要在河边集合"的挽歌。这段叙述隐含了黑人社区对秀拉罪行的宽容，死后的秀拉终于被社区接纳了，因为她是黑人，是自己民族的一个成员。而小说的最后也以奈尔的顿悟结尾：许久以来，她以为自己想念的是裘德，其实是秀拉。

莫里森摒弃了类型化黑人女性形象的刻画，而创造出秀拉这一反传统的叛逆形象，构建出这样一个独特的个性时空体，她的成长、她的所谓邪恶、她的悲剧命运不仅仅是属于她个人的，而是社会历史的一部分。莫里森用高超的叙述技巧，不显山不露水地实现了对美国社会种族歧视、对男权主义的指责；而且还把时间指向未来，让这一邪恶形象死后发生的事实来完成对这一离经叛道个性形象的完整评价。通过黑人社区对她的接纳、社区结构发生变化、好朋友奈尔最终原谅她并顿悟到自己对秀拉的感情之深这一系列的叙述，莫里森构建了黑人女性成长中的独特性。

第三节　暴力时空体：解读黑人母爱的不可靠叙述

在美国黑人社区“母性代表着成熟，代表着女性职能的实施”，母性受到极大的尊重。尽管如此，黑人母性观正如芭芭拉·克里斯廷所言一直是与种族主义、性别主义斗争的一个主战场。（嵇敏 2011：250）本小节将通过《娇女》《秀拉》中母亲弑子的极端行为解读黑人母爱的复杂性。

莫里森在她的第五部小说《娇女》中追本溯源，把笔触伸向奴隶制时期，挖掘那一段人们不愿提及但时时影响着现在的历史。对于黑人来说，往事不堪回首，回忆过去本身就意味着痛苦。白人也不愿提起那一段不光彩的历史，以免道德上的尴尬。《娇女》肩负了历史和艺术的双重使命，为读者展示了一个全新的角度。她向我们揭示：在那一股历史浊流中，对立的双方并不是个体的人，拥有奴隶的白人和受人奴役的黑人都在各自的处境中盲目地挣扎，真正的恶龙是一种更加抽象、更加强大的社会势力，并且，黑奴的苦难也不仅仅是自由与压迫的问题，而是人格的确立与否定这个更加严峻的历史现实。但是，莫里森在揭开这一历史黑幕时，克制着没有让胸中的义愤流于笔端，她将叙述中介降到最低限度，让人物、场景和事件自身的台词和表演来展示最真实的心理现实、社会现实和历史现实。（参见莫里森 1990，译者序：1-2）小说中富有争议的一个事件是瑟思亲手杀死自己两岁多的女儿，本节将分析导致这一极端行为的时空因素，这一极端行为所构成的时空体的特点，以及作品中各个人物对这一事件不同看法所产生的不可靠叙述，最后总结出时空体形式和不可靠叙述内容凸显的独特的黑人母爱。

瑟思是“幸福家园”（sweet home）的一名女奴，主人咖腊先生（Mr. Garner）去世后，咖腊夫人请来了她的妹夫“老师”（schoolteacher）和他的两个侄子来帮助管理幸福家园，因为她想找一个会算账的人，要的是个男人，而且是白人男人。但是这个人的到来，让幸福家园的所有奴隶改变了想法，他是第一个打奴隶的白人主人；不仅如此，老师还对这些奴隶们进行思想上的改化："老师想要把咖腊所提高为男人的人贬谪为小孩。正是这个缘故，他们才逃走。"（莫里森 1990：285）老师将奴隶们视为动物，让瑟思无法接受，有一次她无意中听到了老师和学生们说："把她（瑟思）的人类属性写在左边，动物属性写在右边。"（同上 248）挨打和被贬低人格的事情让奴隶们忍无可忍，于是他们计划要逃走，但是在逃走的过程中出现了差错，瑟思为了等待丈夫霍尔（Halle）没有跟随女儿和两个儿子逃走，而是将他们托付给别人，自己留下来等霍尔。但是就在等待的过程中，瑟思遭受了更悲惨的厄运。18 年后瑟思见到保罗・迪（Paul D.）时，回忆起那段不堪回首的往事："我离开你后，那些白人小崽子走进了那个地方，趴在我身上强行挤奶。[……] 我把这事告诉了咖腊太太。[……] 那些狗崽子发现我告了他们，老师就唆使其中一个把我的背打得皮开肉绽，伤口愈合时，就生出一棵树来了。这树还在长。'他们用了鞭子？''而且强占了我的奶。''你肚子里有娃娃，他们也毒打你？''而且还侵占了我的奶！'（20）瑟思在对娇女的一段独白中提到自己当时挨打时的惨状："挨打时，我咬去了一截舌头，那咬断的舌头被一片薄皮连着没掉。我没料到，我咬紧牙关，它竟一下断了。我吃惊不小，上帝哟，我会把自己吃掉的。"（260）

白人奴隶主惨绝人寰的手段让瑟思忍无可忍，于是她孤身一人逃走了，当时怀着即将出生的孩子，赤着脚行走在荒山野岭中，直至"双脚臃肿……失去了脚踝上的知觉和脚板上的窝凹。腿胫下端，成了一块长面包形状的肉团，五个拖挲的趾甲使其略呈扇形。"就在她濒临暴尸荒野的时刻，一个叫"阿密"（Amy）的白人姑娘搭救了她，不仅帮她恢复了脚上的知觉、缓解了背上的疼痛，还帮助她接生了在船上出生的丹佛。最后在黑人斯坦普・培德（Stamp Paid）的接应下，终于到达了蓝石路 124 号，瑟思受到了婆婆贝比・萨格斯（Baby Suggs）的热情迎接和精心护理，更令她高兴的是她终于见到了自己的孩子们，"会爬着走了"的女儿和两个儿子。

作者在设立 124 号这一物理空间的时候是别有用心的。"许多年前，124 号是个联络站，各种消息和信件，各种传递消息的信使，络绎不绝地登门造访。"（82）贝比・萨格斯在儿子霍尔加班 20 年的条件下获得了自由，来到了蓝石路 124 号。这栋房子具有一定的象征意义，是蓄奴制下受苦受难的奴隶们向往的自由之处，历尽苦难的黑奴们在这里能够得到帮助、关爱和快乐。"那里欢声笑语，热闹异常。那里，贝比·萨格斯·圣洁者虽然饱受磨难却能得到粮食、安慰、爱戴和情报。那里有两个而不是一个鼎罐端坐在炉灶上长久地沸腾着开水。那里，整夜油灯通明。那里，陌生人常来投宿，孩子们最喜欢穿着客人的鞋嬉闹。那里，如果有人留下字条，一天之内则必定有人前来领取。人们交谈时，总是轻声细语，绝不东拉西扯。贝比·萨格斯·圣洁者不容许冗言赘语，她常说:'说多说少，都以你心里到底明白多少为准。当止则止，才算说话得体。'"（111）对于逃离死亡魔掌的瑟思来说，124 号更是她苦尽甘来的幸福之地，但是好景不长，这种自由的幸福生活仅仅持续了 28 天。"月圆月缺一个回环，瑟思度过了整整二十八天的自由人的生活。[……] 那些日子，她交朋会友，又知道了四五十个黑人的名字，了解了他们的思想、习惯和阅历。那些日子，她体验到了朋友们的快乐与悲伤，改善了自己的情绪。[……] 在 124 里，在林中空坪中央，与大伙儿朝夕相处，渐渐地她又做了自己的主人。解放自己还不算难，要作那解放了的自我的主人就不容易了。"（122）上述两段引文中的排比句"那里……那里……那里……"和"那些日子……那些日子……那些日子……"构建起一个独特的时空体，是专属于黑人的自由时空体，象征着黑人从奴隶到自由人的转变过程。在自由时空体里，时间和空间互为对方存在的条件，28 天和 124 号融合在一起，让这些饱受磨难的奴隶们看到了光明，他们平生第一次可以为自己的未来筹划，从思想上解放了自己，让自由这一弥足珍贵的感觉充斥在时空体的每一角落、每一时刻。当瑟思告诉保罗·迪到达 124 号的感受时，她语气中充满了自豪:"这是一种过去从来没有感受过的自我满足。它使人感觉良好。良好，而且得意。[……] 在肯塔基时，我自顾不暇，不能好好与他们亲热。但是，当我到达这里，从马车上跳下来时——在这世界上，我愿意爱谁就可以爱谁了。"（209）在 124 号的 28 天中，瑟思可以随心所爱，可以有所欲求，这就是自由，是长期受奴役的黑人们历尽千辛万苦争取到的果实。

然而这一难得的感觉还没来得及品味足够，就被由老师带领，侄儿、法官和追捕手组成的四人抓捕队给终止了。事情发生在 124 号为庆祝婆媳祖孙团聚而举行狂欢节的第二天，当时瑟思蹲在菜园里。"她见到远处出现的帽子，[……] 她要把她创造的生命转移到没有人伤害他们的另一个世界去。到另一个世界，远远地离开这个世道，到安全的地方去。"（211）这段文字叙述了瑟思看到帽子的所思，这顶帽子让她感到逼近的危险，她认出那是老师的帽子，老师来这里一定是要抓走自己，还有自己的四个孩子，逼迫他们回到幸福家园继续做苦役，而自己在幸福家园遭受到的侮辱与创伤让她下定决心誓不返回。此刻的所思，虽然在物理时间的计算上，仅仅停留了几秒钟的时间，但是在瑟思的脑海中浮现出一个令人感到恐怖的奴役时空体，一个受奴役、受压迫、屈辱的时空体，在幸福家园的六年时光里，她没有对未来有任何期盼，最让她欣慰的事情是与霍尔结婚并育有三个孩子，然而霍尔的全部时间都在劳动，自己只有在劳动之余才能照看一下自己的孩子。咖腊先生死后，保罗·迪的弟弟被卖掉，老师来到庄园后对待奴隶们苛刻凶残，把黑人视为动物，自己的奶水被白人主人随意强占，而且还因此遭到了毒打。而在124号度过的这28天中，瑟思真正感受到了自由的喜悦，以及做自己主人的权力。此时，瑟思的脑海中出现了两种时空体的对峙，帽子的出现使自由时空体受到了奴役时空体的威胁，在这千钧一发的时刻，瑟思想到了逃亡，逃到安全的地方。自己受过的屈辱，绝不能在自己的孩子身上再次上演。但是老师的帽子就在院外，他们闯进院子来抓捕自己和孩子也就是几分钟的时间，在如此短的时间之内，如何能实现安全的转移？情急之下，瑟思作出了让所有人震惊的举动：她把四个孩子带进院内的木棚。斯坦普·培德向保罗·迪这样讲述当时他的所见："她头上长出了长喙，双手化成了劲爪，全身调动，将儿女四个全部带在身上：肩上一个，腋下一个，手上一个，另一个则一路哭着被带进了遍洒阳光和木屑的木棚里。[……]他知道，那棚舍里，大清早以来就空空荡荡了。唯有阳光，木屑，和一把铁铲——当然，还有一把钢锯。"（204）情急之下，瑟思用钢锯扼杀了刚刚学会爬行的女儿，她选择了一种极端的方式来保护自己的孩子免受奴役之苦，这一弑婴行为是在时间短促、空间狭小的情况下不得已而为之的结果，因而构成了一种暴力时空体，这种暴力时空体是自由时空体和奴役时空体发生冲突的结果，是前者反抗后者的一种手段。

对暴力时空体中的弑婴行为，老师、法官、萨格斯以及其他黑人们众说纷纭。老师认为瑟思损坏了自己的财产，本来指望把瑟思和她的孩子们抓回去，好生喂养，长大后为幸福家园继续服苦役。而瑟思的极端行为让老师认为她精神出问题了，即使只把孩子带回去，也没有人喂养他们。于是他将这一切归咎于侄儿超越了驯养惩罚的极限，而导致一事无成，老师带着侄儿悻悻而归。后来老师交了一份起诉书，骑马离开城里了。法官认为瑟思触犯了法律，让其他三名抓捕手离开，认为剩下的事情属于自己的了。并对瑟思讲："我得把你关押起来。现在万事大吉了，你干得那样出色，以后有好日子过了。快动身吧。”萨格斯在蓝石路的黑人社区享有很高的声誉，被尊奉为圣洁者。她经常在中央空坪进行布道演讲，在她强大无比的“召唤”下，听众们闻声而起。而发生在自己院子里的流血事件，却嘲弄得她无地自容。上帝令她疑惑，她为上帝感到羞愧。从此以后，她选择安静地隐蔽，卧在病榻上一蹶不振，整天思考有关颜色的问题。直到临死前，她宣告：人世间，白人是最可怕的祸根。斯坦普先生称瑟思对《逃奴法案》所作出的那一次反响为“造孽的事”。社区成员艾拉斥责瑟思的行径，“我的朋友可不会用钢锯杀死自己的孩子”。瑟思的其他三个孩子对妈妈的行为也是看法不一，丹佛说：“我爱妈妈，但她杀死了她自己的亲生女儿。虽然她待我百般怜爱，因为那事，我总是害怕见到她。”瑟思的两个儿子离家出走，因为“他们宁愿与拿刀行凶的男人相处，也不愿与拿刀行凶的女人搅和。”（264）鲍德温先生准备上访法官，准备到法官事务所。俄亥俄州德拉威尔市的黑人妇女联合会递交了请愿书，要求免去瑟思的绞刑。瑟思为此事蹲了监狱。18 年后，保罗·迪找到了瑟思，由于娇女的原因，保罗·迪离开了 124 号，斯坦普给他一份报纸读，保罗·迪了解到瑟思居然用钢锯杀死了自己的亲生女儿，并当面斥责瑟思：“你长了两只脚，瑟思，不是四只。”（213）

以上的看法，包括白人的以及黑人的，包括外人以及家人，都是针对弑婴这一外在的暴力行为进行的评价。的确，这一行为是违反道德标准的，母亲杀死自己的亲生孩子，无论在哪种文化中都是禁忌。那么当事人是如何解释自己的行为的呢？瑟思的解释就是要将孩子送到安全的地方。瑟思对奴隶制罪恶的厌恶已经到了“宁为玉碎不为瓦全”的程度，她的爱子之切让她抛开了道德伦理的束缚，也正是因为她对孩子爱之深切，后来当娇女出现时，她对娇女百依百顺，宠爱娇惯，以此来偿还 18 年前自己欠下的母爱之债。

是恶还是善？是爱还是孽？孰是孰非？面对局外人和当事人的各执一词，读者该如何把握事件背后隐藏的意义呢？此处我们需要借助叙述学中针对同一事件进行的不同叙述策略来加以判断，因而涉及了不可靠叙述这一话题。

不可靠叙述是一种重要的叙述策略，这一术语是由韦恩·布斯（Wayne Booth 1921—2005）在《小说修辞学》中所创立的。布斯衡量不可靠叙述的标准是作品的规范（norms）。所谓“规范”，即作品中事件、人物、文体、语气等各种成分体现出来的作品的伦理、信念、情感、艺术等各方面的标准。在布斯看来，如果叙述者的叙述与隐含作者的规范保持一致，那么叙述者就是可靠的，反之亦然。这种不一致的情况往往出现在第一人称叙述中。布斯关注两种类型的不可靠叙述：一种涉及故事事实，另一种涉及价值判断。叙述者对事实的详述或概述都可能有误，也可能在进行判断时出现偏差。（Booth 73-74）申丹认为，无论在第一人称还是在第三人称叙述中，人物的眼光均可导致叙述话语的不可靠。（申丹 2009：75）莫里森在叙述瑟思弑婴这一事件时，让不同的人物通过自己的视角，根据自己的立场和伦理标准，对这一事件进行了各自的判断，因此这属于布斯区分的第二种类型的不可靠叙述，涉及价值判断。当然判断的结果莫衷一是：有的认为瑟思的行为让自己蒙受损失；有的认为瑟思的行为构成谋杀罪；有的因为瑟思的行为而改变了对上帝的信仰；有的认为这是违反人之常情的造孽；还有的因为瑟思的暴行而对这个人产生了恐惧感。而瑟思本人始终认为自己的做法是正确的，娇女会理解自己的用心良苦，也会谅解自己的情不得已；这就足够了，无须其他人的理解和原谅。因此出狱后的瑟思过着离群索居的生活，124 号从一个热闹的黑人聚集地变成了阴魂不散的凶宅。申丹（同上 59-60）指出不管面对作品中何种不可靠叙述，“读者在阅读时都需要进行‘双重解码’（double-decoding)：其一是解读叙述者的话语，其二是脱开或超越叙述者的话语来推断事情的本来面目，或推断什么才构成正确的判断。文学意义产生于读者双重解码之间的对照。它不仅服务于主题意义的表达，而且反映出叙述者的思维特征，对揭示叙述者的性格和塑造叙述者的形象有着重要作用。因此，读者在解读这一事件时，应该站在一个客观立场上，首先从每个旁观者的言语中分析其内涵。对于白人来说，黑人的生命价值体现在他的可利用性上；而对于大部分黑人来说，黑人的生命价值在于其存在的本身，任何人没有剥夺它的权力。瑟思的极端行为是否真的违背了黑人的道德规范？她的“恶行”到底是谁的错？此时读者需要脱离人物的言语来推断酿成悲剧事件的背后原因。正如莫里森创作这部小说的初衷所揭示的那样：“六千万甚至更多”。《娇女》揭露了蓄奴制的罪恶，是对六千多万死难同胞的祭奠。瑟思的弑婴动机是出自她至真至深的母爱情怀，这是一种非理性的爱，然而又有其理性依据。戴维斯曾考证了黑人女性的奴役历史，她们并不被视为“母亲”，而是一种“繁殖工具”（breeders），用来增加奴隶劳动力数量的工具，她们的孩子可以被随意售卖。为了让孩子摆脱奴役的厄运，瑟思杀死了自己的女儿，然而手锯落下时造成了母亲形象的分裂：慈母变为恶妇；残忍取代母爱。一位黑人母亲从善到恶的异化过程恰恰揭露了蓄奴制的残酷性。蓄奴制的残忍性不仅使无辜的娇女成为冤魂，活着的瑟思更是牺牲品，为自己的爱女行为背负了18年的骂名。

詹姆斯·费伦（James Phelan 1951—）是美国叙述理论界的另一位权威学者，他发展了布斯的理论，将不可靠叙述从两大类型或两大轴发展到了三大类型或三大轴，增加了“知识/感知轴”，沿着这三大轴，还提出了“错误”和“不充分”这两种不同的策略，从而区分出六种不可靠叙述的亚类型。另外，费伦还注重叙述的动态进程，认为叙述在时间维度上的运动对于读者的阐释经验具有至关重要的作用。（费伦 2002：83）申丹认为费伦比布斯更为关注叙述者的不可靠程度在叙事进程中的变化，观察叙述者的不可靠性在“事实/事件轴”“价值/判断轴”“知识/感知轴”上的动态变化。这种对不可靠叙述的动态观察有利于更好地把握这一叙事策略的主题意义和修辞效果。莫里森在叙述人物对弑婴事件的判断时，较好地使用了动态不可靠叙述这一策略，主要表现在斯坦普·培德这位在自由黑人社区有影响力的人物的态度转变过程中。他是弑婴现场的主要目击人之一，在危急时刻抢出了丹佛，使这个婴儿免遭母亲的屠杀；其次是他在法官的要求下驱车把瑟思送到了法院的关押处。最开始他认为瑟思的行为是“造孽的事”，多次劝说萨格斯不要因此而放弃对上帝的信仰，瑟思出狱后，他一直不能谅解她的行为，拒绝去124号探望她。保罗·迪被娇女赶出124号后，是他拿出18年前的报纸，把这个骇人听闻的消息告诉了保罗·迪。坚决不相信此事的保罗向瑟思求证，最后导致保罗·迪彻底离开了124号。此后，斯坦普一直感到内疚，觉得瑟思非常可怜，好容易有了保罗·迪这么一个好男人陪伴她生活，由于自己的嚼舌头把他们两个拆散了。于是他鼓足了勇气去叩响124的大门，没料到却吃了闭门羹。后来斯坦普又找到保罗·迪，向他透露了自己内心的一个秘密，自己原来的名字叫“约舒华”，年轻给白人当奴隶时喜欢上了一个叫“瓦诗娣”的女孩，她成了斯坦普的妻子，后被主人家的少爷抢去了，约舒华将妻子的脖子扭断后，改名换姓逃到了坎伯兰市。斯坦普认为那是自己一生中最卑劣的时刻，此后他帮助很多逃亡的黑奴引渡，让他们成为自由人。也是这个故事解开了斯坦普内心的纠结，瑟思的暴行和自己的恶行如出一辙，他们都是为了终结黑人的厄运，与其给白人做奴，不如一死了之。斯坦普向保罗·迪吐露自己内心秘密是为了劝说他重新认识瑟思，抛开弑婴的表象，走进弑婴者的内心：“她并没有发疯。她爱那些孩子们。她只是想让那些害人的家伙遭受到更大的损失——”。（莫里森 1990：

303）斯坦普从认定瑟思的行为是造孽这一判断到理解瑟思母爱之深的态度转变，从某种程度上是在帮助读者掌握隐含作者的价值规范。读者应该认真审视黑人的母性观，正如文学批评家芭芭拉·克里斯廷所指出的：黑人的母性观是与种族主义斗争的主战场。

在美国黑人社区“母性代表着成熟，代表着女性职能的实施”，然而美国文学从根本上抹掉了黑人母亲“真实的内心图景”。代表美国黑人女作家最高成就的莫里森为了还原真实的历史面貌，在叙述《娇女》的故事时，构建了黑人女性经历的两种截然相反的时空体——自由时空体和奴役时空体，两者发生冲突时导致暴力时空体的产生，然后通过不同人物对同一事件判断不一的不可靠叙述策略，让读者从根本上悟出暴力时空体背后隐藏的伟大的黑人母爱，让读者从潜文本中挖掘出这一暴行的罪魁祸首——蓄奴制。莫里森使用独特的叙述技巧构建了黑人女性的权威，这一无声的行动比起有声的呐喊更能够震撼人心，真正让读者体会到了无声胜有声的效果，让读者面对这种无奈的母爱时欲哭无泪。

有关暴力时空体中凸显母爱的例子在黑人女性文学作品中并非独此一例，无独有偶，莫里森的《秀拉》中祖母夏娃这一母亲形象的刻画也是饱受争议的。夏娃是自力更生的典范：集勤劳、睿智、忍辱负重和牺牲精神于一体的黑人妇女，她结婚、持家、养家，为了孩子，她把自己内心的许多东西封闭起来。但是她做了一件有悖世俗伦理道德的事：亲手烧死了自己的儿子“李子”。这一事件是邪恶，还是出于母爱？成为文学评论的焦点。章汝雯教授从黑人群体独特的道德观这一角度出发，探讨了夏娃的“食子”如何得到黑人社区的谅解。本书作者拟从夏娃“食子”的动机来探讨这一极端暴力行为产生的根源。“李子”是夏娃年龄最小的儿子，也是家中唯一的男子。他 22 岁时应征入伍参加了一战，两年后回到美国，又隔了一年才回到梅德林。但是回来的“李子”已经不是从前的样子了：他的头发已经有好几个月没有梳理过了，衣衫褴褛，脚上没穿袜子……大家都期待他能讲点什么事情，结果什么都没说。他精神失常，还偷夏娃和汉娜的东西，后来去了几趟辛辛那提，回来后便开着留声机在屋里一睡几天……汉娜发现了那弯弯的匙子由于经常烧烤而变黑了。作者没有叙述夏娃采取行动的动机，只提供了行动的细节：这个独腿女人如何拄着拐杖下楼走到儿子的房间，又是如何爱恨交织地纵火焚烧了自己的儿子。

“李子”从战场上归来后变得精神不正常，本书作者在第一章的第四小节探讨过“李子”在1917—1920年期间可能遭受过战争的创伤以及归国后的歧视对待，才导致归乡后的诸多不正常行为的出现：他不和任何人交流，总把自己关在房间里，用封闭的空间来掩饰内心的创伤，他的生活已经丧失了时间概念，对于他来说，没有未来，他将来的生活可以一眼望到头，这种几十年如一日的生活在镇上的疯子夏德拉克身上就可见一斑。只有夏娃理解‘李子’的内心痛苦。夏娃其实对‘李子’是寄予厚望的，因为她原本是想把所有的遗产留给这个儿子的。她希望儿子能成为一个真正的男子汉，来弥补不负责任的丈夫波依波依这么些年来带给自己的伤害。儿子的消沉让她对黑人男性的形象彻底绝望。这段文字中有两处细节：汉娜发现“李子”的匙子被烧黑了，还有夏娃发现草莓汁实际上是沾了血的水。这两点是否能证明“李子”也曾试图自杀，也许他的软弱让自己的企图失败了。“李子”和夏娃的对话和举动表明他对夏娃的依赖，在夏娃面前，他永远是个长不大的孩子。而夏娃的坚忍不拔使她无法容忍没有尊严地活着，与其行尸走肉般地赖活在世上，不如像个男子汉般地死去。夏娃是在理解了儿子内心的痛楚基础之上，帮助儿子作出了死亡的选择，或者是成全了软弱的儿子想死的愿望。

夏娃爱儿子吗？这一点毋庸置疑。在波依波依抛弃夏娃和三个孩子时，夏娃的所有财产只有一块六毛五分钱、五只鸡蛋和三颗甜菜。深冬季节，不满周岁的“李子”因为便秘而大哭大闹，夏娃用手指抹了仅有的猪油底子，走出家门。在漆黑的夜色中，把仅剩的一点食物塞进孩子的屁股眼，用手指掏出了孩子肛门里的大便。夏娃在最艰难的时候，想尽一切办法拯救了“李子”，但是她不愿意让别人看到“用手抠大便”这种不雅观的行为，不愿意让别人看到她已经是穷途末路。在夏娃看来，尊严比活着更加重要。

夏娃爱孩子的事实在另一处描述中可以得到证实：大女儿汉娜在院子里点火，不小心把自己点着了，夏娃正巧从楼上的窗户瞥见了这一幕。“夏娃心里明白，这会儿已经顾不上其他，只能赶到女儿身边，用自己的身体压在她身上。她用那条残腿放到窗台上当作支点，用那条好腿当作杠杆，身子往前一耸，就跳出了窗口。破玻璃划得她浑身是伤，遍体流血，她两手在空中扑腾着，挣扎着拼命朝火焰和那着了火的女儿落下去。她没落准，而是摔到了离烟熏火燎的汉娜差不多有十二英尺的地方。”（莫里森 2005：189）汉娜被烧死了，惨不忍睹，人们纷纷用衣服盖上了汉娜，焦急地等待着救护车的到来。幸亏有人发现了躺在灌木丛下的夏娃，将她送到医院，医护人员只顾为已经烧死的汉娜忙碌，忘记了浑身淌血的夏娃，是老勤杂工威利·菲尔兹发现了她的血迹。但是剩下的37年中，夏娃一直诅咒威利。

夏娃为了救女儿，不顾自己的生命安危，在身体残疾的状况下仍然拼尽全力去拯救自己的孩子，这是何等伟大的母爱。听闻女儿被烧死的噩耗，她痛恨自己的救命恩人，自己的儿女都已经死了，自己活着还有什么意义？不如一死了之。汉娜曾经问夏娃爱不爱自己的孩子，夏娃的回答是："孩子。我活下来就是为了你们。"夏娃为了孩子，能够坚强地活下去；同时为了孩子，也可以去死。这一点足够证明夏娃的爱子之深。

但是夏娃把尊严视为存在的意义所在，在遭到丈夫抛弃后，她不愿意依靠好心邻居的施舍度日，而是选择将三个孩子托付给萨格斯太太，自己外出赚钱。十八个月后，她回来了，挎着一个黑色的新钱包，但是她只有一条腿了，她给了萨格斯太太一张十元大钞，把孩子领回了家。她在"木匠路"边盖了一栋三层的房子，把原来波依波依盖的那座单间房子出租了。她永远住在顶层，除去那次下楼点火外，几乎是足不出户。她不仅自立，还乐善好施，她收留无家可归的孩子，包括三个黑人男孩子杜威们，还有一个白人孩子"柏油孩子"。夏娃成为黑人社区尊敬的对象，人们把她奉为圣者。可是"李子"的消沉触动了夏娃的道德价值观，尽管她十分疼爱儿子，可是看到儿子的意志消沉，如同行尸走肉般的生活，已经让他的存在丧失了任何意义。在她的眼中，与其死气沉沉地苟活于世，不如像个男子汉般地死去。当尊严时空体遭遇到消沉时空体的威胁时，夏娃选择了极端行为结束了儿子的生命。在下楼点火的过程中，作者采用了"场景"的叙述时距策略，放慢了叙述的节奏，让叙述时间基本等于故事时间。卢伯克将这种策略视为具有戏剧化的"展示法"（showing），即叙述者将故事外叙述者的声音降低到最低点，使观众直接听到、看到人物的言行。（Lubbock 112-113）通过对夏娃下楼梯、进房间以及如何和"李子"对话的细节描写，作者非常真实地刻画了夏娃内心的纠结与痛苦。甚至在三年之后汉娜质疑母亲烧死"李子"一事时，夏娃泪眼蒙胧，道出了不愿启齿的秘密，"李子"总试图重新爬回母亲的子宫，夏娃劝他离开家，像个男子汉一样地走自己的路，过自己的日子，可"李子"就是不肯。万般无奈下，夏娃才帮助儿子离开自己，让他死得像个男子汉。这种复杂无奈的母爱不仅体现了黑人母性的伟大之处，更是对造成这种家庭悲剧的社会现实的控诉。这儿应该插入段落符，后面的内容重启新段落。赵冬梅（123）指出：场景是一个空间化的概念，但实际上在作品中是依附时代而存在的，因此场景也就“时间化”了。《娇女》中黑人女奴的弑婴暴力场景和《秀拉》中夏娃烧死儿子的残忍场景都是在特定历史时期发生的极端事件，在奴隶制和种族歧视的时代背景下这一暴力空间获得了时间意义，从而形成了独特的暴力时空体。

第四节　缝制时空体：百纳被的碎片整体化意义

美国黑人女性文学为了实现黑人女性在历史上发出自己声音的目的，构建了呐喊时空体、成长时空体和暴力时空体，它们一方面凸显出黑人女性不在沉默中死亡、就在沉默中爆发的英勇气概，还昭示了黑人女性主体意识的建立以及黑人母爱的伟大。除此之外，生活在种族歧视和性别歧视的双重压力下，黑人女性为了发出自己的声音，还需要姐妹之间的友谊和帮助，用联合起来的力量来与男权主义和白人至上的种族歧视进行抗争。

《紫颜色》这部小说主要叙述了黑人姐妹之间的友谊，作者成功地刻画了西丽这位不幸的黑人女孩如何在姐妹们的帮助和鼓励下，成为一位有独立人格的新女性。作者叙述了两种不同类型的姐妹关系，一种是有血缘关系的姐妹——耐蒂；另外一种是非血缘关系的姐妹——莎格和索菲亚。耐蒂曾是被禁锢在家园里的西丽的唯一精神支柱，她给予了西丽很大的肯定，帮助她树立信心，说“你一点儿也不笨”“西丽也挺聪明的”。此外，耐蒂还多次鼓动西丽逃离“某某先生”。莎格对西丽的精神成长和主体意识的建立起到了决定性作用。第一，她帮助西丽找出了“某某先生”藏匿多年的耐蒂写给西丽的信件，让她们姐妹俩重新联系，直到最后的重逢。第二，她鼓励西丽讲述自己不幸的童年，并且让西丽鼓足勇气去找继父，在莎格的陪同下，西丽平生第一次与自己的继父对话，摆脱了父权笼罩在她头上的阴影。第三，莎格充分肯定了西丽的能力和品行，让这个精神几乎麻木的黑女人意识到自己的人格魅力和精神价值，而且还教会了西丽什么是爱。第四，在莎格的帮助下，西丽终于走出了禁锢她自由的家园，逃离了夫权的掌控，来到了孟菲斯城市。后来开办了裤子公司，实现了经济上的独立。

艾丽斯·沃克在叙述姐妹情谊的时候，使用了一个象征的手法，通过姐妹们一起缝制“百纳被”这一专属于黑人女性文化传统的描写，构建了另外一个独特的时空体——缝制时空体，让时间和空间浓缩在这一艺术作品中，用象征的手段寓意了姐妹之间的团结。

“百纳被”在黑人女性文学中具有特殊的寓意。美国当代著名的女性主义批评家伊莱恩·肖瓦尔特（Elaine Showalter）在其代表著作《姐妹的选择：美国妇女文学的传统和变化》（*Sister's Choice*：*Tradition and Change in American Women's Writing*）中对“百纳被”的历史、美学意义及其对妇女文学尤其是妇女小说的形式和结构的影响进行了特别的论述。缝制“百纳被”这种实践活动源自英国和非洲。19 世纪 90 年代以前，居住在新英格兰地区和大草原上的美国居民为抵御严冬需要为每一位家庭成员准备四五床厚实的被子，而当时是买不到现成的被子的，故而缝制“百纳被”便成为一种实际的生活需要。当时所有的女孩子从小就学习缝制“百纳被”。一位姑娘在 15 岁生日时要缝制出第一床被子，到订婚时常常要缝制出一打被子作为未来的嫁妆，到下一床即是婚被，一般用家里所能买得起的最好的材料，由新娘的女性亲属及其所在社区的缝制高手们在一次专门组织的“大家缝聚会”（quilting bee）上集体完成。这种聚会促进了妇女间的情谊，成为她们交流思想、相互学习的重要场合。（张峰 & 赵静 16）

珍妮弗·马丁也指出缝制百纳被对非裔美国女性的特殊意义：这不仅是一种家务劳动，而且是一种自我表达的创作形式，通过对被子图案的即兴发挥和不规则的拼凑形成了非裔美国女性的艺术形式。而且这种通过缝制被子产生的自我表达拥有三方面的力量：姐妹情谊；赋予权力；亲近自然。（Martin 27）《紫颜色》中的西丽通过缝制百纳被和索菲亚以及莎格拉近了距离，增进了感情；这种姐妹情谊让西丽找到了自信，她发现了自己在缝纫方面的天赋和能力，继而为她后来有底气离开某某先生自己创办裤子公司自食其力奠定了基础；同时这种姐妹情谊让西丽敞开了心扉和莎格倾诉了自己的不幸遭遇，在莎格的开导下，西丽不再向上帝一个人写信，而是将目光放宽涵盖了自然和宇宙的全部。在小说的最后一封信里，西丽这样开头：“亲爱的上帝。亲爱的星星，亲爱的树木，亲爱的天空，亲爱的人们。亲爱的一切，亲爱的上帝。”这里已经分不出上帝、自然、人们的界限，上帝和万事万物合为一体。（王成宇 69）

里昂指出美国南北战争之前非裔美国女性缝制被子完成后会举行仪式性的庆祝活动，黑人们选择在自己家里或者附近的居住地举行丰盛的晚餐聚会，有时也会邀请白人，如果白人不参加的话，在奴隶制时期要征得白人们的许可，

晚餐结束后还会跳舞，直到深夜。（Leon 25）

综上，我们可以看出缝制百纳被对于美国黑人女性具有的特殊重要性。沃克在小说中对于三位女性共同缝制被子的场景使用了慢叙的手段进行了描写。当莎格病重住在艾伯特家里时，艾伯特的父亲前来威胁儿子赶走莎格，后来艾伯特的哥哥托比阿斯又来说服他，他们坐在阳台上，西丽和索菲特在他们旁边正在缝制一条被子：

“我和索菲亚又在拼一条被子。我又剪了大约五块布片，都铺开放在我腿边的桌子上。地上的篮子里也装满了碎布 [……] 我把一小块布缝了起来。我看看布的颜色配得好不好。[……] 她拉过椅子坐在我身边。她从篮子里随便拣起块碎布。迎着光亮看了一下，蹙起了眉头。这破玩意儿你是怎么缝的？她说。我把我在缝的那一片给她，我另外再缝一块。她缝的针脚很大，歪歪斜斜的，使我想起她哼的那首曲里拐弯的歌子。第一次缝，还真不坏，我说。缝得挺好，好极了。她看看我，气乎乎地哼了一声。不管我做什么，你总说好，好极了，西丽小姐，她说。不过这是因为你分不清好坏。她笑了。[……] 我忽然看到自己坐在莎格·艾佛里和某某先生中间缝被子。我们三个人坐在一起，对面是托比阿斯和他那盒落满苍蝇的巧克力。我这辈子第一次感到心满意足。”（沃克 51-53）

三个黑人姐妹坐在一起缝制“百纳被”，将一块一块的碎布拼凑为一个整体，缝制成一条色彩斑斓的被子，这种无声的行动实际上是在向男人宣告：一方面，一个黑人女性的力量是单薄的，不能够抵抗男权的压迫；但是多个黑人女性如果联合起来，这种团结的力量是势不可挡的，终究能够摆脱男权的统治。另一方面，三个姐妹是一个整体，任何人不能将她们分开，因此托比阿斯想要赶走莎格的努力只能是白费。这种无声胜有声行动的胜利让西丽激动不已，她将此事告诉了上帝：“我和索菲亚一起缝被子。在门廊里把布片拼起来。莎格·艾弗里把她那条黄色旧衬衫给我们当作碎布片，我只要有机会便缝上一块。图案很漂亮，叫‘姐妹的选择’。”（同上 53）

信中的字里行间透露出西丽对姐妹之间情谊的珍惜与满足，这种幸福的感觉让这个从小受尽折磨的黑人女子不再孤独，不再绝望。缝制被子不再仅仅是一种女人的家务劳动，而是成为把受到男权压迫、受到种族歧视的弱势群体联系在一起的一条漂亮的纽带。它预示了团结在一起就会胜利的哲理，同时也隐含了黑人妇女之间搞分裂势必会造成更悲惨命运的后果。西丽也曾做过一件让自己内疚不已的事情，后来还把这件事情写信告诉了上帝。西丽怂恿哈波揍索菲亚的事情伤害了两个黑人妇女之间的感情，因此索菲亚怒气冲冲地找到西丽，并把西丽曾经为他们缝制的窗帘还给她，以示两人绝交。但是西丽没有放弃，她坦白地说出了自己内心的感受，并向索菲亚道歉，而且还表达了自己对索菲亚敢于抗争男权压迫的胆量和勇气的敬佩之意。西丽的坦诚平息了索菲亚的怒火，索菲亚转而同情起西丽的遭遇，两人的和解以铰窗帘、缝被子的举动表现出来。（参见沃克 36-39）埃尔斯利也指出通过两个女人共同缝制被子的行为是西丽通向自我发现之旅的开端。（Elsley 75）铰窗帘象征着两个同受男权压迫的黑人妇女放弃以前的分裂活动，而缝被子则象征着黑人妇女再次团结在一起、共同反抗男权压迫的姐妹情谊的延续。融合在缝制时空体中的时间几乎是静止无声的，空间因素成为前景，出现在读者眼前的景象是黑人女性将一块一块的碎布拼凑成一床完整的被子，这一将碎片整体化的行为构成了一种意象图式，具有由小变大、积少成多的空间隐喻意义。因此缝制时空体中的空间因素呈现出一种动态变化，读者脑海中能够浮现出一副千千万万个黑人姐妹从孤助无援发展到团结抗争这样的画面。沃克巧妙地使用缝制时空体这一叙述策略讴歌了姐妹情谊这一构建黑人女性权威、让黑人女性发出自己声音的艺术形式。

这一特殊的时空体还被视作一种隐喻，具有特殊的象征意义。穆桑加和穆克胡巴指出缝制百纳被具有颠覆传统和教区性别角色和刻板形象的隐喻色彩，缝制被子象征着黑人女性使用针线将自己破碎人生拼凑完整的过程，同时也是女性姐妹互相分享自己过去不幸经历的交流过程，这一隐喻不仅消除了彼此的隔阂，增进了友谊，而且缝制出了特殊的姐妹情感。（Musanga & Mukhuba 390，397）菲斯克也指出西丽的抗争和自我意识的增强与自己融入女性群体、分享遭遇并且共同将破碎人生缝制成坚不可摧的整体息息相关。（Fiske 152）

也有学者将缝制时空体这一象征姐妹情谊的特殊手段与沃克提倡的妇女主义思想（womanism）进行了主题联系。在《寻找母亲的花园》一文中，沃克提出了“妇女主义”的概念，将之定义为“献身于所有人民的生存和完美主义，包括男人和女人的”。（Walker，1983:10）她认为女性主义（feminism）存在种族歧视，当白人妇女是“女士”时，黑人女性可以是“妇女”，但是当形势发生变化，白人女性是“妇女”时，黑人妇女必须成为别的东西（同上 11）。因此，女性主义实际上是一种“白人妇女沙文主义”，沃克提倡的妇女主义具有双重功能：既反对性别歧视，又反对种族歧视，其内涵是一种普救主义（universalism），不仅涉及妇女解放，还意味着男人思想的解放，乃至全人类的解放。沃克使用了这一比喻：“妇女主义者之于女性主义者，有如紫色之于淡紫色”（Womanist is to feminist as purple is to lavender.）。（同上 12）在《紫颜色》这部小说中，沃克首先突出了姐妹情谊是黑人女性获得解放的最重要的途径，这些女性之间的关系打破了生活中惯常的情人之间妒忌、婆媳关系不合的固定模式，将西丽从奴役、痛苦中解救出来并引导她走上了自立自强的道路上的人是自己丈夫的情人，教导西丽要与男人斗争不能总是逆来顺受的是自己的儿媳，从这一层面分析，黑人女性的姐妹情谊远超出与男人之间的感情。姐妹情谊帮助西丽从分裂的自卑意识中逐渐找到了自我和自信，并且在和姐妹一起唱歌和缝被子的笑声中吐露了自己的心声。这一点符合沃克提出的妇女解放自己的第一个要点。（Love 527）李洁平（32）指出黑人妇女解放与否，不只是关系到黑人妇女自身，还关系到黑人男人。黑人妇女要通过改变自己的地位来改变黑人男性对妇女的歧视思想。西丽在经济上获得独立是赢得男性尊敬的重要因素。（Tanritanir & Boynukara 286）小说结尾以西丽和妹妹一家以及自己的两个骨肉团聚结束，还有一个值得注意的细节，就是西丽对丈夫的称呼的改变，她不再称丈夫为某某先生，而是叫他的名字艾伯特，这一称呼的改变具有非常重要的象征意义，它表明西丽实现了与自己丈夫地位平等的理想，不再是从前从属于男性的角色；（Hankinson 325）这一点符合沃克提倡的女性通过解放自己来改变男性思想的观点，穆桑加和穆克胡巴在探讨姐妹情谊和家庭完整是美国非裔女性生存之道并通往自由之地一文中也指出了称呼改变所具有的重要意义。（Musanga & Mukhuba 393）

总之，黑人作为美国社会的一个亚文化或曰弱势文化群体必然受到白人主流文化或曰强势文化群体的压抑，而黑人女性的命运更为悲惨，不仅受到种族主义的压迫，还要受到父权和夫权主义的折磨，导致“失语”和“无声”的境地。沃克本人曾说：作为女人最糟糕的事情就是成为黑人女性。本小节探讨了黑人女性拯救自我的重要途径 —— 以缝制时空体为象征手段的姐妹情谊。沃克作为美国黑人女性的优秀作家代表使用了“百纳被”这一特殊民族遗产，通过“缝合”这一消解中心的行为，把广大受压迫的黑人妇女团结在一起；通过把碎片拼贴成整体这一视觉隐喻，解构了淹没黑人女性声音的美国历史，把美国黑人妇女的声音缝进了美国历史。因此缝制百纳被的行为帮助黑人女性战胜种族主义和性别主义，这种通过将碎片整体化的叙述艺术实现了黑人女性从无声到有声的跨越性发展，构建了独特的黑人女性权威。

结 语

本书在开篇时指出时间和空间是叙述诗学研究中两个不可或缺的因素，在文学作品中，两者构成了相互依存的统一体。小说既是时间结构，又是空间结构，时间和空间的合作构成了叙述的力量。从这一认识论基础出发，本书作者提出一种叙述模式的假设 —— 建立美国黑人女性文学的时空叙述模式。在对国内外近 30 年女性主义叙述学发展脉络的梳理和对近 50 年美国黑人女性文学的批评综述基础之上，本书作者指出构建黑人女性文学的时空叙述模式不仅能够拓宽女性主义叙述学的研究视角，而且对丰富美国黑人女性文学批评具有实践上的创新性。本书作者从美国黑人女性文学发展的两个重要阶段中选取了 7 部代表作，首先从时间和空间这两个维度阐述了美国黑人女性文学的叙述策略，然后将这两方面因素结合起来探讨了黑人女性文学中构建的时空体类型，本书作者在每一部分的讨论中总结出 4 种不同的叙述类型。

在时间叙述策略的运用方面，美国黑人女性作家在创作中建立起顺时、闪回、交替与空白的时间叙述模式。从奴隶叙事中显性时间的流淌中，威尔逊展现了黑人女奴过度劳动却受苦遭虐的苦难史；同时她还搭建了一条隐性时间链：黑人女奴反抗白人奴隶主兽行的斗争史。蓄奴制带给黑奴们的创伤不仅是身体上的，更为严重的是对精神上的摧残，莫里森巧妙地使用闪回策略揭示了过去对黑人女奴现在生活的影响，通过黑人女奴不同形式的回忆：被需求的回忆、引发的回忆、无意识的回忆、幽灵回忆、嵌入式回忆以及重构型回忆，深刻地再现了美国历史上蓄奴制的罪恶以及黑人女性如何通过重构历史再次找回自我的涅槃历程。黑人女性作家不仅擅长使用顺时、闪回的线性时间策略，还创造了一种跳跃式的时间叙述模式，让过去和现在交织穿梭，用模糊物理时间的形式来凸显黑人女奴的心理成长过程。除此之外，由省略造成的空白叙述模式，揭示了获得自由身份后的黑人女性在寻找自我的过程中遭遇各种歧视的悲惨命运。总之，不管是蓄奴制下的黑人女奴，还是获得解放后的自由人，黑人女性作家在叙述中创建的多种时间叙述模式，让时间成为美国黑人女性群体承载苦难的历史表征。

在空间叙述的策略方面，美国黑人女性作家在文学作品中搭建了4种叙述空间：感知的空间、构想的空间、生活的空间以及隐喻的空间。前三种空间是建立在列斐伏尔的空间三一论基础之上的划分，分别构成了黑人女性被统治、服从和反抗的社会空间。以黑人女奴弗雷多居住的黑屋子和拿黑人开心的玩笑而命名的底层社区为例，本书作者指出黑人女性在社会空间分配上受生产资料的统治始终处于被动的地位。黑人女性为改变受歧视的地位而幻想一双蓝眼睛或者为实现美国梦而努力打拼买下一栋褐砖房，这种孤注一掷的渴求反映了黑人女性服从于占社会主导地位的白人的审美观和价值观的奴役。在白人 / 男人占据霸权地位的美国社会中，黑人女性还遭受父 / 夫权的压迫，在外打拼的西拉回到家中，属于她的空间只有厨房；沦为继父、丈夫性工具的西丽在家中没有任何的自主权，以厨房、家园为代表的生活空间一方面禁锢了黑人女性的自由，同时也成为黑人女性进行反抗的空间。除此之外，美国黑人女性文学作品中勾勒出逃跑、出走等意象图式，投射出因为内部空间受压抑而造成逃至外部的空间隐喻意义，同时使用位置的改变来表明状态的变化，凸显出黑人女性反抗精神的升华，从而建构出黑人女性生存的第四种社会空间——隐喻的空间。诸上4种空间从被统治、服从、隐性以及显性反抗的层面勾勒出黑人女性生存的社会空间，无论是在现实生活中，还是在虚构的作品中，黑人女性生存在一个充满歧视的社会空间中。

时间和空间是支撑小说展开叙述的两大脉络。传统的时空观把时间和空间割裂开来讨论，巴赫金则把二者联系起来进行分析，提出了时空体理论，用以喻指叙述作品中时间和空间的不可分割性，同时还指出时空体承担着组织情节的作用。美国黑人女性文学作品中通过选择特定的时间、空间因素，搭建出4种独特的黑人女性时空体：呐喊时空体、成长时空体、暴力时空体和缝制时空体，从而实现了让黑人女性在劣势的历史环境中发出自己的声音、构建自己话语权威的目的。对白人奴隶主的长期奴役忍无可忍，黑人女奴最终发出了呐喊声；丈夫的长期暴力以及女性朋友的支持导致西丽的爆发，她们的宣告构建起了呐喊时空体，成为反抗白人奴役、男权暴力的起点。树立黑人女性话语权威的第二步在于黑人女性自我意识的建立，《褐姑娘，褐砖房》中的赛琳娜和秀拉从女孩长成女人的过程是黑人女性文学中构建的成长时空体的代表。通过找寻时空体和出走时空体的建构，葆拉刻画出赛琳娜如何在歧视移民黑人的美国社会中建立自我意识的成长经历。秀拉身上所体现的个性时空体是成长时空体的极致表现，一方面个性时空体揭露了个人悲剧是社会历史发展的一部分，同时还将时间指向未来，印证了新型黑人女性形象的两面性。构建黑人女性权威的第三种时空体涉及黑人母爱的复杂性，当自由时空体和奴役时空体发生冲突时黑人母亲采取了暴力行为，这一行为彰显出一种欲哭无泪的伟大的母爱，它控诉了造成家庭悲剧的蓄奴制的罪恶和歧视黑人的社会现状。在种族歧视和性别歧视的双重压力下，姐妹情谊成为黑人女性斗争的有力武器。缝制百纳被这一黑人妇女独有的文化传统在黑人女性文学作品中具有特殊的寓意，通过“缝合”这一消解中心的行为，把广大受压迫的黑人妇女团结在一起。美国黑人女性文学中构建的缝制时空体通过把碎片拼贴成整体这一视觉隐喻，解构了淹没黑人女性声音的美国历史，把美国黑人妇女的声音缝进了美国历史。综上 4 种时空体实现了黑人女性从无声到有声的跨越性发展，构建了独特的黑人女性话语权威。

在本书的绪论部分，笔者介绍了本书的研究方法和主体结构，热奈特的叙述时间理论、列斐伏尔的空间生产理论以及巴赫金的时空体理论是本研究开展的理论基础。在文本分析和阐释的过程中，本书作者并没有将论述仅仅局限在上述学者构建的理论框架内，而是对他们的学术成就作出了进一步的发展和补充，具体表现在以下 3 个方面。

第一，热奈特在《叙述话语》中区分了顺时和时序误置这两种大的时间叙述策略，在时序误置中又区分了闪回和闪前这两种类型。本书作者在探讨美国黑人女性文学的时间叙述策略中，对热奈特区分的叙述时间类型进行了拓展和细分。在《我们黑人》这部作品中使用的顺时叙述策略中，本书作者挖掘出了显性时间链和隐性时间链这两条线索，突出了压迫和反抗的并行存在。《娇女》这部小说主要使用了闪回的叙述策略，本书作者在对小说中的闪回策略划分为外部、整体和重复的亚类型基础之上，又对女主人公对往事的回忆总结了 6 种形式，并归纳出每一种回忆的特点。形式各异的回忆一方面强调了蓄奴制对黑人女性造成的伤害之深，同时宣告黑人女性在不断回忆往事的过程中完成了自我蜕变。《恩惠》这部作品的时间叙述策略呈现出一种现在和过去穿梭交织的跳跃模式，这种交错式的时间叙述策略不同于热奈特区分的以倒叙中预叙或预叙中倒叙的无时性。本书作者指出这种叙述时间策略是美国黑人女性文学中的一种创新，过去和现在的时间转换没有文字上的线索，读者只能从章节的内容和叙述人称、叙述时态的标志上进行判断。本书作者为了直观地表现出作者如何打乱故事时间的安排，使用图表将话语时间和故事时间的关系呈现出来，并剖析出小说作者的匠心安排是为了模糊物理时间的存在，聚焦黑人女性的心理成长。《秀拉》这部作品中使用了省略的时间叙述策略，热奈特在时距的讨论中区分了这一类型，并且还划分出显性省略和隐性省略这两种亚类型。本书作者在指出小说使用省叙策略的同时，还结合同期美国历史分析了省略叙述背后可能的事实真相，从一定程度上还原了读者在阅读小说时产生的空白点。上述对显性和隐性时间链、6种形式的回忆、过去和现在时间交错的跳跃（交替）叙述模式以及还原空白点的阐述都是对热奈特时间叙述理论的发展。

第二，列斐伏尔的空间生产理论旨在突出空间的生产性，本书作者借用列斐伏尔空间三一论的原因在于空间的生产性在文学作品中能得到较好的体现。在区分出黑人女性生存的感知空间、构想空间和生活空间这三种列氏类型后，本书作者重点剖析了这三种空间的产生根源。例如，在感知的空间中，黑人女性之所以被分配到狭小、窒息的社会空间，是因为生产关系所决定的，白人掌握生产资料，因此也就掌握了社会空间的分配权，在这种感知空间中，黑人女性只能处于被统治的地位。在构想的空间中，黑人女性悲剧命运的根源在于她们构想的空间是受白人审美观和价值观控制的，即使她们得到了自己梦寐以求的空间，黑肤色永远改变不了受歧视的社会现状，在构想的空间中黑人女性始终处于服从的地位。在生活的空间中，虽然黑人女性遭受男权的压迫，但是在能力有限的范围内，她们还是进行了不同程度的反抗，或是通过积极参与社区事务，或是通过隐忍，书写或他说的方式，因此这一空间是黑人女性反抗的空间。本书作者指出黑人女性在反抗种族压迫进行斗争的过程中还构建了一种隐喻的空间，这一类型的区分是对列斐伏尔的空间理论或是对黑人女性文学空间叙述的发展。在列氏区分的空间类型中，黑人女性处于被统治、服从和反抗的境地，这些空间无论大小都属于内部空间，代表了一种禁锢的身份。隐喻的空间实现了黑人女性走向外部的跨越，本书作者分析了逃跑、出走这些事件所勾勒出的意象图式，并对这些意象图式所具有的空间隐喻进行了探讨，这些事件结构隐喻以空间移动的形式凸显了黑人女性反抗精神的升华。

第三，巴赫金提出的时空体这一构型，是作为一种比喻，表示时间和空间的不可分割性；同时时空体在文学中还具有重大的体裁意义。本书作者在认同巴赫金时空体理论的这两个要点基础之上，对美国黑人女性文学中能够彰显黑人女性权威的情节进行剖析，并对这些特殊情节中所具有的时空特点进行挖掘，总结出 4 种黑人女性权威的时空体，并以情节对其命名。从理论应用和剖析的深度来看，本书拓宽了美国黑人女性文学的时空体研究，并加强了巴赫金时空体理论的应用广度和深度。例如，在呐喊时空体中，时间是无限延伸的，而空间具有狭小局限的特点。成长时空体中的时间是指向未来的，而空间呈现出移动的特点：从内部走向外部。暴力时空体的产生源于奴役时空体和自由时空体的对峙，充斥在奴役时空体中的时间呈无限延伸的特点，空间是封闭性的，而自由时空体中的时间有限、空间开放；正是由于这两种时空体中的时间、空间因素相互对峙，才导致了暴力时空体的产生；因此时空因素的相互结合推动了小说情节的发展。缝制时空体中的时间因素成为背景，而空间因素走到了前景，这种碎片整体化的视觉隐喻构成了特殊的意象图式，从而投射出团结就是力量的空间隐喻。综上对黑人女性时空体的建构和分析拓展了巴赫金时空体理论在文学批评实践中的应用性。

本书以美国黑人女性文学为研究对象，探讨了解构白人 / 男性霸权的黑人女性时空叙述模式，这一研究对迄今仅涉及叙述声音模式的女性主义叙述学研究是一项非常有益的补充，因此拓宽了女性主义叙述学的研究视角；除此之外，本研究还能够丰富黑人女性文学批评实践，并对其他类文学作品的时空结合叙述研究提供了较有价值的参考对象。但是囿于篇幅和时间的限制，本书在文本的选取、理论研究的深度上以及其他方面还存在不足之处，本书作者在今后的研究中将进一步深入探讨，完善该研究，进一步提高其学术价值。

参考文献

[1] ABBOTT H P. The Cambridge introduction to narrative[M].Cambridge：Cambridge University Press，2002.

[2] ALBER J，FLUDERNIK M. Narratology：Approaches and analyses[M]. Columbus：The Ohio State University Press，2010.

[3] ALEXANDER A. The fourth face：The image of god in Toni Morrison's *The Bluest Eye*[J].African American Review.1998，32（2）：293-303.

[4] ANDREWS W L，McKay N Y. Toni Morrison's *Beloved*：A casebook[M].New York and Oxford：Oxford University Press，1999.

[5] ANGELO B. The pain of being black[J]. Time，1989（5）：68.

[6] ANSAREY D. Treatment of the theme of child abuse in Toni Morrison's *The Bluest Eye*[J]. ASA University Review，2017，11（2）：51-60.

[7] BABB V. E Pluribus Unum? The American origins narrative in Toni Morrison's *A Mercy*[J]. MELUS，2011，36（2）：147-163.

[8] BAL M. Narratology：Introduction to the theory of narrative[M].Toronto：University of Toronto Press，1985.

[9] BAL M. Narrative theory：Critical concepts in literary and cultural studies[M]. London and New York：Routledge，2004.

[10] BLOOM H. Bloom's modern critical views：Toni Morrison[M]. Philadelphia：Chelsea House Publishers，2005.

[11] BOOTH W. The rhetoric of fiction[M]. Chicago：University of Chicago Press，1961.

[12] BROOKS P. Reading for the plot：Design and intention in narrative[M]. New York：Vintage，1984.

[13] CERTEAU M. "Spatial Stories" in *The Practice of Everyday Life*[M]. San Diego：University of California Press，2011.

[14] CHAMBERS I，CURTI L. The post-colonial question：Common skies，divid-

ed horizons[M]. London：Routledge，1996.

[15] CHATMAN S. Story and discourse：Narrative structure in fiction and film[M]. Ithaca：Cornell UP，1978.

[16] CHRISTIAN B. New black feminist criticism，1985-2000[M]. Champaign：University of Illinois Press，2007.

[17] CHRISTIAN B. Black women novelists：The development of a tradition，1892-1976[M]. Westport：Greenwood Press，1980.

[18] COBB M L. Irreverent authority：Religious apostrophe and the fiction of blackness in Paule Marshall's *Brown Girl，Brownstones*[J]. University of Toronto Quarterly，2003，72（2）：631-648.

[19] COLLINS P H. Black feminist thought：Knowledge，consciousness and the politics of empowerment[M]. New York：Routledge，2009.

[20] DAVIS A Y. Women，race and class[M]. New York：Random House，1981.

[21] DIENGOTT N. Narratology and feminism[J]. Style，1988（22）：42-51.

[22] DORIANI B M. Black womanhood in nineteenth-century America：Subversion and self-construction in two women's autobiographies[J]. American Quarterly，1991，43（1）：199-222.

[23] ELLIS R J.What happened to Harriet E. Wilson，eee Adams?[J].Transition，2008，99（1）：162- 168.

[24] ELSLEY J. Nothing can be sole or whole that has not been rent：Fragmentation in the quilt and *The Color Purple*[J].Weber Studies：An Interdisciplinary Humanities Journal，1992，9（2）：71-81.

[25] ERNEST J. Economies of identity：Harriet E. Wilson's *Our Nig*[J]. Publications of the Modern Language Association of America，1994，109（3）：424-438.

[26] FISKE S. Piecing the patchwork self：A reading of Walker's *The Color Purple*[J]. The Explicator，2008（66）：150- 153.

[27] FLUDERNIK M "Temporality，story，and discourse"，routledge encyclopedia of narrative theory[M]. London and New York：Routledge，2005.

[28] FOREMAN G. The spoken and the silenced in *Our Nig*[J].Callaloo，1990，13（2）：313-324.

[29] FULTZ L P. Toni Morrison：*Paradise*，*Love*，*A Mercy*[M]. London and New York：Bloomsbury，2013.

[30] GATES H L. Black literature and literary theory[M]. New York：Methuen，1984.

[31] GATES H L. Reading black，reading feminist：A critical anthology[M]. New York：Penguin Publishing Group，1990.

[32] GENETTE G. Narrative discourse[M]. Ithaca：Cornell UP，1980.

[33] GILLESPIE D，KUBITSCHEK M D. Women-centered psychology in *Sula*[J]. Black American Literature Forum，1990（24）：21-48.

[34] HANKINSON S L. From monotheism to pantheism：Liberation from patriarchy in Alice Walker's *The Color Purple*[J]. Midwest Quarterly，1997，38（3）：320-329.

[35] HERMAN D. The cambridge companion to narrative[M]. Cambridge：CUP，2007.

[36] HINE D C，THOMPSON K. Facts on file encyclopedia of black women in America[M]. New York：Facts On File Inc.，1997.

[37] HOMANS M. Feminist fictions and feminist theories of narrative[J]. Narrative，1994（2）：3- 16.

[38] HOOKS B. Feminist theory：From margin to center[M]. New York：South End Press，1984.

[39] HOOKS B. Reel to real：Race，class and sex at the movies[M]. New York and London：Routledge，2009.

[40] HULL G T，SCOTT P B，SMITH B. But some of us are brave[M].Old Westbury，New York：Feminist Press，1982

[41] HYMOWITZ C，WEISSMAN M. A history of women in America[M]. New York：Bantam Books，1978.

[42] JARRETT G A. A companion to African American literature[M]. New Jersey，Wiley-Blackwell，2010.

[43] JENNINGS L V D. Toni Morrison and the idea of Africa[M]. New York：Cambridge University Press，2008.

[44] JENNINGS L V D. Book reviews of *A Mercy*[J]. Callaloo，2009，32（2）：

645-709.

[45] JOHNSON M. The body in the mind: The bodily basis of meaning, imagination, and reason[M]. Chicago: University of Chicago Press, 1987.

[46] JONES G. "The Sea Ain' Got No Back Door": The problems of black consciousness in Paule Marshall's *Brown Girl, Brownstones*[J]. African American Review, 1998, 32 (4): 597-606.

[47] KESHAVMURTI. Space and time[M]. New Delhi: Sterling Publishers, 1991.

[48] KING R S. Sex as rebellion: A close reading of *Lucy* and *Brown Girl, Brownstones*[J]. Journal of African American Studies, 2008 (12): 366-377.

[49] KUBITSCHEK M D. Toni Morrison: A critical companion[M]. Westport: Greenwood Press, 1998.

[50] LAKOFF G, JOHNSON M. Metaphors we live by[M]. Chicago: University of Chicago Press, 1980.

[51] LAKOFF G. Women, fire, and dangerous things[M]. Chicago: University of Chicago Press, 1987.

[52] LAKOFF G, TURNER M. More than cool reason: A field guide to poetic metaphor[M]. Chicago: University of Chicago Press, 1989.

[53] LANGACKER R W. Foundations of cognitive grammar: Theoretical prerequisites[M]. Stanford: Stanford University Press, 1987.

[54] LANSER S S. The narrative act: Point of view in prose fiction[M]. Princeton: Princeton University Press, 1981.

[55] LANSER S S. Towards a feminist narratology[J]. Style, 1986 (20): 341-363.

[56] LANSER S S. Shifting the paradigm: Feminism and narratology[J]. Style, 1988 (22): 52-60.

[57] LEFEBVRE H. The production of space[M]. Malden: Blackwell Publishing, 1991.

[58] LEFEBVRE H. Rhythmanalysis: Space, time and everyday life[M]. London: Continuum, 2004.

[59] LEON E. Accidentally on purpose: The aesthetic management of irregularities in African textiles and African-American quilts[M]. Davenport, IA: The Brandt Co., 2006.

[60] LOVE K S. Too shame to look: Learning to trust mirrors and healing the lived experience of shame in Alice Walker's *The Color Purple*[J]. Hypatia, 2008, 33（3）: 521-536.

[61] LUBBOCK P. The craft of fiction[M]. New York: Viking Press, 1957.

[62] MARCUS M. The young man in American literature: The initiation theme[M]. New York: The Odyssey Press, 1969.

[63] MARSHALL P. Brown girl, brownstones[M]. New York: The Feminist Press, 1981.

[64] MARTIN J. The quilt threads together sisterhood, empowerment and nature in Alice Walker's *The Color Purple* and "Everyday Use"[J]. Journal of Intercultural Disciplines, 2014（14）: 27-44.

[65] MASSEY D. Space, place and gender[M]. Cambridge: Polity, 1994.

[66] MATUS J. Toni Morrison[M]. Manchester: Manchester University Press, 1998.

[67] MCDOWELL D E. The self and the other: reading Toni Morrison's *Sula* and the black female text In N. Y. McKay(ed.). Critical Essays on Toni Morrison[M]. Boston: G. K. Hall, 1988.

[68] MEZEI K. Ambiguous discourse: Feminist narratology and British women writers[M]. Chapel Hill: The University of North Carolina Press, 1996.

[69] MITCHELL W J T. On narrative[M]. Chicago: University of Chicago Press, 1981.

[70] MOGLEN H. Redeeming history: Toni Morrison's *Beloved*[J]. Cultural Critique, 1993（24）: 17-40.

[71] MONTGOMERY M. Got on my traveling shoes: Migration, exile, and home in Toni Morrison's *A Mercy*[J]. Journal of Black Studies, 2011, 42（4）: 627-637.

[72] MORETTI F. Atlas of the European novel, 1800-1900[M]. London: Verso, 1999.

[73] MORRISON T. Tar baby[M]. London: Chatto & Windus, 1981.

[74] MOSES C. The blues aesthetic in Toni Morrison's *The Bluest Eye*[J].African American Review, 1999, 33（4）: 623-637.

[75] MUSANGA T，MUKHUBA T. Toward the survival and wholeness of the African American community：A womanist reading of Alice Walker's *The Color Purple*（1982）[J]. Journal of Black Studies，2019，50（4）：388-400.

[76] NIGRO M. In search of self-frustration and denial in Toni Morrison's *Sula*[J]. Journal of Black Studies，1998（28）：724-737.

[77] NING Y. The contemporary theory of metaphor：A perspective from Chinese[D]. Tucson：The University of Arizona，1996.

[78] NOVAK P. Circles and circles of sorrow：In the wake of Morrison's *Sula*[J]. Publications of the Modern Language Association of America，1999，114（2）：184- 193.

[79] OGUNYEMI C O. *Sula*：A nigger joke[J]. Black American Literature Forum，1979（13）：130- 133.

[80] OVERTON W F，PALERMO D S. The nature and ontogenesis of meaning[M]. Hillsdale：Lawrence Erlbaum Associates，1994.

[81] PAGE R E. Literary and linguistic approaches to feminist narratology[M]. New York：Palgrave Macmilian，2006.

[82] PETERSON N J. *Beloved*：Character studies[M]. London and New York：Continuum，2008.

[83] PITTS C A. You ain no real-real Banja man：*Brown Girl*，*Brownstones*，and the measure of Caribbean manhood in the north American terrain[J]. CLA Journal，2015，59（2）：166-176.

[84] REDDY M T. The tripled plot and center of *Sula*[J]. Black American Literature Forum，1988（22）：29-45.

[85] RICOEUR P. Time and narrative volume 3[M]. Chicago and London：The University of Chicago Press，1988.

[86] RIMMON-KENAN S. Narrative fiction：contemporary poetics[M]. London and New York：Routledge，2002.

[87] RUSHDY A. Daughters signifying：The example of Toni Morrison's *Be-Loved*[J]. American Literature，1992（3）：567-597.

[88] SHOWALTER E. Sister's choice：Tradition and change in American women's writing[M]. New York：Oxford University Press，1991.

[89] SHOWALTER E. A jury of her peers：American women writers from Anne Bradstreet to Annie Proulx[M]. New York：Alfred A. Knopf，2009.

[90] SMITH B. Toward a black feminist criticism[M]. New York：Feminist Press，1982.

[91] SOJA E E. Thirdspace：journeys to Los Angeles and other real-and-imagined places[M]. Cambridge：Blackwell Publishers，1996.

[92] TALLY J. The cambridge companion to Toni Morrison[M]. New York：Cambridge University Press，2007.

[93] TANRITANIR B C，BOYNUKARA H. Letter-writing as voice of women in Doris Lessing's *The Golden Notebook* and Alice Walker's *The Color Purple*[J]. Ataturk Universities Sosyal Bilimler Enstitusu Dergisi，2011，15（1）：279-298.

[94] TAYLOR GUTHRIE D. Conversations with Toni Morrison[M]. Jackson：University Press of Mississippi，1994.

[95] WALKER A. In search of our mother's garden：womanist prose[M]. London：Women's Press，1984.

[96] WARHOL R R. Gendered interventions：Narrative discourse in the Victorian novel[M]. New Brunswick and London：Rutgers University Press，1989.

[97] WARHOL R R. The look，the body，and the heroine：A feminist narratological reading of *Persuasion*[J]. Novel：A Forum on Fiction，1992，26（1），5-19.

[98] WASHINGTON M H. Afterword. *Brown Girl，Brownstones*[M]. New York：Feminist Press，1981.

[99] WASHINGTON M H. Invented lives：Narratives of black women 1860-1960[M]. New York：Doubleday，1987.

[100] WILSON H E. Our nig；or，sketches from the life of a free black[M]. New York：Penguin Books，2005.

[101] ZORAN G. Towards a theory of space in narrative[J]. Poetics Today，1984，5（2）：309-335.

[102] 巴赫金．小说理论 [M]. 白春仁，译．石家庄：河北教育出版社，1998.

[103] 包威．最蓝的眼睛：强势文化侵袭下弱势文化的异化 [J]．外语学刊，

2014（2）：139- 142.
[104] B H 扎哈罗夫 . 作为历史诗学问题的时空体 [J]. 高慧，译 . 俄罗斯文艺，2008（1）：32-37.
[105] BISWAS B. 黑凤凰的“她史”：沃克小说中的性别构想研究 [D] . 济南：山东大学，2018.
[106] 波伏瓦 . 第二性 [M]. 郑克鲁，译 . 上海：上海译文出版社，2011.
[107] 曹丽莎 . 男性语境中的新女性形象：用女性主义叙事学解读“法国中尉的女人”[J]. 宁波广播电视大学学报，2011（12）：18-20.
[108] 程锡麟 . 虚构与现实：二十世纪美国文学 [M]. 成都：四川人民出版社，2001.
[109] 陈洁 . 女性声音与男性眼光：关于《纯真年代》的女性主义叙事学解读 [J]. 科技信息：学术研究，2008（10）：142-144.
[110] 陈顺馨 . 中国当代文学的叙事与性别 [M]. 北京：北京大学出版社，2007.
[111] 陈妍 . 实现叙述声音的权威：从女性主义叙事学角度解读谭恩美的作品 [J]. 长春教育学院学报，2009（6）：12-13.
[112] 杜志卿 .“秀拉”的后现代叙事特征探析 [J]. 外国文学，2004（5）：80-86.
[113] 方纳 . 给我自由！一部美国的历史 [M]. 王希，译 . 北京：商务印书馆，2010.
[114] 费伦 . 作为修辞的叙事 [M]. 陈永国，译 . 北京：北京大学出版社，2002.
[115] 费伦 . 当代叙事理论指南 [M]. 申丹，译 . 北京：北京大学出版社，2007.
[116] 高继海 . 佩科拉悲剧探源：评莫里森“最蓝的眼睛”[J]. 河南大学学报：社会科学版，2001（3）：79-81.
[117] 黄必康 . 建构叙述声音的女性主义理论 [J]. 国外文学，2001（5）：117-120.
[118] 胡全生 . 英美后现代主义小说叙述结构研究 [M]. 上海：复旦大学出版社，2002.
[119] 胡笑瑛 . 当代美国黑人女性主义文学批评综述 [J]. 宁夏社会科学，2013（1）：132- 134.
[120] 胡亚敏 . 叙事学 [M]. 武汉：华中师范大学出版社，2004.
[121] 嵇敏 . 美国黑人女权主义批评概述 [J]. 外国文学研究，2000（4）：59-63.

[122]　嵇敏 . 美国黑人女权主义视域下的女性书写 [M]. 北京：科学出版社，2011.
[123]　荆兴梅 .《宠儿》的后现代黑奴叙事和历史书写 [J]. 国外文学，2011（2）：137-144.
[124]　金莉 . 20 世纪美国女性小说研究 [M]. 北京：北京大学出版社，2010.
[125]　克朗 . 文化地理学 [M]. 杨淑华，宋慧敏，译 . 南京：南京大学出版社，2003.
[126]　蓝纯 . 认知语言学与隐喻研究 [M]. 北京：外语教学与研究出版社，2005.
[127]　兰瑟 . 虚构的权威：女性作家与叙述声音 [M]. 黄必康，译 . 北京：北京大学出版社，2002.
[128]　兰瑟 . 我们到了没：《交叉路口》的女性主义叙事学的未来 [J]. 胡安江，唐 伟胜，译 . 外国语文，2010（2）：109- 119.
[129]　李洁平 . 妇女主义在《紫颜色》主题中的构建作用 [J]. 外语与外语教学，2004（8）：30-32.
[130]　利科 . 虚构叙事中时间的塑形 [M]. 王文融，译 . 北京：生活 • 读书 • 新知 三联书店，2003.
[131]　李茂增 . 成长的世界图景：论巴赫金的小说“时空体”理论 [J]. 解放军外国语学院学报，2007（5）：108- 112.
[132]　凌建娥 . 身份、创造力与姐妹情谊：论艾丽斯《紫颜色》中的黑人女性主义生存观 [J]. 哈尔滨学院学报，2003（7）：88-92.
[133]　凌逾 . 女性主义叙事学及其中国本土化推进 [J]. 学术研究，2006（11）：132- 136.
[134]　刘喜波 .《棕色姑娘，棕色砖房》中的黑人女性形象 [J]. 学术交流，2010（1）：184- 186.
[135]　李卫华 . 叙述的频率与时间的三维 [J]. 文艺理论研究，2013（3）：189-196.
[136]　李银河 . 女性权力的崛起 [M]. 北京：文化艺术出版社，2003.
[137]　吕同六 . 20 世纪世界小说理论经典：上卷 [M]. 北京：华夏出版社，1995.
[138]　马大康 . 文学时间研究 [M]. 北京：中国社会科学出版社，2008.
[139]　马大康 . 叙事学新视野：评孙鹏程，《时空体叙事学概论》[J]. 文艺争鸣，2018（3）：143- 145.

[140] 马克思，恩格斯 . 马克思恩格斯全集：第 20 卷 [M]. 北京：人民出版社，1971.

[141] 莫里森 . 娇女 [M]. 王友轩，译 . 长沙：湖南文艺出版社，1990.

[142] 莫里森 . 秀拉 [M]. 陈苏东，胡允桓，译 . 海口：南海出版公司，2005.

[143] 莫里森 . 最蓝的眼睛 [M]. 陈苏东，胡允桓，译 . 海口：南海出版公司，2005.

[144] 莫里森 . 恩惠 [M]. 胡允桓，译 . 海口：南海出版公司，2013.

[145] 庞好农 . 从马歇尔《褐色女孩，褐色砂石房》看移民焦虑的演绎 [J]. 西安外国语大学学报，2014，22（3）：85-88.

[146] 潘丽 . 叙事的性别化：论苏珊的女性主义叙事学 [J]. 中国民航飞行学院学报，2010（7）：60-66.

[147] 普林斯 . 叙述学词典 [M]. 乔国强，李孝弟，译 . 上海：上海译文出版社，2011.

[148] 乔国强 . 艾丽丝 • 沃克和她的《紫色》[J]. 妇女学苑，1990（1）：38-39.

[149] 乔国强 . 叙事学研究 [M]. 武汉：武汉出版社，2006

[150] 乔国强 . 叙述学有“经典”与“后经典”之分吗 [J]. 江西社会科学，2014（9）：208-215.

[151] 芮渝萍，刘春慧 . 成长小说：一种解读美国文学的新观点 [J]. 宁波大学学报：人 文科学版，2005（1）：1-5.

[152] 芮渝萍，范谊 . 认知发展：成长小说的叙事动力 [J]. 外国文学研究，2007（6）：29-35.

[153] 尚必武 . 被误读的母爱：莫里森新作《慈悲》中的叙事判断 [J]. 外国文学研究，2010（4）：60-69.

[154] 尚必武 . 创伤 记忆 叙述疗法：评莫里森新作《慈悲》[J]. 国外文学，2011（3）：84-93.

[155] 申昌英 . 社会空间的流浪者：评马歇尔的《褐姑娘，褐砖房》[J]. 外国文学，2007（11）：92- 100.

[156] 申丹 . 叙事形式与性别政治：女性主义叙事学评介 [J]. 北京大学学报：哲学社会科学版，2004（1）：136- 145.

[157] 申丹 .“话语”结构与性别政治：女性主义叙事学“话语”研究评介 [J]. 国外文学，2004（2）：3- 11.

[158] 申丹 . 英美小说叙事理论研究 [M]. 北京：北京大学出版社，2005.

[159] 申丹 . 叙事文体与潜文本：重读英美经典短篇小说 [M]. 北京：北京大学出版社，2009.

[160] 申丹，王丽亚 . 西方叙事学：经典与后经典 [M]. 北京：北京大学出版社，2010.

[161] 沈俊 . 中泽惠的女性主义叙事策略：以《感受大海的时候》为例 [J]. 外语研究，2012（2）：103- 106.

[162] 束定芳 . 隐喻学研究 [M]. 上海：上海外语教育出版社，2005.

[163] 舒凌鸿 .《长恨歌》的女性主义叙事学解读 [J]. 玉溪师范学院学报，2010（10）：37-41.

[164] 隋晓冰 . 西方女性主义的叙事聚焦研究 [J]. 求索，2012（8）：169- 171.

[165] 孙鹏程 . 时空体叙事学概论 [M]. 北京：中国社会科学出版社，2017.

[166] 索亚 . 第三空间：去往洛杉矶和其他真实和想象地方的旅程 [M]. 陆扬，译 . 上海：上海教育出版社，2005.

[167] 塔迪埃 . 普鲁斯特和小说 [M]. 桂裕芳，王森，译 . 上海：上海译文出版社，1992.

[168] 唐伟胜 . 性别、身份与叙事话语：西方女性主义叙事学的主流研究方法 [J]. 天津外国语学院学报，2007（5）：73-80.

[169] 谭君强 . 叙事学导论：从经典叙事学到后经典叙事学 [M]. 北京：高等教育出版 社，2008.

[170] 王成宇 .《紫色》的空白语言艺术 [J]. 外国文学研究，2000（4）：64-70.

[171] 王家湘 . 20 世纪美国黑人小说史 [M]. 南京：译林出版社，2006.

[172] 王丽英 . 艾略特小说女性主义叙事模式的研究 [J]. 辽宁教育行政学院学报，2007（3）：82-86.

[173] 王守仁，吴新云 . 性别、种族、文化：莫里森的小说创作 [M]. 北京：北京大学出版社，1999.

[174] 王守仁，吴新云 . 超越种族：莫里森新作《慈悲》中的“奴役”解析 [J]. 当代外国文学，2009（2）：35-44.

[175] 王影君 . 论文学空间批评的美学源流 [J]. 中南大学学报：社会科学版，2014（5）：190- 197.

[176] 王弋璇 . 列斐伏尔与福柯在空间维度的思想对话 [J]. 英美文学研究论丛，

2010（2）：352-363.

[177] 王玉括 . 莫里森研究 [M]. 北京：人民文学出版社，2005.

[178] 魏天真，梅兰 . 女性主义文学批评导论 [M]. 武汉：华中师范大学出版社，2011.

[179] 沃克 . 紫颜色 [M]. 陶洁，译 . 北京：外国文学出版社，1986.

[180] 伍尔夫 . 一间自己的房间 [M]. 田翔，译 . 沈阳：辽宁教育出版社，2010.

[181] 武玉莲 . 格洛丽亚・内勒乌托邦思想之研究 [D]. 北京：北京外国语大学，2015.

[182] 薛亘华 . 巴赫金时空体理论的学术价值重议 [J]. 新疆大学学报：哲学人文社会科学版，2018（2）：114- 119.

[183] 徐颖果，马红旗 . 美国女性文学：从殖民时期到 20 世纪 [M]. 天津：南开大学出版社，2010.

[184] 杨仁敬 . 20 世纪美国文学史 [M]. 青岛：青岛出版社，1999.

[185] 杨锐 . 论早期基督教与罗马帝国 [D]. 上海：复旦大学，2003.

[186] 禹建湘 . 徘徊在边缘的女性主义叙事 [M]. 北京：九州出版社，2004.

[187] 余秋兰 . 沃克《紫颜色》的色彩隐喻解析 [J]. 安庆师范学院学报：社会科学版，2014（1）：136- 139.

[188] 张峰，赵静 . "百纳被" 与民族文化记忆：沃克短篇小说《日用家当》的文化解读 [J]. 山东外语教学，2003（5）：16- 19.

[189] 章汝雯 . 莫里森研究 [M]. 北京：外语教学与研究出版社，2006.

[190] 赵冬梅 . 现代小说中的时空关系 [J]. 河北学刊，2003（2）：121- 125.

[191] 赵莉华 . 空间政治 [M]. 成都：四川大学出版社，2011.

[192] 赵罗英 . 列斐伏尔的社会空间理论及其启示 [J]. 河南科技大学学报：社会科学版，2013（10）：36-38.

[193] 郑建青，罗良功 . 在全球语境下：美国非裔文学国际研讨会论文集 [M]. 武汉：华中师范大学出版社，2011.

[194] 郑新民 . 美国黑人小说《最蓝的眼睛》中隐喻的分析 [J]. 福州大学学报：哲学社会科学版，2006（4）：91-96.

[195] 周乐诗 . 笔尖的舞蹈：女性文学和女性批评策略 [M]. 上海：上海外语教育出版社，2006.

[196] 朱立元 . 当代西方文艺理论 [M]. 上海：华东师范大学出版社，2005.

[197] 朱振武 . 美国小说本土化的多元因素 [M]. 上海：上海外语教育出版社，2006.

[198] 左金梅 . 西方女性主义文学批评 [M]. 青岛：中国海洋大学出版社，2007.